中国书籍文学馆·小说林

朱元璋的电影梦

谢方儿 著

中国书籍出版社
China Book Press

图书在版编目（CIP）数据

朱元璋的电影梦 / 谢方儿著 .—北京：中国书籍出版社 , 2018.1
ISBN 978-7-5068-6667-5

Ⅰ.①朱… Ⅱ.①谢… Ⅲ.①中篇小说—小说集—中国—当代
②短篇小说—小说集—中国—当代 Ⅳ.① I247.7

中国版本图书馆 CIP 数据核字（2018）第 024187 号

朱元璋的电影梦

谢方儿 著

图书策划	牛　超　崔付建
责任编辑	吴化强
责任印制	孙马飞　马　芝
出版发行	中国书籍出版社
地　　址	北京市丰台区三路居路 97 号（邮编：100073）
电　　话	（010）52257143（总编室）　（010）52257140（发行部）
电子邮箱	eo@chinabp.com.cn
经　　销	全国新华书店
印　　刷	三河市华东印刷有限公司
开　　本	650 毫米 ×940 毫米　1/16
字　　数	230 千字
印　　张	17.75
版　　次	2018 年 7 月第 1 版　2023 年 1 月第 2 次印刷
书　　号	ISBN 978-7-5068-6667-5
定　　价	38.00 元

版权所有　翻印必究

目 录

朱元璋的电影梦 / 001

无尽头 / 051

现代戏 / 105

呼　吸 / 135

我们为钱都疯了 / 176

生命诗 / 238

朱元璋的电影梦

1

我快走到电脑城大门口时,感觉差点要发生意外了,一辆像螃蟹一样的越野车几乎把我挤到墙壁上。当时,我的心情杂乱无章,因为我的一个U盘死掉了,里面的几十万文字都成了密密麻麻的尸体。我有一个熟人在电脑城开店,或许他能拯救我的U盘。

这辆越野车开得很慢很稳,它是慢慢挤过来的,好像它是我的老朋友,挤上来想和我握手什么的。我意识到大祸临头时,已经无路可逃了。我的右边是厚实的墙壁,电脑城的外墙正在大张旗鼓地装修,外面砌起一堵临时的围墙。现在,我就贴在这堵围墙上,看上去我不是一个人,倒像一只惊慌失措的壁虎,我甚至闻到了我身上散发出来的死亡的气息。

我惊叫起来,喂——喂——,你没长眼睛看看呀,难道没看到我这么大的一个人!我举起单薄的拳头,拼命捶打越野车坚硬的车门。

事实上，越野车已经停下来了，副驾驶位置上的窗玻璃像幕布一样慢慢拉开来，我先是看到一头秀发，然后是一张美丽的脸庞。这个美丽的女人没有说话，我觉得她看着我含着一种偷笑。

我大声说，喂——你是怎么开车的？要出人命了呢，乱弹琴。女人真的笑了，她的笑像鲜花盛开。

女人说，车不是我开的，开车的人在那边。女人转过头去说，你看你，玩笑开过头了，把人家吓得半死呢。

我不知道汽车的驾驶位在左边还是右边？因为我没有汽车也不会开汽车，我也没心思在坐车的时候牢记驾驶位在哪一边。越野车里传出一个男人的声音，啊哈，郑大作家，我是在给你创造体验生活的机会呀。

我惊慌地喘着气，有种缺氧的感觉。我听到车门嘭的一声硬响，接着一个男人出现在车后面，嗨，你居然连我的声音都听不出来了？我的视力比较近视，但我配的眼镜却不到位，所以我的眼前总是灰蒙蒙的，像有一层薄薄的雾。举个事例吧，有次在一个朋友家，我发现雪白的墙壁上有个黑点，以为是一只可恶的苍蝇，正要痛下杀手。我朋友看到了惊叫，喂——朋友，那是一个钉在墙上的钉子。所以这个男人站在我眼前，但他的脸庞还是有些朦胧的。

我说，你是谁？

男人听后激动地说，啊——我是朱元璋呀，来，我们拥抱一下。

男人这么一说，我眼前的人确实是朱元璋了。我走到朱元璋面前，他真的和我拥抱了一下，男人和男人拥抱真异样。

朱元璋说，郑意外，好久不见你了，有时候真的想念你呀。

我想到了以前的一些事，我觉得有时候我确实也想念朱元璋的，我说，你放屁，想念我怎么一点消息都没有。

朱元璋说，你也一样呀。你去哪里？我指指电脑城说，我的一个U盘死掉了，想去找个熟人修修。

朱元璋拍拍我的肩膀说，哈，你还是老样子。

我说，你也一样呀。

朱元璋说，我的车技不错吧，像不像电影里那些开车的高手。

我已经很久没有听到朱元璋说电影了，现在听了居然很亲切。我说，朱元璋，你真是个混蛋，这种危险的玩笑你也敢开。难道生活是电影？

车上的女人伸出脑袋说，朱元璋，你快点呀，还有事呢，是不是又想谈你的电影了。

朱元璋对女人说，你下来。

女人说，我下不来。

朱元璋说，听话，你从后面下来。

女人真的弯着腰从车后门下来了。朱元璋说，她是我的朋友，叫陆曼，不是徐志摩的老婆陆小曼哦。

陆曼说，朱元璋，你真无聊。

朱元璋说，陆曼，我给你介绍一位作家，他是我的老同学，也是老邻居老朋友，他叫郑意外。

女人惊喜地说，啊，真意外，你就是郑意外。我喜欢读你的小说，是你的粉丝。

我说，你不要听朱元璋的胡言乱语，我不是作家，我只是一个业余作者。

朱元璋说，你们相见恨晚了是不是？下次有时间你们好好聊吧。朱元璋拉着女人爬上越野车，居然一踩油门无影无踪了。我站在电脑城门口愤怒地骂起来，朱元璋，你这个疯子！

想起来，大约有两年多没见到朱元璋了。上次开同学会，我和朱元璋都去了，他很活跃，又敬酒又说黄段子，后来又唱又跳，有些玩疯了的味道。同学会快结束时，有个同学告诉我，朱元璋和一个曾经是他的女学生好上了。我说，所以他有这么开心。同学说，他不开心，他心里一定很烦闷。我刚想问得具体一点，同学会结束了。

回来的路上，我和他一起搭一个同学的车，想到他和一个他的女学生好上了，我觉得我应该告诉他，这是一个错误的选择。但我们的关系远不如以前了，事实上，我们已经很少往来。我试探着说，朱元璋，说真的，别的同学不来往我无所谓，你不一样，这么多年的交情了，真的舍不得。朱元璋闭着眼睛，听了我的话笑了笑，但眼睛还是闭着的，没说一句话，像在睡梦中一样。

当时，我的肺都要气炸了，他这是在侮辱我。开车的同学说，他醉了。

2

以前的时候，我家和朱元璋家是近邻，居住在同一条铺着青石板的小巷里。这条小巷又窄又长，像一条柔软而湿滑的黄鳝。我和朱元璋从小学开始就同学，一直同学到高中毕业。

朱元璋的父母都是国营企业的工人阶级，这在小巷里是屈指可数的光荣。朱元璋的父亲叫朱家人，意思是他和朱家皇帝是一家人，他在国营新华印刷厂上班，虽然只是一个排字工，但这个工种是个有文化的工种。

小巷里的大人们都知道他的原名叫朱阿四，朱阿四做了几年排字工后，不声不响地改名朱家人了。后来，朱家人把刚刚出生的儿子取名朱元璋，朱元璋的妈妈说，用一个死皇帝的名字给儿子不吉利呢。

朱家人说，女人，懂什么。

我读小学的时候，我爸爸是教书的"臭老九"，当然，说我爸爸是"臭老九"是朱元璋说的。我不明白这个"臭老九"的意思，但有个臭字的肯定不是个好东西。我说，朱元璋，你在骂我爸爸？

朱元璋一脸冤屈地说，没有呀，我是听我爸爸说的。我一点都不觉得我爸爸和我身上有臭气，当然，朱元璋也是这么认为的，所以他愿意和我在一起玩耍。

有一次，我在朱元璋家碰到下班回家的朱家人，朱家人摸着朱元璋的头说，郑意外，你知道朱元璋是谁吗？

我指指眼前的朱元璋说，就是他。

朱家人哈哈大笑说，小家伙，你错了，朱元璋是皇帝。

我吃惊地说，你在骗我，朱元璋是你儿子。

朱家人说，你不信？你回家问你爸爸去，他一定知道的。

我回家问我爸爸，爸爸，朱元璋的爸爸说，朱元璋是皇帝。

我爸爸说，是呀，朱元璋是皇帝呀。

我又吃惊了，我说，朱元璋如果真是皇帝，他怎么可能会和我们一起读书呢

我爸爸先是愣了愣，然后笑着说，儿子，我们被朱家人搞糊涂了，你的同学朱元璋不是历史上的皇帝朱元璋。

我说，历史上有皇帝叫朱元璋吗？

我爸爸说，是的，不过这个朱元璋死了几百年，是个死皇帝。

后来，我又碰到了朱家人，朱家人问我，郑意外，你问过你爸爸了吗？

我想了想说，什么事呀？朱家人说，朱元璋是不是皇帝的事呀。

我说，这个事，我早问过我爸爸了，我爸爸说，朱元璋是皇帝，不过他已经死了几百年，是个死皇帝。

朱家人的脸色变了，他很生气地说，郑意外，你爸爸真是个恶毒的臭老九，乱说些什么呀！

朱家人离开的时候，脸色还气急败坏，像受到了莫大的屈辱。

朱元璋埋怨我，郑意外，你怎么能对我爸爸说这种话，告诉你，你得罪了我爸爸你要倒霉的，还有你爸爸也要倒霉。

我说，朱元璋，我没说什么呀，我爸爸是教书的，他肯定比你爸爸懂历史，怎么会乱说呢。

朱元璋说，你看看我爸爸的脸色，你就知道他心里有多生气了。现在，我爸爸做了排字车间主任，他的脾气比以前大多了。

朱元璋没说错，可能我确实得罪了朱家人，所以接下来我和我爸爸真的都倒霉了。那天上学，学校通知全校师生到大礼堂开会，校长宣布我们学校进驻了"工宣队"，队长就是坐在主席台正中的朱家人，但校长介绍说，我们学校的工宣队队长叫朱向阳。我吃惊地问坐在身边的朱元璋，朱元璋，这个工宣队队长不是你爸爸吗？他怎么会是朱向阳呢。

朱元璋咬牙切齿地说，郑意外，从今天开始，你不能再叫我朱元璋了，我改名朱东风了。

自从来了工宣队后，学校通知我，减免的学费不能再减免了。我爸爸在学校也被调整到总务科，一天到晚干些杂七杂八的琐碎事。朱东风的优越感突然显山露水了，他同时穿着红绿蓝三件棉毛衫，三种颜色的高领在他的脖子上一层层地翻开来，看上去很像一只色彩油亮的大公鸡。朱东风虽然成了我们学校的"红人"，但他还是愿意和我一起玩耍，许多年之后，我才知道朱元璋愿意和我在一起玩耍，是因为他佩服我从小能背诵唐诗。我从小能背诵唐诗是事实，朱元璋也确实和别人这么说了。

我和朱东风升入初中时，朱东风又改名朱元璋，朱元璋的爸爸朱向阳也改为原来的朱家人了。我问朱元璋，你怎么又改成朱元璋了？

朱元璋摸了摸头皮说，我爸爸说，他不做工宣队队长了，工宣队撤销了。

我兴奋地说，朱元璋，工宣队走了，我的学费是不是又可以减免了？

朱元璋说，你这么大了，还有脸说这种话？

我说，我又没参加工作，我妈妈也没正式工作，我弟弟妹妹都要读书，我家哪来这么多钱。

朱元璋看着我说，郑意外，没想到你家这么穷呀。这样吧，你的学费我借你。

我说，你借我，我还不出怎么办？

朱元璋认真地说，还不出就算了，不过你不能对我爸爸说，他知道了以后就不给我钱了。

我很感动，跑回家把朱元璋的话告诉我爸爸妈妈，我爸爸说，朱元璋和他爸爸确实不一样，不过我们再穷，也要保证你们读书。

3

我的U盘又死掉了，这个U盘我只用了半年多。上次死掉时，我送到电脑城的熟人那儿，他动员我说，这个U盘最好换掉吧。我想他一定是在搞促销，所以修好后我没有买新的。现在，这个U盘旧病复发了。

我心里很懊恼，正想存点东西，可它无缘无故地死掉了。我恨不得把这个U盘摔在地上，朱元璋的电话就是这个时候打给我的。我说，喂，你是谁？

朱元璋说，郑意外呀郑意外，你真不是人，我的声音你都听不出来了。

我说，你才不是人呢，是人的声音我会听不出来。

朱元璋说，哟，口气蛮大嘛，出来消消火吧，我在"迪欧咖啡"等你。

我听出确实是朱元璋的声音，我说，我有事，我不去。

朱元璋说，郑意外，我检讨，那天我有急事，真的，骗你是小狗，我真的有急事。你总不会为了那天的小事，像怨妇一样断了我们的情谊，快过来吧。

开始我听不懂朱元璋在说什么，后来才想到那天电脑城门口的事。想到了那天的事，我真有一股火气涌上来，我说，朱元璋，还说我们有情谊，你他妈的车上坐个女人就不要老朋友了。

朱元璋说，是我错，是我错，我深刻检讨，行了吧。你快来，我真有事。朱元璋这么说了，我还能说什么呢。

我走进"迪欧咖啡"，感觉灯光的朦胧和我视力的朦胧叠加在一起了，我迷失了方向。朱元璋在喊我，郑意外，我在这儿，靠窗走过来。

我慢慢靠近朱元璋的声音，看到靠窗的位置上有一只手在挥动，挥手的这个人就是朱元璋。朱元璋手里夹着一支烟，一个人坐着，烟灰缸里有五六个烟蒂，估计他已经坐了一些时光。

我说，没别人了？

朱元璋说，就我们俩，坐吧。

我坐下来说，你的那个陆曼没来？我一脸坏笑地看着他，朱元璋说，你对她印象不错吧？我说，是的，陆曼很有气质，我是说像陆曼这种类型的女人，男人看了都喜欢。

朱元璋扔给我一根烟说，郑意外，我告诉你，你死了这条心吧。

我说，朱元璋，我有什么心呀？我只是说说而已，我知道陆曼是你的女人

朱元璋说，你屁都不知道，算了算了，别说这种事，烦。他又扔给我两只盒子说，给你的，两只大容量的U盘。

我惊喜地说，朱元璋，你怎么知道我的U盘死掉了？

朱元璋说，上次你说的，这种东西你有用，我多得用不完，用

得好，我再给你几个。

我把盒子里的 U 盘挖出来放进口袋，这个朱元璋毕竟是从小一起玩大的老同学。我摸着口袋里的 U 盘说，你还在做学校的办公室主任？两年多没有朱元璋的确切消息了，他的许多事我都不知道。唯一关于他的消息，就是上次同学会时一个同学说的，朱元璋和一个曾经是他的女学生好上了。我怀疑陆曼就是朱元璋好上的这个女学生。

朱元璋说，早就不做了，做办公室主任太烦琐，现在做校长助理兼招生办主任舒服。

我说，啊，你又升官了，要请客呀。

朱元璋说，等我做了副校长请客吧。

我说，朱元璋，我等着你做皇帝呢。

朱元璋看着我没说话，我发现他的眼神是缥缈的。朱元璋和我一样，高中毕业进单位后，二十多年如一日，在同一个单位爱岗敬业，从来没有动过喜新厌旧的念头。朱元璋所在的学校开始是一所技工学校，后来成了中等专业学校，再后来升格为专科性质的学院了。

我说，朱元璋，我看你有心事？

朱元璋说，知我者，郑意外也。朱元璋的事一定是难事或者麻烦事，因为一般的事对他来说不算事。

我笑笑说，什么事？你说出来我听听，看我有没有能力为你排忧解难。我嘴里说得轻飘飘，但心里想到了朱元璋曾经说过的话，你的学费我借你。现在，我依然被朱元璋的这句话感动着。

朱元璋说，郑意外，我们是兄弟，你是知道的，我从小佩服你。

我说，朱元璋，是兄弟你别转弯抹角了，有事直说吧。

朱元璋还是犹犹豫豫的样子，感觉不像原来的那个朱元璋了。最后，他从包里抽出一张纸，再摸索出一支笔，看着我没有说话。

我悄悄说，你和你女学生的烂事——麻烦大了。

朱元璋说，不是的，你错了。我想你帮我个忙，就是——想请你给我打张借条，我有急用。我听了朱元璋的话莫名其妙，我说，我给你打张借条？朱元璋说，是的，我想了好几天，觉得这个事只有你郑意外能帮我。当然，你打了借条是拿不到钱的，就这个事。

我的嘴巴艰难地张了张，然后动了动又合上了，感觉嘴里想说的话粘在舌头上。朱元璋说，你放心，过些日子我会把你的借条送还给你的。

我的眼神有些苍白，因为我的眼皮像白痴一样翻动了几下。我说，朱元璋，你是说，我给你打一张借钱的条子，但事实上我没有拿到你给我的钱，是不是这样的？

朱元璋说，对，就是这样的。

我说，多少数字？

朱元璋说，兄弟，这只是一张空头借条，就写十万这个数吧。

我跳起来说，妈呀，我的朱皇帝，你这不是要我的小命吗。

朱元璋说，你别激动，你听我说。这只是借条上写写的，没有实际的作用，你要相信我。

现在，我沉默了，朱元璋要我的借条有什么用呢？这其中有太多的"万一"让我提心吊胆。朱元璋抽了几根烟，见我还像个死人没声音，他说，郑意外，我知道你不放心我，当然，如果换了我也会不放心。

我说，朱元璋，这个事是大事，涉及十万块钱的事，而且你说得这么突然，所以，我得和我老婆商量商量。

朱元璋看着我从包里又抽出一张纸说，这样吧，郑意外，我也给你打一张借你十万的条子，这样行了吧。

我愣了愣说，朱元璋，你的意思是，我给你打一张借十万的条子，你也给我打一张借十万的条子，但实际上我们拿着的借条都是一文不值的，是这样的吗？

朱元璋说，对，就是这样的。如果你还不放心，我可以给你打二十万的借条，比你打给我的数字多一倍。

我终于明白了，这是一桩空头买卖，所以我胆大放心地说，行，朱元璋，我们成交，不过我不要你二十万，你也写十万就行了。

朱元璋先给我写好借条，然后从包里摸出印泥按上手印，整个过程弄得很像模像样。我接过朱元璋的笔照样画葫芦，写完借条也按上手印。朱元璋把我的借条收起来放进包里说，郑意外，这个事你要给我绝对保密，对任何人都不能说，包括你老婆和我老婆。

我笑笑说，我努力做到吧。

朱元璋说，不，你要保证做到。

我说，好的，我保证做到。朱元璋，你能透露透露这张借条有什么用吗？

朱元璋说，这个不能告诉你，这是我的隐私。

我说，你是不是玩女人惹上麻烦了？

朱元璋收拾好东西说，走吧，郑意外，你不要猜想了，以后你会知道的。朱元璋背起包走了，我冲他的背影说，朱元璋，你说的以后是什么时候？

朱元璋头也不回地说，你别急，我拍的电影里会告诉你的。

我说，又是电影，你做梦去吧。

4

初中快毕业时，我担心我会升不上高中，因为升学率只有一半。就是说，如果我能争取到升高中，我爸爸就会给我出学费；如果我升不上高中，十六岁的我就成了一只半生半熟的烂苹果，将被扔进汹涌澎湃的大社会。在升高中的事上，对朱元璋来说不算什么事，就算他升不上高中，他也能进国营新华印刷厂做工人阶级。

有一天，朱元璋说，郑意外，我升高中的事已经定了。你呢？

我心事重重地说，我不知道。

朱元璋说，你想升高中吗？

我不好意思地说，我当然想升高中，可我不知道自己能不能升？

朱元璋想了想说，你一定要升高中，这样我们就能继续同学。

我说，我也是这样想的，你替我想想，我怎么样才能升高中呢？

朱元璋说，我升高中的事是我爸爸找了刘校长，你爸爸是教师，他一定也认识刘校长，你叫你爸爸去找刘校长吧。

我觉得朱元璋说得有道理，晚饭后我对我爸爸说，爸爸，我想升高中。

我爸爸说，好呀，你想读上去我支持你。

我说，爸爸，你去找刘校长说说，朱元璋说，他能升高中，是因为他爸爸找了刘校长。

我爸爸说，意外，你不要学朱元璋，他做什么事都要靠他爸爸，这种人将来没用的，你要靠自己靠成绩。我感觉身子一阵发冷，嘀咕说，升高中的名额是评出来的，你不去找刘校长，我怎么会评得上呢？

我爸爸说，我不相信你们升高中的同学，都是靠找刘校长找出来的。

其实，我爸爸只是一个小学教师，也就是说他或许根本不认识朱元璋说的刘校长。我把我找我爸爸的事告诉了朱元璋，朱元璋说，你爸爸真没用，找到刘校长说一声不就完了吗？

我说，不是我爸爸没用，是我爸爸没当过工宣队队长，他可能不认识刘校长。

朱元璋惊讶地看着我，我以为他要生气了，结果他说，你说得对，我爸爸认识刘校长，确实是因为他当过工宣队队长，这是我爸爸亲口说的。

我迷茫了，感觉自己的前途已经一塌糊涂。朱元璋透过我的脸色看到了我内心的悲伤，他鼓励我说，郑意外，你别灰心丧气，办法总是会有的。对了，学校不是要评劳动积极分子了吗？你多积点肥送到学校去，明天开始我帮你到河里捞水草，好不好？朱元璋的脑袋就是比我好使唤，我怎么没想到争取做劳动积极分子呢。我们学校每个学期结束前，都要评劳动积极分子，除了学工学农表现好，积极积肥也是一个重要的评比标准。

我欣喜地说，朱元璋，你比我聪明。等我评上劳动积极分子，我就有理由要求升高中了。

第二天放学，我发现朱元璋不见了，我只好一个人到河里捞水草，捞了两竹篮我不想捞了，我觉得想靠这点肥料升高中是痴心妄想。晚上我找到朱元璋说，我不想捞水草了。

朱元璋说，你傻呀，我明天一定帮你捞水草。可是到了捞水草的时候，朱元璋的人又不见了，我再次一个人到河里捞水草，捞了两竹篮我又不想捞了，我觉得这样捞水草积肥和竹篮打水一场空没什么区别。

晚上我又去找朱元璋，我想告诉他，我真的不愿再捞水草积肥了。这次朱元璋不在家，朱家人阴着脸坐在昏暗的客堂。

我倚在门口说，朱元璋爸爸，朱元璋在家吗？

朱家人冷冷地说，他出去了。

我说，他什么时候回来？

朱家人说，什么时候回来他没说。

我想，朱元璋说话不算数，像放屁一样。我的心里有些愤愤起来，所以扭头就走。朱家人从屋子里追出来说，喂——郑意外，你等等，我有事问你。

我吃惊地看着朱家人说，什么事？

现在，朱家人的脸上居然露出了笑，我发现他的笑脸其实也是和蔼可亲的。他说，郑意外，我问你，最近朱元璋每天都在学校读书吗？

我说，是呀，我们还没毕业，当然每天都在学校读书。

朱家人抬头哦了一声，我希望他能继续说些什么，但朱家人像只呆头鹅伸长脖子对着天空发呆。我突然想到要请朱家人帮帮我，就是请他给我找刘校长说说。我想到这个事脸发烧心狂跳，仿佛就要下手做贼了。这个时候，朱家人说话了，郑意外，你怎么还没走呀？

我一心一意在想自己的好事，没想到朱家人这个时候说话了，我惊慌失措地说，我——我马上走了。

第二天，我对朱元璋说，昨晚你去哪里了？

朱元璋似乎不高兴了，说，你以后不要再去我家找我了！朱元璋的话让我傻了一会儿，等我明白过来后，我恶狠狠地说，不去就不去，以后你也不要到我家来找我。

朱元璋居然笑笑说，我说过我会帮你捞水草的，我说到一定做到，你不用急着每天晚上去找我。

我说，我不要你帮我捞水草，捞水草积肥没用的。

朱元璋说，我爸爸说什么了？

我说，你不在没什么好说的，他像一只呆头鹅。

朱元璋说，你爸爸才是呆头鹅，我爸爸是精怪呢。

我几天没去找朱元璋，但我每天都捞两竹篮水草到学校，班主任看到我连续几天拎着两竹篮滴水的鲜嫩水草，终于被感动了，她说，郑意外，你的劳动热情真高涨，是个好学生。

我抹着额头的汗说，我想好了，我要把我家边上的那条河里的水草都捞光，争取做个劳动积极分子。

第二天，班主任在教室里大张旗鼓地表扬了我，朱元璋笑着对我说，怎么样？我说得没错吧，等我有空再帮你捞水草。

快到评劳动积极分子的时候，我家边上的那条河里的水草还有很多，站在河边望下去，躺在河水中的水草像大风吹过的树林。我心急如焚，可我放学后最多只能捞两竹篮水草。就在这时，朱家人突然来找我了。那天也是个晚上，初夏的虫子都在低唱浅吟，我站在月光下想象着我忽暗忽明的未来。

朱家人推开我家小园子的门时，木门清脆地嘎吱响了一下。我以为朱元璋来了，以前他都会在这个时候来找我玩。朱家人推门就看到了我，他说，哟，意外，你在家呀。朱家人的脸上披着一层厚实的笑，仿佛碰到了他久别的亲人。

我吃惊地说，朱元璋爸爸你有事吗？

朱家人说，当然有，我是专门来找你的。我的心突然又狂跳起来。朱家人又说，意外，我想问问你，朱元璋在学校有没有要好的女同学？你们从小在一起，关系这么好，你一定知道的。

我想了想，确实想到了一个朱元璋要好的女同学，但我不能对朱家人说，如果我说出来了，朱元璋一定要怨恨我的。我说，这个事——这个事我不知道，他好像没有要好的女同学。

朱家人说，意外，如果你对我说真话，我送你一本《现代汉语词典》。这样也可以的，你到新华印刷厂来，看到想要的书你可以自己拿。

朱家人说的话诱惑力很强，但升不上高中书有什么用呢？我故意说，我真不知道。

朱家人从衬衣口袋里摸出一张照片，递到我面前说，你看看，这个人你认识吗？我没有接过照片，只是侧过头去看了看，照片上的人我确实认识，她是我们隔壁班级的女同学，叫张好沁。其实，我的心思不在朱家人给我看的照片上，也不在站在我面前的朱家人上，而在我不认识的刘校长上。我突然控制不住自己的嘴巴了，想都没多想就说，朱元璋爸爸，我想请你找刘校长说说，我要升高中读书。等着我指认照片上这个女生的朱家人愣了愣说，这个事好办，我过几天就去找刘校长。不过，你要说说照片上的人是谁？

我说，她叫张好沁，是我们隔壁班级的。

朱家人满意地摸摸我的头说，好，郑意外，我来找你的事你不要和朱元璋说

我说，我说的事，你也不要和朱元璋说。

朱家人说，你升高中的事我会处理好的，朱元璋可以不升高中，你一定要升高中的。我说话算数。

我疑惑地说，这是为什么？

朱家人把照片插进衬衫口袋，认真地说，你和朱元璋不一样，我能看到你们的未来。

5

朱元璋打给我的借条我放在哪里都不放心。开始藏在抽屉底下，过了几天，我把它挖出来夹到一本书里面。后来，我觉得夹在书里也不保险，因为长时间不看看借条说不定哪天会忘记。当然，如果经常偷看它也会有危险，万一我老婆发现了这张借条，这就是我隐藏十万私房钱的铁证。

这张空头借条折磨得我心烦意乱，我想把借条藏到单位的抽屉里，或许藏在单位要比藏在家里安全。我的心刚刚踏实下来，我又想到了另一个问题，就是朱元璋为什么要我打借条呢？我带着许多问题上班了，我先把朱元璋打给我的借条藏到写字台的抽屉下。昨天晚上我甚至想到，万一有一天我意外死亡了，朱元璋就可以拿着

我打给他的借条，理直气壮地向我老婆讨要十万块钱，而藏在这里的这张借条却和我一起死了。

我的悲伤微微扩散开来，走廊上响起一个女人的声音，请问郑意外在哪间办公室？我在文化馆工作，是个默默无闻的老创作员，从来没有担任过职务受到过表彰，更没有光荣地加入组织。三十岁以前，我也打过申请报告向组织要求过，可领导说我的表现离党员标准太遥远。那个时候，朱元璋已经加入组织三四年了，他向我列举加入组织的种种好处，开导我要加倍努力，争取早日也加入组织。我心里明白，像我这种自由散漫不思进取的懒人，恐怕努力到死，组织也不会让我进门的。所以，我至今还在做一个胡思乱想的创作员。

我听到我们文化馆的张画家说，你找郑老师呀，他在前面的408室。

我赶紧走到门口，看到一个女人已经站在我面前了。这个女人居然是朱元璋的老婆，她叫孙翠珍，我们有好多年没见面了。

孙翠珍看到我，还用她的大嗓门说，啊呀，郑意外，你是越活越年轻了，做男人真好。

孙翠珍除了嗓门没变，别的都有变化了，白头发有了，皱纹明显了，原来隐藏的土气也都透出来了。我吃惊地说，孙翠珍，你是来找我的？

孙翠珍说，当然呀，我不找你郑意外，难道我来文化馆找相好？

我颤抖了一下说，你说什么话呀，快进来坐。我赶紧把孙翠珍请进来，孙翠珍看看书橱里的书说，你的书比朱元璋多，以前我到你家里去的时候，你的书已经比朱元璋多了。

我说，书多没用，只是喜欢买。

孙翠珍说，既然知道书没用，你还买，傻呀。

我说，喜欢读书的人都傻。

孙翠珍看着我说，我知道你在说反话，朱元璋也经常和我这样说话的。像你这种人会傻吗？像朱元璋这种人会傻吗？坏透了，坏蛋一个。

今天我办公室的同事幸好出门了，否则孙翠珍这种乱七八糟的话，多多少少要影响我的光辉形象。我预感这个孙翠珍是个大麻烦，我说，孙翠珍，你来找我有事吗？

孙翠珍说，我当然有事找你，我以为你和朱元璋没有来往了，没想到你们转入地下活动了。

我急忙说，孙翠珍，你这是什么话？我和朱元璋的关系你心里一清二楚，我们是一起玩大的赤脚兄弟，我们一直有来往的呀。

孙翠珍动了动嘴唇说，是呀，酒肉朋友，臭味相投。

孙翠珍还是老脾气，说话像开炮，而且是没有目标的乱开炮。我心里很害怕，害怕这个时候有同事进来。我说，孙翠珍，在这里说话不方便，晚上我去你家里，我们聚一聚吧？

孙翠珍说，不好，聚个屁，我就是想和你单独说话。

接下来发生的事情让我惊慌失措，因为孙翠珍突然哭了起来。我说，孙翠珍，你——你怎么能坐在这里哭呢？

孙翠珍唏嘘着说，我伤心了，想哭就哭了，难道哭还要打报告吗？

我想打个电话给朱元璋，让他把老婆领回家，我觉得孙翠珍最近是不是脑子出了问题。孙翠珍突然揩干脸上的泪水说，好了，哭过了就好受了。郑意外，现在我们说事吧。

我的心脏一会儿紧缩一会儿又鼓胀，像在坐惊险的"过山车"。我说，说事——说什么事？

孙翠珍湿润的脸上涌起一层轻蔑，她说，你装，郑意外，你再装吧。我没说错，你和朱元璋都坏透了。

我没干体力活，可我感觉到精疲力竭了。我说，孙翠珍，你别烦我了，我还有很多很多事要做，你有事快说吧。

孙翠珍说，我也有很多很多事要做，这些年我为朱元璋做了很多事，可他呢，他这个坏透了的坏蛋，他为我做了什么呢？孙翠珍站起来愤怒地拍一下桌子说，他背着我只干他想干的女人！孙翠珍的大嗓门像只大喇叭，把文化馆的空气也惊动了。

我小心翼翼地说，孙翠珍，你和朱元璋的事你还是回家说吧。

孙翠珍说，郑意外，我把家里的事说给你听，是因为我把你当朋友看，你和朱元璋是兄弟，这样我就是你的嫂子。我没说错吧？

我说，对的，你没错。

孙翠珍坐下来说，我告诉你我的心情，说到朱元璋，我咬牙切齿，我罄竹难书。难道你真的不知道我们之间的事？

我说，我真不知道。

孙翠珍说，那好，我会慢慢告诉你的，别人面前打死我也不会说，但在你面前我想都说出来。我觉得，你们虽然是老邻居老朋友老同学，但你们两个人不一样。

我惊讶地说，你说的怎么和朱家人说的一样？

孙翠珍说，我也是听朱家人说的，他说过好几次了。我觉得，你们两个人确实不一样。要我详细说，也说不出个所以然，反正不一样。郑意外，我问你，你要说真话，你向朱元璋借钱了吗？

我的心要跳出来了，我说，没有。

孙翠珍大声说，还说没有，我都看到过你打的借条了。你实话告诉我，我也告诉你实话。

我想了想，觉得这个事是朱元璋自己先暴露的。我说，你来找我就这个事吗？

孙翠珍说，是的，这是主要的事，其他我还有事。我早就想来找你了，可我以为你和朱元璋没有来往了。看到你的借条，我才知道你们还像以前一样。

我说，你看到我打的借条了？

孙翠珍说，当然看到了，可我想不通朱元璋怎么还有这么大的一笔钱，这些年来他的钱都花在婊子身上了。他的钱他自己都拿走了，可我还要培养女儿，你说我一个农村出来的女人能扛多久呀？

孙翠珍开始又哭泣了，这一次比前一次更加可怕，她除了眼泪还流口水，整个脸面都湿漉漉的。我再次惊慌失措了，说，孙翠珍，你不要哭，你真的不能在这里哭，你在我们文化馆哭影响不好。

孙翠珍停止哭泣说，这些年我哭得太多了。郑意外，你借朱元璋的十万块钱什么时候还？

我说，借条上不是写着期限两年吗，不过我要告诉你，朱元璋也借了我十万块钱。事到如今，我被迫反击了。

孙翠珍吃惊地说，这不可能，你别骗我，朱元璋骗了我，难道你郑意外也要骗我？

我把刚刚藏匿在抽屉底里的借条挖出来，递到孙翠珍面前说，你看，这是朱元璋打给我的借条。

孙翠珍瞪着眼前的借条，她伸出手想来拿借条，我急忙收了起来，万一孙翠珍抢走借条，那我损失的不是一张空头借条，而是实实在在的十万块钱了。孙翠珍说，你——郑意外，你在骗我吧？

我说，我不骗你，你是我嫂子，我骗你不是人。

孙翠珍的脸上有了浓厚的失落，她站起来说，对不起，郑意外，我没想到事情会这样的。

我说，什么事情？

孙翠珍若有所失地走出去了，走到门外她又走进来说，郑意外，我来找你的事，你不要和朱元璋说。

6

我接到升高中的通知时，已经放暑假了。之前，我以为我升高中的希望渺茫。我爸爸也为我跨入社会做了一些准备，譬如和他们小学的校长商谈好，确切地说，是我爸爸送烟酒给了吸烟喝酒的校长，校长已经同意到开学我去学校做临时工。我爸爸是这样对我说的，你先到我们学校做临时工，以后有机会弄个代课老师的资格，将来或许能转为公立教师。

我觉得，你走这条路最有希望。

我当时只有十六岁，我只能走我爸爸为我选择的路。我说，爸爸，我听您的。我说是这么说，但心里想升高中的愿望还活着，我盼望朱家人能带给我喜讯。自从上次朱家人来找过我之后，我们就没有再碰到过。朱元璋在毕业前请了几天假，听说家里发生了什么事。我很想去朱元璋家，想到朱元璋说过不要我去找他的话，我想去朱元璋家的念头就消退了。我猜想朱元璋家应该会发生一些事的，否则像朱家人这种当过国营企业车间主任和工宣队队长的人，是不会轻易到我家来找我的。

我升高中的通知是我的班主任送来的，我的班主任是个瘦瘦长长的女人，叫徐小娟，估计三十岁左右，听说她是一个离婚的女人。班主任来送通知的时候，是一个闷热的下午，我和我爸爸正面对面坐着吃西瓜，我们都赤裸着上身，穿着我妈妈自己做的短裤衩。我和我爸爸边说话边吧嗒吧嗒嚼着西瓜，西瓜汁像血一样流过我们的下巴滴在地上。

我爸爸也放暑假了，他正在语重心长地和我谈我的未来，他认为我适合做一个语文老师，因为我的理科太差，但我的作文写得很棒，他肯定我是一块做作家的料。我爸爸是一个文学爱好者，他写了许多"豆腐干"文章，那个时代是文学的时代，有许多人在乐此不疲地写小说散文诗歌，我爸爸就是其中的一个，他希望我也爱好文学。

我的班主任看到我和我爸爸这副模样，她可能有些不知所措，站在门口进退两难。我爸爸看到了班主任，他慌忙站起来说，徐老师你来啦，快进来坐。我爸爸的脸红了，他傻笑着扔掉手里的西瓜，然后进房间穿汗衫长裤去了。

我没想到班主任会来我家，我说，徐老师，我爸爸说，你是个好老师。我不知道我为什么会说这样的话，因为我爸爸根本没说过徐小娟是个好老师。

班主任听了我的话，居然脸也红了，她从拎着的布袋里摸出一张纸来说，郑意外，告诉你一个好消息，我给你送升高中的通知来了。

我惊喜地张大了嘴说，啊，徐老师，是真的吗？

班主任笑着把手里的纸递给我说，你看看，老师还能骗你吗？祝贺你。

我接过纸一看，真是一张我升高中的通知书，我欣喜若狂地大喊，爸爸——妈妈——我升高中了。

我爸爸妈妈以为发生了什么事，都慌乱地从房间跑出来，我挥着手里的通知说，我升高中了，这是通知。

我爸爸妈妈看了通知，都对班主任表示感谢，我妈妈还提出请班主任留下来吃晚饭。班主任说，这是郑意外同学自己努力的结果，我作为他的班主任，特别欣赏他不怕苦不怕累的劳动精神，他的积极积肥为我们全班争得了荣誉。班主任说得有些激动，我想她说的话是发自内心的。

我突然想到了朱元璋，我说，徐老师，朱元璋也升高中了吗？

班主任说，朱元璋升高中的通知也到了，可他爸爸坚决不同意他升高中。

我说，他爸爸会不同意，为什么？

班主任笑笑说，为什么？我告诉你吧，开始我也想不明白，后来朱元璋的爸爸来找我了，我才知道朱元璋和另一个班的女生搞早恋，那个女生叫张好沁。这个事，我居然不知道。郑意外，你知道吗？

我摇摇头说，我不知道。

班主任说，我告诉你这个事，是要你千万别学朱元璋，早恋的结果就是苦果。

我爸爸妈妈都说，徐老师说得对，你一定要听徐老师的话，好好读书将来考大学。

班主任走的时候，我有意送她到我家小园子的门外，我说，徐老师，你说朱元璋初中毕业能做什么呢？

班主任说，郑意外，你放心吧，朱元璋的事他爸爸一定会管好，他爸爸当上国营新华印刷厂的党支部书记了。

过了几天，还是没有朱元璋的消息。

这天下午，我忍不住去找朱元璋了。朱元璋的家在一个大台门里，我穿过一个小天井，看到朱元璋的家门关着，里面也很安静，或许朱元璋在睡午觉吧，也有可能被他爸爸软禁了。我站在门口喊，朱元璋，喂，朱元璋你在家吗？

我听到朱元璋家里响起脚步声，然后木门打开了。朱元璋看到我兴奋地说，哎呀，郑意外，果然是你，我刚刚想晚上去找你。

我发现朱元璋的脸色很灿烂，看不到一丝阴沉的痕迹。我说，朱元璋，你在骗我，你早把我忘记了。

朱元璋说，谁说的？是你先把我忘记了，这么长时间也没来看看我。

我说，不是你说的，让我以后不要再去找你了。

朱元璋迷茫了一下说，郑意外，我说过这样的话吗？

我说，我收到升高中的通知了。

朱元璋笑着说，我也收到了，我们又可以在一起同学了。

我吃惊地看着朱元璋，我想说班主任说你爸爸不同意你升高中。朱元璋说，你为什么这样看着我？好像我在骗你似的，我给你看通知。

我拉住他悄悄说，朱元璋，我听说你爸爸当书记了。

朱元璋说，是的，这个老顽固，我和他的斗争昨天晚上刚刚结束。

我说，有这种事，你和你的亲爹还有斗争？

朱元璋说，这样吧，今天晚上我们去看电影，我把我和我爸爸的斗争告诉你。

我说，这么热的天去看电影？

朱元璋心情很好，话也滔滔不绝了。他说，是呀，我喜欢电影你是知道的。我经常一个人去看电影，开始的时候我以为电影是在现场拍的，后来才知道电影就是演戏，是演员装出来的。

我说，电影当然是演员演的呀，朱元璋，你连这个都不知道，还有资格说喜欢电影。

朱元璋认真地说，郑意外，你现在说知道，以前你肯定也不知道。我问你，你看《南征北战》时，你想得到这是演员演的电影吗？

我想了想，自己看电影《南征北战》时，确实觉得这是在当时战场上拍的。我说，没想到，我以为是战场上拍的。

晚上，我和朱元璋去电影院看电影，结果走到电影院门口都是想要票的人。我和朱元璋坐在电影院边上的路灯下，我说，看到了吧，想看电影要提前买好票。

朱元璋说，郑意外，将来我要写很多电影剧本，也要拍很多电影。你不相信我？我说的是真的。

我说，朱元璋，你做梦呀，你还是说说你和你爸爸的斗争吧。

朱元璋拍死一只叮在腿上的蚊子说，你真的不知道我的事？

我说，你的什么事呀？

朱元璋说，不管你知道不知道，我告诉你吧，你是我的好朋友。

我觉得自己隐瞒已经知道的不应该，至少在朱元璋面前不是一个诚实的人。我想了想说，朱元璋，我听说你爸爸不同意你升高中？

朱元璋说，我爸爸真是个不可理喻的人，他说我早恋了，还去找那个女生，把那个女生骂得眼泪汪汪，他简直就是一个疯子。更疯狂的是，我爸爸不同意我升高中，理由是我升了高中要继续早恋。我爸爸严肃地对我说，你升高中我不同意，我要安排你到我们印刷厂工作，你有文化又聪明，将来你一定能成为一个优秀的排字工。郑意外，你说我爸爸是不是疯了，什么优秀的排字工，我就这么没出息吗？我将来要写电影剧本要做大导演。

我说，你爸爸做得太极端了，他是党支部书记，怎么能这样？

朱元璋从身边拣了块瓦片，在石板上乱七八糟地涂划着。朱元璋说，我想升高中，然后考大学，我要考电影学院的编剧专业或者导演专业，我的理想是写电影拍电影。郑意外，你有没有想过你的理想是什么？

我老实说，我的理想是成为一个作家，我爸爸也希望我有这样的理想。

朱元璋说，你爸爸真好，我有你这样的爸爸就好了。

我说，你爸爸是国营企业的党支部书记，你还不满足呀。他要你去做排字工，以后你就是车间主任就是党支部书记。

朱元璋说，我才不要做排字工，我也不想做车间主任党支部书记。我相信朱元璋说的是真的，因为他的理想不是进工厂做工人。

我说，朱元璋，你爸爸最后怎么同意你升高中了？

朱元璋说，最后我们双方妥协了，就是我和我爸爸各让一步，所以我们的斗争双方既是胜利者也是失败者。朱元璋站起来拍拍屁股又说，郑意外，你不相信我说的都是真的。

我说，朱元璋，你是你爸爸的儿子，你有什么事谈得上让步？

朱元璋推我一把说，说出来笑死你，就是以后我讨老婆由我爸妈说了算。

我惊讶地啊了一声说，这是真的吗？

朱元璋笑了笑说，当然是真的。朱元璋的笑声里充满快意，我也笑了起来，毕竟我们都能升高中了。

7

我的办公室里安静下来了，可我的心安静不下来。我的感觉是朱元璋变了，他不像以前那个喜欢电影的朱元璋了。后来的事实证明，朱元璋确实变了，而且变得一塌糊涂。

自从孙翠珍来找过我之后，我晚上经常会做噩梦，梦见孙翠珍披头散发像个女鬼，她追着我讨要十万块钱，还像模像样地要掐死我。有一天深夜，我终于鬼哭狼嚎地叫喊起来，脸色煞白浑身颤抖，搞得我老婆差一点要叫救护车。我老婆问我，你怎么了？我说我不知道。

这天下午，我的同事出去有事了，我打电话给朱元璋，我觉得有必要和他谈谈借条的事，再这样下去我不发疯也会神经衰弱的。我打朱元璋办公室的电话，打了几次都无人接听。我又拨通朱元璋的手机，结果他也没有接，他是没听到还是存心不想接听？

我站在窗口无聊地眺望远方，已经是深秋季节，树叶都黄了，秋风有时会呜呜地叫，黄叶一片一片地随意飘荡，像我脑袋里飞舞的一张张借条。我的同事是这个时候回来的，他刚刚走进门，朱元璋的电话也来了。我说，朱元璋，我打你办公室的电话，你不接；我又打你的手机，你也不接。你在躲避我吗？

朱元璋说，我忙。他没有再说什么，等着我说话，可我现在不能当着同事的面说我想说的话。

我说，我有事想找你谈谈，我想了几天，这个事还是说说清楚好。

朱元璋说，你说吧。听他的口气，好像他是个一问一答的放音机。

我说，晚上你有空吗？有空我们在老地方见面，就是那个"迪欧咖啡"。七点半，怎么样？

朱元璋说，好的。

我说不下去了，朱元璋也不说话，我们像有意在拼各自的耐心。大约过了几十秒钟，也有可能是一分钟，总之这是个黑暗而漫长的过程，我忍无可忍地大声说，你把借条带着！说完，我把电话摔在桌子上。

我的同事吃惊地看着我说，发这么大的火，犯不着呢。我意识到了我的失态，在过去的生活中，我几乎没有发生过这种失态，现在我有了，这足以说明我和朱元璋一样也变了。

我对我的同事说，不好意思，我碰到了一个骗子。

晚上，天突然下雨了，而且下得有些缠绵，秋风秋雨一唱一和。

出门之前，我害怕我老婆走近我，因为我的口袋里放着朱元璋打给我的借条。我老婆说，天下雨了，你还要出门呀。

我说，我和朱元璋约好了，去"迪欧咖啡"坐坐。

我老婆说，你说到朱元璋，我想起一件事来了。大约一个星期前吧，有个服装厂在网上转让，我正想找个不大不小的服装厂，看看网上的介绍也算合适，我就打电话过去说对这个服装厂有意向。

我说，你到实地去看了？

我老婆说，我放下电话就去了，结果到厂里一看，真是无巧不成书，转让人就是朱元璋的老婆孙翠珍。

我惊讶地说，有这种事呀？你怎么没和我说起过。

我老婆说，本来想说的，后来事情多忘了。过了几天想起来，想到你和朱元璋几年没联系了，长久没听你提朱元璋家里的事，所以我也不说这个事了。

我老婆在经营一个外贸公司，主要是做服装的，她一直想有一个自己的小工厂。我说，你们谈得怎么样？

我老婆说，没怎么样，我只是觉得孙翠珍转让服装厂有点奇怪。我对孙翠珍说，这个服装厂很不错，转让可惜。孙翠珍说，没办法，事情太多，一个女人太忙了会失去太多的东西。我觉得孙翠珍说得话里有话，不好意思和她谈转让服装厂的事。我找了个理由说，我替一个朋友来看看的，感觉这个厂规模小了点。就这样。

我说，今天朱元璋约我喝茶，或许就是为这个事吧。

我老婆赶紧说，那你快去吧，看他怎么说。

我走进"迪欧咖啡"，还是一种朦胧的感觉，我慢慢在昏暗的过道里走了个来回，没有响起朱元璋叫我的声音。我选择一个靠近角落的位置坐下来，看看手表刚刚七点半。我担心朱元璋不会来了，或者来了也不会带来我打给他的借条。我点上一根烟，假装耐心等待着，其实我的内心焦虑不安。从我身边走过的每一个人，我都以为是朱元璋。

这个时候，我的手机响了，朱元璋说，你在哪里？

我站起来说，左边角落站着的就是我。

朱元璋说，不好意思，郑意外，你再等我半个小时，我现在有事走不开。我还没反应过来，朱元璋已经挂掉了电话。我没有看时间，坐着接连抽烟，一个服务生走过来说，先生，请你不要吸烟，这是公共场所。

我说，先生，我心里烦，不烦就不到你们这里来了。

过了一会儿，朱元璋的电话又来了，他说，你在哪里？

我说，你是不是让我再等半个小时？

朱元璋说，不，我看到你了。我发现朱元璋被雨淋湿了，他坐下来揩头上的雨水，我说，外面雨还下得这么大？朱元璋抬头看看我，眼睛是湿润的，仿佛刚刚哭过一场。他说，郑意外，你找我有事快点说，我最多只能给你二十分钟，我还有许多事等着去做。真是难以想象，这话是朱元璋说的。

我说，我想说的事很多，二十分钟说不完。

朱元璋说，哦，那只能留着以后再说了。

我觉得我和朱元璋真的没有什么可说的，事实上，除了这张借条我们确实也没有别的话题了。我从口袋里摸出借条说，还你吧，你把我的也还给我。

朱元璋的脸色很难看，在灯光下显现出一种病态。他说，孙翠珍去找你了？

我愣了愣说，是的，你不告诉我实情，我吃冤枉了。

朱元璋说，这个事说来话长，有机会说好吗？

我说，我不想听，这是你的事，和我没关系，你把我的借条还给我。

朱元璋捋捋头发说，我没带来，不是故意的，我实话告诉你吧，我住在宾馆里，就是我们学校的招待所，有半年多了。这么说他和他老婆已经分居了。这种事朱元璋不想说，我也不好意思打听。我说，朱元璋，我相信你说的都是真话。

朱元璋坐到我的边上，他拍拍我的肩膀说，郑意外，你是我的兄弟，我知道你会理解我的。

我被感动了，我和朱元璋毕竟有几十年的交情，只要想起我们的过去，心里就有一股暖流涌动，而且这股暖流是清新纯真的。我说，朱元璋，其实以前你一直是我的骄傲。我说这话不是乱说，朱元璋做学校办公室主任时，他们学校新开设了一个财经专业，虽然是中专学历，但这个专业在当时很吃香。我的亲戚朋友听说我的同学在这个学校当办公室主任，就经常有人说到他们考不上高中的子女想读这个专业。有几次，我打电话托朱元璋办事，朱元璋说，不得了，想读这个专业的人多得不得了呀。我只好说，你量力而行吧，真不行就算了。过了几天，朱元璋通知我，郑意外，我从校长那里给你挖了个名额。这不是说朱元璋为我办事我就说他的好，这至少说明我的事他还是当事办的。

朱元璋站起来说，我要走了，过几天我约你好好谈，说不定我还有事请你帮忙。

我说，借条的事不处理好，你叫我怎么再帮你？

朱元璋笑了笑，嘴角露出一丝湿润的无奈，他走的时候一句话也没有说，低着头像在匆匆赶夜路。

过了几天，朱元璋一点消息也没有，我给他打电话，他说还在忙。晚上，我梦见朱元璋约我了，我们似乎走在一座陈旧的四层木楼房里，木楼梯在楼房的中间，像一只庞大的木梯子盘旋而上。我和朱元璋沿着楼梯走上去再走下来，来来回回地爬上爬下，脚下传出叽叽吱吱的声响，我和朱元璋都不说话，好像我们到这里来就是来爬楼梯的。我醒来时，觉得这个梦很有亲切感，想起来原来梦中的那座木楼房，就是我们读初中时的教学楼。应该说，做这样的梦，我是愿意的。

天气开始冷了，我的失望却像野草一样在疯长，我甚至于会莫名其妙地对自己骂娘。有一天，我想到打给朱元璋的这张借条，其实就是隐藏在我床下的一颗定时炸弹，什么时候爆炸我不知道？我找了个机会给朱元璋打电话，结果手机告诉我，我拨的号码停机了。我惊呆了，以为听错了，再拨一次，手机还是告诉我，我拨的号码停机了。

我的心悬了起来，再打朱元璋办公室的电话，拨手机前我打过他办公室的电话，打了几次都没人接听。这一次，一打就通了，我说，朱元璋，你坏透了，你真是一个坏蛋！

那个人说，你是谁？我不是朱元璋。

我愣了愣，听声音似乎有点不像朱元璋，但声音是可以假装的。我说，朱元璋，你别装了。

那个人笑着说，朋友，我可没装呀，朱元璋提拔为副校长了，他搬到新办公室去了。我听了又惊又喜，仿佛是我本人被提拔了。我的惊喜是发自内心的，但现实告诉我，朱元璋的手机打不通了。我准备晚上直接去学校招待所找朱元璋，招待所的人一定知道他们的副校长住在哪一间。这样一想，我的心平静多了。

就在这时，我的手机响了，接起来听到一个女人的声音，喂，你是郑老师吗？这个声音虽然陌生，但听起来甜甜的、脆脆的，很能吸引男人。

我说，是的，你是哪位？我在文化馆干了这么多年的创作员，在本地也算是一个有文化的人，所以许多人都称我为老师。其实我心里明白，我根本不是老师，不像朱元璋才是个有资格的老师。

那个女人说，我是陆曼。

我开始对这个名字反应不过来，后来突然想到了，陆曼就是朱元璋的朋友。我说，陆曼，你找我有事吗？

陆曼说，我听朱元璋说，你是他的好朋友，从小一起长大的，是老邻居老同学。真是太难得了。

我说，以前我们像兄弟。

陆曼说，难道现在不是了吗？

我说，当然是的。

陆曼说，那就好了。

我说，陆曼，朱元璋的手机停机了，你知道吗？

陆曼没有回答我的问题，她说，郑老师，你是我欣赏的作家，我喜欢读你的小说。

我说，你已经说过了，其实我的小说都是狗屁。

陆曼说，我觉得，狗屁小说其实是好小说，现在许多小说狗屁都不如。

我和陆曼在电话里聊小说，就像面对面坐在一起，这是一种温馨的感觉。我说，陆曼，你也爱好文学吧。

陆曼说，以前爱好过诗歌，后来都是诗歌惹的祸，现在我被人打了。

我惊讶地说，陆曼，你在开玩笑吧，诗歌怎么会打你？

陆曼说，我真的被人打了，当然诗歌不会打人，打我的是人，她叫孙翠珍，一个像公鸡一样的泼妇。

我啊了一声说，孙翠珍不是朱元璋的老婆吗，她为什么要打你？

陆曼说，为什么要打我？我和朱元璋睡在一起被她看到了。

我突然气急败坏了，好像和朱元璋睡在一起的不是陆曼而是我老婆，我说，你们怎么能睡在一起呢？

陆曼说，昨天晚上我去朱元璋的房间有事，刚好有个机会，我们就睡在一起了。没想到，孙翠珍像只狗，早就跟踪我了，我们刚刚开始，她就闯进来了。

我觉得陆曼像在说别的女人，说得很平静。我说，你是朱元璋的学生吧，现在也是学校的老师，你们都是老师怎么能做这种事？

陆曼说，郑老师，老师也有男老师和女老师呀。

我说，陆曼，你真是乱弹琴，你这样说是在侮辱老师。

陆曼说，我不是老师，也不是朱元璋的学生，我是一个个体经营者。

我听得晕头转向了，这个陆曼究竟是个什么样女人。我说，陆曼，你和我说这些有什么意思？

陆曼说，当然有意思，我觉得你应该帮帮朱元璋，你想他已经提拔副校长了，如果孙翠珍这个泼妇再闹下去，朱元璋就没有好结果了。

我说，陆曼，这个事是你和朱元璋的错，你们没有这个关系，孙翠珍会这么闹吗。

陆曼说，这有什么关系，我喜欢你的兄弟朱元璋呀，我们经常睡在一起，为这个事，我和孙翠珍谈了几次，都谈崩了。郑老师，我相信你，所以给你打这个电话，也是为了朱元璋，你找孙翠珍谈谈，劝她早点和朱元璋离婚吧。这种婚姻存在一天，双方就痛苦一天。

我觉得我有许多话要说，可陆曼啪嗒挂断了电话，她的意思是想我去劝散孙翠珍和朱元璋的婚姻。

8

很久以前的一天，朱元璋兴奋地拉住我说，郑意外，我有特大喜讯，我的一个电影剧本被《电影文学》留用了。他说这话的时候，表情和范进中举差不多，我发现他脸上的肌肉都在跳动，像刚刚放掉血刮了毛还热乎乎的猪肉。

我说，朱元璋，恭喜你，你已经踏上理想之路了。

朱元璋喃喃着，我没想到，真的没想到，这么快就留用了。

这以后，朱元璋开始废寝忘食地写电影剧本，到高中毕业前，他一共写了五个电影剧本，但最终一个也没发表出来。

朱元璋说，郑意外，以后我有钱了，一定要拍一部我自己写的电影，这是我坚定不移的理想。你信不信？

我说，我当然信的。

我和朱元璋都没有考上大学，我们高考的数理化分数，每科都只有三四十分。朱元璋的这个结果，让朱家人大发雷霆，朱元璋挨了一顿臭骂后来找我，他说，我爸爸骂我了，骂我是个没出息的坏东西。

我说，想骂就骂呗，我们尽力考了。告诉你，我爸爸也骂了我，他看到我的高考分数后说，如果你听我的话，或许你现在已经是个代课老师了。我说，代课老师有什么好？我爸爸骂我是个混账东西。

我和朱元璋都面临着就业的问题，后来朱元璋考进一所经贸技工学校做校工，我则考进文化馆做创作员。朱元璋进学校工作后继续写电影剧本，他说他一定能写出一部导演喜欢的电影剧本。五六年过去了，朱元璋到底写了多少电影剧本，估计他自己也记不清了。朱元璋拿给我看的电影剧本有七八部，他说拿给我看的都是他自己最满意的，我看后的感觉是，朱元璋的电影剧本不像电影剧本，更像是蹩脚的小说。但朱元璋坚持说，我写的就是电影剧本！

我把朱元璋给我看的电影剧本，推荐给我们文化馆办的内部刊物。可是，推荐了许多次从来没有一部发表过。我觉得这个事很没意思，就不再厚着脸皮推荐朱元璋的电影剧本了。朱元璋知道了这件事，他很感动地说，郑意外，如果我在电影上有成功的一天，有你兄弟的一份功劳。走吧，我请客，我们看电影去。

有一天，我们馆长把我叫到他的办公室说，小郑，听说那个朱元璋的电影剧本都是你推荐的？

我说，是的，以前推荐过，现在不推荐了。他是一个有才华的作家，已经写过将近二十部电影剧本了。

馆长说，哦，他的电影剧本发表过吗？

我说,现在没有,不过以后会发表的。

馆长说,他的电影剧本拍过电影吗?

我说,现在也没有,不过以后会拍成电影的。他在读高中时,有一个电影剧本被《电影文学》留用过。

馆长说,这确实很不容易。这样吧,我给他选发一个电影剧本,就算是一种鼓励吧。不过,我有一个条件。

我欣喜地说,馆长,你有什么条件?

我听馆长说要发表朱元璋的电影剧本,心里欢欣鼓舞起来。馆长说,听说这个朱元璋的爸爸是国营新华印刷厂的党支部书记,我想请他帮个忙,当然,不是我个人的事,是公家的事,说得具体点就是我们文化馆的事。我不知道怎么回答馆长,因为馆长是请朱元璋的爸爸帮忙,又不是请我的爸爸帮忙,我怎么能决定这个事呢?

馆长笑了笑说,小郑,你不用为难,这个事很好办。你只要带个口信给朱元璋,我们文化馆的内刊在新华印刷厂印刷,就说印刷费想优惠一点,因为我们文化馆是个讨饭单位。

我把馆长的意思转告朱元璋,他先是兴奋得跳了起来,然后说,郑意外,这个事难办。

我说,你爸爸是厂里的书记,优惠印刷费,还不是他一句话。再说,我们馆长又不是说不出印刷费,只要求优惠一点,不算过分呢。

朱元璋太想发表他的电影剧本了,写了这么多年,家里的电影剧本多得像满地滚的西瓜,可从来没有一个滚出家门过。他想了想说,好吧,我找我爸爸说去,你等我的消息。

我等了几天,朱元璋没有消息。我想,你没消息我也不管了,反正不是我自己的事。没想到,我们馆长又把我找去了,馆长说,小郑,我的口信你给我带到了吗?

我说,馆长说的我当然照办,我几天前就和朱元璋说了。

馆长说，那个朱元璋怎么说？

我说，朱元璋当然很开心，巴不得他的电影剧本早点发表呢。他说，他会找他爸爸说的。

馆长说，这就好，你看到朱元璋催催他，我们这一期杂志就要下厂了。

馆长的意思就是，如果他说的事朱家人同意了，朱元璋的电影剧本就排进去送印刷厂；如果朱家人不同意，估计朱元璋的电影剧本就发表不了。从馆长室出来，我赶紧给朱元璋打电话，那个时候，朱元璋已经在学生科工作，可能是副科长或者科长了，因为我接通电话后，有人在大声叫喊，朱科长——有电话——

朱元璋好像很忙，是赶过来接电话的，他喘着粗气说，喂喂，你是谁呀？

我说，朱元璋，馆长找我了，这一期杂志就要下厂了，你有没有找过你爸爸

朱元璋说，我找过了，你说的当天晚上我就找他说了。

我说，你爸爸怎么说？

朱元璋有气无力地说，我爸爸听了我说的话，他没说话，他到昨天晚上都没说这个事，唉，不知他葫芦里卖的是什么药。

我比朱元璋更焦急，我说，你真是的，你为什么不催催他，这是你的事，错过这个机会我可不管了。

朱元璋说，好的，我晚上就催他。

第二天朱元璋没消息，第三天也没有消息，我害怕碰到馆长，所以时时处处躲避他。但馆长来找我的时候还是来到了，馆长走进我的办公室说，小郑，那个朱元璋到底怎么样？

我看到馆长的脸色是阴沉沉的，估计他已经生气了。我笑着站起来说，馆长，朱元璋的爸爸早几天出差去了。你请坐，我现在打个电话给朱元璋问问。

馆长当然不是那么好哄的，他是一个公认的老滑头。我拿起电话给朱元璋打电话，拨了几次都是忙声，最后总算拨通了，而且接电话的人就是朱元璋。我说，朱元璋，你爸爸出差回来了吗？

朱元璋莫名其妙地说，我爸爸没出差呀，谁说我爸爸出差了。

我说，哦，上次说的事你爸爸同意了吗？

朱元璋说，我刚刚在给你打电话，打了几次都是忙音，你一个文化馆的创作员，也有这么忙呀。

我焦急地说，你说呀，你爸爸到底同意不同意？

朱元璋说，你急什么急，我不是说刚刚在打电话给你吗，他当然同意了。

我激动地大声说，朱元璋，你再说一遍。

朱元璋说，我爸爸同意了呀。我对着电话跟馆长说，馆长，朱元璋说，他爸爸同意了。

馆长说，好，小郑，你为我们文化馆做出了贡献。

我说，馆长，朱元璋的电影剧本能发表了？

馆长说，当然发表，他也为我们文化馆做出了贡献。馆长满意地走了，我突然想起我还在和朱元璋通电话，我说，朱元璋，我们馆长说，你为我们文化馆做出了贡献。电话里没声音了，估计朱元璋已经挂了电话。

我又拨过去，朱元璋说，郑意外，你是怎么回事呀？

我说，我在和我们馆长说话，他说你为我们文化馆做出了贡献。

朱元璋说，我的电影剧本发表吗？

我说，当然发表。

朱元璋说，我和我爸爸又做成了一笔交易。

我说，你和爸爸的买卖真多呀。

朱元璋说，我爸爸要我和他们孙厂长的女儿谈恋爱，他说，这个事我们以前就说定了的。

我听了笑起来说，朱元璋，孙厂长的女儿漂亮吗？

朱元璋还算开心，他说，当然漂亮，不过是农村户口，现在厂里做临时工。我爸爸和她爸爸都说，转正是迟早的事。

我说，这算什么交易，这是你应该做的。

朱元璋说，当然是交易，我对我爸爸说，我同意和厂长女儿谈恋爱，但我有个要求，就是你说的那个事。

我说，你爸爸只能同意了。

朱元璋说，是的。

我说，朱元璋，你真幸福，电影剧本发表了，恋爱也开始了，恭喜你。

朱元璋说，她叫孙翠珍，以后你有女朋友了我们一起去看电影。

9

我再次想去学校招待所找朱元璋，自从陆曼给我打过电话后，我感觉到她是个貌似有修养的女人。下午我一直在想，晚上和朱元璋谈些什么，当然借条的事是一定要谈的，这是唯一涉及我的事。

我的手机叮咚叮咚地响了，我听到我老婆吃惊的声音，喂喂，郑意外，朱元璋死了，你知道吗？

我吃惊地说，什么——你说什么？朱元璋死了，你怎么知道的？

我老婆说，我刚刚看到经济报上有个"讣告"，说朱元璋不幸英年早逝，你看看吧。这是一张本地经济类小报，每年底都到企业去推销发行，我很少看到它。我说，谁说朱元璋英年早逝了？

我老婆说，当然是他老婆说的，孙翠珍。

我到哪里去找这张报纸呢，我急忙拨打朱元璋的手机，拨通了才想起他的手机已经停机。我的悲痛开始渐渐浓厚起来，脑袋里都是我和朱元璋在一起的往事。我想拨朱元璋原来办公室的电话，我的手机又响了，我接起来一听，是一个老同学来问我朱元璋死了的事，许多同学都知道我和朱元璋关系好。我说，我也刚刚听说，正在核实。没想到，短时间内，我接到几个老同学的电话，都是来问朱元璋死了的事，估计都听说朱元璋的死讯了。

我拨打朱元璋原来办公室的电话，想问朱元璋新的电话号码，但拨打二十多分钟全是烦人的忙音。我反反复复拨打这个号码，终于打通了，我说，喂，请问朱元璋的电——

那个人居然粗暴地打断我的话，声嘶力竭地说，啊——我烦死了，朱元璋没有死，他坐在校长办公室打电话——他活得好好的。

我想问朱元璋新办公室的电话，估计那个人已经扔掉了电话。朱元璋没有死？没死怎么刊登讣告了。为了能够联系上朱元璋，我只好拨通陆曼给我打过的号码，我说，你是陆曼吗？我是郑意外。

陆曼懒洋洋地说，哦，是郑老师呀，我知道你为什么打电话给我，我明确告诉你，朱元璋是死不了的，他还在做他的校长。

我老婆告诉我朱元璋死了的消息后，我在想象朱元璋是怎么死的，还想象着他死后遗容的模样，现在都说朱元璋没有死。我说，陆曼，我搞糊涂了呢，朱元璋到底怎么了？

陆曼说，没怎么的？这是他老婆想咒死他，我不是同你说过了，你要找她好好谈谈，警告这个泼妇不要再闹了，赶紧离婚是她的正确选择。

我惊讶地说，你是说，朱元璋的讣告是孙翠珍闹出来的？

陆曼说，当然是，她已经疯了，经济报也疯了。

我说，他妈的，真的都疯了呀。

陆曼说，朱元璋肯定饶不了她，他会告这个女人，当然也要告报社，他们严重侵害了朱元璋的名誉。

我说，孙翠珍这种事也做得出来？

陆曼说，是呀，我不是同你说她已经疯了。郑老师，你有没有去找过她？

我说，还没有，我要先找到朱元璋谈谈。

陆曼突然说，你去找他吧，我挂电话了。

我决定晚上去学校招待所找朱元璋，这是我的正确选择。

晚上大约八点多，我去找朱元璋了，出门前打了一通电话，有别人打给我的，也有我打给别人的，都是说朱元璋死了或者没有死的事。朱元璋学校的招待所我认识的，那个地方我们开过几次同学会，当然都是朱元璋一手操办的，办公室主任做这个事是一件小事。我是这么想的，走进招待所，我问朱校长住在哪个房间？服务员一定会屁颠屁颠领我去的。事实上，我的想法是对的，可今晚却是个例外。

我问服务员朱校长住在哪个房间，服务员根本没有屁颠起来，而且连反应都没有，好像她们没有听到我的问话。我当然变了脸色，我觉得我变脸色是在维护朱元璋的校长尊严。我说，我在问你们朱校长住在哪个房间，你们没听到？

几个服务员的脸色都是怯怯的，她们相互默默地看了看，似乎还是不想说话。我大声说，去把你们经理叫过来！

其中一个服务员说，经理有关照，今晚朱校长谁也不见。

我说，你们经理乱弹琴，朱校长别人可以不见，我一定会见的，快告诉我在哪个房间？

有一个服务员终于轻轻说，你到B幢三楼就知道了。

我说，你们搞什么搞，莫名其妙。

我边说边跑到B幢上楼梯，刚到三楼听到了吵闹声，有男声也有女声，还有噼啪噼啪的声响，好像扔什么东西似的。我慢慢走过去，看到三楼尽头的房间门口站着许多人，吵闹声就是从里面传出来的。有个人看到了我，他走过来拦住我说，你来干什么？快下去。

我说，我为什么不能来，这是招待所。

这个人说，你住哪个房间？

这时，我听到房间里传出朱元璋愤怒的叫喊声，我打死你，你这个呆婆。然后是一阵急促而混乱的争斗声。

我紧张地说，朱元璋怎么啦？我去看看。我急着要走，这个人一把拉住我说，唉，你不能去。

我又听到孙翠珍带着尖叫的哭喊声，朱——元——璋——你不是人，我和你没完，你玩女人玩疯了，我也疯了，我无牵无挂，我死了都无所谓。

我想一定是朱元璋和孙翠珍在打架，我一把推开拉我的人说，去你的吧。我推开房间门口的人闯进去，看到朱元璋和孙翠珍像两个摔跤运动员，紧紧地扭在一起。有两个人在劝架，但看上去像在看吵架。

我冲上前一把拎住朱元璋的后背，朱元璋从小到大都是一个细瘦的人，比力量根本不是我的对手，我说，朱元璋，你像什么样子？我看你真的疯了。

朱元璋被我拉开愣了愣，他衣冠不整脸色惨白，大口喘着粗气，像只斗败的公鸡。孙翠珍一看是我，居然冲上来扑进我的怀里痛哭流涕，仿佛我是她的大救星。她说，啊——啊呀，郑意外呀，朱元璋疯了，他玩女人，他还打我，你说叫我怎么做人。

我推开孙翠珍说，孙翠珍，你冷静点，夫妻的事好商量。

朱元璋冲上前，挥舞着拳头说，商量个屁，这种女人我坚决离——离——离。

孙翠珍也不示弱，她在原地跳了跳说，就是不离——不离——不离，我死都不离。

两个又是一番混战，我用上了吃奶的力气总算拉开他们，孙翠珍悲痛欲绝地喊叫，朱元璋——你这个腐败分子，你再逼我，我——我就叫你永世不得翻身。有人偷偷笑了，感觉很过瘾。

我觉得朱元璋和孙翠珍都疯了，在这里大吵大闹简直就是两头蠢猪。我拉起孙翠珍说，走，孙翠珍，你乱七八糟的说些什么呀，我陪你回家去。

孙翠珍一边挣扎一边说，放开我，我没有乱说，我要告朱元璋这个腐败分子，我一定要让他永世不得翻身。

我奋不顾身地拉着孙翠珍往外走，走出房间外面我说，朱元璋，你也要好好反思，是你的错，你一定要检讨。

朱元璋痛心疾首地说，我都死了，我检讨个鬼呀。

我拉着孙翠珍回家，她还住在以前的家，我已经有很久没有去了，但进门之后还是老样子，家里很凌乱，客厅里的鞋子依然有一大堆。孙翠珍一头扑在沙发上号啕大哭，我送她到家后不知道接下来该怎么办？现在，朱元璋的家里只有孙翠珍一个人。我在门口站了一会儿，觉得既然送她到家了，应该劝劝孙翠珍。我走到孙翠珍的面前说，孙翠珍，你真是疯了，朱元璋是你老公，他有错误，就是有严重错误，你也不能做登他死了的"讣告"，这是缺德的事呢。

孙翠珍突然从沙发上跳起来，明显就是火冒三丈了，她指着我的鼻子说，郑——意——外——我知道你和朱元璋是一丘之貉，你知道他的恶毒吗？我问你，如果你老婆在外面经常偷男人，你会怎么样？

我听了差点要晕过去，我气愤地说，孙翠珍，你怎么能这样说话？

孙翠珍昂首挺胸地说，你还不了解我呀，我从来就是这样的一个人。郑意外，我告诉你，我豁出去了，我什么都不要了，我死了算了，我一定要把朱元璋这个腐败分子搞倒搞臭。

我目瞪口呆地看着孙翠珍，我说不出话了，孙翠珍用一双发红的泪眼瞪着我，仿佛我就是她要报仇雪恨的朱元璋，我倒退几步说，孙翠珍，你想搞就搞吧。

10

我记得，朱元璋和孙翠珍是恋爱一年后结婚的，那个时候年轻人恋爱的浪漫他们都享受到了，因为他们的父亲是国营企业的厂长和书记。

朱元璋结婚的新房是学校分配的，有将近五十平方米，在教师宿舍楼的三楼，这在当时也算很不错了。他们结婚的喜酒摆在学校的大礼堂里，大约有四五十桌，整个大礼堂像热热闹闹的农贸市场。

大礼堂门口挂了一条红色大横幅，上面写着"恭贺朱元璋同志和孙翠珍同志百年好合"。学校的乐队还在台上演奏李谷一的《乡恋》，教育局和学校的领导都来了，新华印刷厂车间主任以上的也都来了。总之，婚礼相当的隆重盛大。

自从新华印刷厂的厂长和党支部书记成了亲家后，我们文化馆内刊的印刷费从八折降到了六折，这是近乎成本的印刷费了。

我把这个好消息报告给我们馆长，我们馆长惊喜地说，啊，郑意外，真是个好消息呀。那天喝喜酒时，我不是同你说，孙厂长比朱书记要大气。我想了想，想不起我们馆长那天说过这样的话。

我说，馆长，朱元璋是个讲义气的人。

馆长说，这个我知道，我也不会亏待他。馆长说到做到，朱元璋的电影剧本隔一期就发表一个。我们是双月刊，以前朱元璋的电影剧本一年只发一个，那时馆长的意思是，电影剧本发多了影响不好。

这种状态本来是很有利于朱元璋创作电影剧本，问题是朱元璋和孙翠珍的矛盾产生了，而且就是因为朱元璋写电影剧本的事。开始我当然不知道，有一次我去朱元璋家，刚好他们在争吵，当时的场面可能渐趋火爆。我进去的时候，朱元璋的脸像马脸，他的脚旁散落着一堆学校的信笺纸。

我说，唉，你们怎么回事？

孙翠珍说，郑意外，你说说，有他这种男人吗？什么事都不做，一天到晚——电影剧本——电影剧本——电影剧本——还说想拍电影，做梦去吧。

我拣起地上的信笺说，孙翠珍，我们都是有理想的人，当作家是我的理想，写电影剧本拍电影是朱元璋的理想。

孙翠珍说，你也来教育我了，你是不是也看不起我这个农村来的，告诉你，我已经转正了。我以前也听朱元璋说过，孙翠珍别的都好，就是脾气他接受不了。

后来，朱元璋和孙翠珍经常为这个事争吵，我劝朱元璋说，朱元璋，写电影剧本只是业余爱好，家庭是第一的。

朱元璋说，我真是想不通呀，我老老实实待在家里写电影剧本有什么不好，可这个女人就是接受不了我的爱好。

我说，孙翠珍反对你写电影剧本，她想你干什么？

朱元璋说，我不知道，想我早点上床抱她吧？

我以为这是朱元璋生气了开的玩笑，结果孙翠珍真的说出这种事来了。有一天晚上，朱元璋约我和另一个同学去探讨他的一个电影剧本，我当时就说，孙翠珍反对你写电影剧本，我们还是到我办公室谈吧。朱元璋理直气壮地说，没事，我不怕她。

我们敲开朱元璋家的门，发现孙翠珍在轻声哭泣，我们站在门口进退两难，朱元璋说，没事，进来吧。我们走进朱元璋的书房，其实这个书房是放着几只书架的小卧室。

孙翠珍在客厅哭着说，朱元璋，你不想和我睡，你就和你的电影剧本去睡吧

朱元璋说，你烦不烦呀，你到底要我怎么样？

孙翠珍说，我等你来你不来，我睡着了你来了，你不是人。

朱元璋说，你再这样闹下去我受不了了。

孙翠珍说，受不了的不是你是我，你半夜三更上床来，还要吵醒我弄那个事，弄一次行了吧，他妈的，要弄三四次，你爽快了我累死了。

朱元璋像大庭广众被扒光了衣服，他气愤地说，你——你——孙翠珍——

孙翠珍说，朱元璋，我告诉你，从今天起，你弄电影剧本去吧。她哭着冲进房间，然后嘭地关上房门。如果只有我一个人，孙翠珍说这样的话，朱元璋或许还能忍受，现在还有另外一个同学在场，朱元璋觉得脸面扫地了，我也觉得这确实让朱元璋脸面扫地了。

后来，我很少去朱元璋家了，朱元璋也不再邀请我们去他的家里。有一次，朱元璋到文化馆领稿费后，坐在我办公室说，郑意外，我爸爸和孙翠珍爸爸有矛盾了。

我说，这是因为你和孙翠珍有矛盾吧。

朱元璋说，是的，但也不完全是，他们为公家的事闹翻了，说穿了就是争权夺利吧。

我说，他们的事对你有什么关系，你管你自己的事吧。

朱元璋叹息着说，有关系呀，我爸爸已经说过了，孙翠珍爸爸要动真格了，或许会先从你们文化馆内刊的印刷费开刀。

我没明白朱元璋说的意思，有时候我的思维有些缓慢。朱元璋又说，这是对准我爸爸的，但倒霉的是我和你们文化馆。

我终于想明白了，说，朱元璋，你的意思是我们的印刷费要提价了。

朱元璋说，是的，要全价了。

朱元璋来过文化馆不久，我们的内刊下厂后接到通知，印刷费从本期开始恢复原价。我们馆长把我找去说，小郑呀，我们和朱元璋的蜜月结束了。我当然知道馆长的意思，但我假装糊涂说，馆长，你的意思是我们和朱元璋的婚姻开始了？

馆长说，没有开始，都结束了。印刷厂通知我们要收全额印刷费，朱元璋的电影剧本也只好停发了。

我貌似恍然大悟地说，馆长，我明白您的意思了。

这样，朱元璋上次来文化馆领稿费也就成了最后一次。我给朱元璋打电话说，我们馆长这个老滑头说，我们和你的蜜月结束了。

朱元璋说，这样也好，我先努力工作争取搞点名堂出来，等我有权有钱了，再实现我的电影梦想。

从此，朱元璋很忙了，似乎一心一意扑在工作上搞他的名堂，开始我打电话给他还能聊一会，后来他和我通电话的语速明显加快，好像急着要挂电话。许多时候，都是我打电话给朱元璋，他不会再主动打电话给我，仿佛在有意疏远我。我又想起了很久以前朱元璋说过的话，你以后不要再去我家找我了。

就这样，我和朱元璋的联系越来越少。大约几年以后吧，确切的时间我已经忘了。有一天，有几个同学聚在一起说到了朱元璋，这个时候说朱元璋基本没有我说的内容了，几个同学似乎对朱元璋的现状比较了解，譬如说估计朱元璋快评上副高职称了，譬如说他有可能要升官了，最让我感到震惊的是，听说孙翠珍的父母都死了。据说两年前的清明节前，孙翠珍父母回农村老家扫墓，在渡船渡河时出了翻船的意外，结果孙翠珍的父母都淹死了。

当天晚上，我给朱元璋家打电话，电话是朱元璋的女儿接的，她叫朱雨丝，这个我印象中的小女孩已经升高中了，这正是我和朱元璋痴谈理想的年龄。在这个小女孩的记忆中，对我这个曾经出入她家的人早已模糊了。我说，雨丝，我是郑意外，你爸爸在家吗？

朱雨丝说，我爸爸出去了。

我说，那么，你叫他回来打个电话给我吧。

朱雨丝似乎犹豫了一下说，你——你是——

我觉得她的犹豫中更多的是警惕，我说，我叫郑意外，你不认识我了？我是你爸爸的老朋友。

朱雨丝说，我知道了。

我想，她嘴里说知道，其实心里还是不知道我是谁。我等到夜深人静，朱元璋没有给我回电话。

第二天他也没有给我回电话。过了几天，他依然没有消息，后来，我的心慢慢平静了，时光就这么偷偷地闪了过去。

11

我没有想到孙翠珍真把朱元璋搞倒搞臭了，这是孙翠珍自己告诉我的。这天上午，她跑到文化馆来找我。我看到孙翠珍就莫名地害怕起来，我说，孙翠珍，你和朱元璋的事我不想管了。

孙翠珍说，谁说我们的事要你来管呢，我是来告诉你的，我把朱元璋举报了。

我说，孙翠珍，你不要开玩笑，这种玩笑你不能开。

其实，我担心孙翠珍说的是真的，这种事或许她真的能做出来。孙翠珍说，郑意外，你不相信那就算了，我走了。孙翠珍转身就走，我一把拉住她说，孙翠珍，你为什么要和我说这个事？

孙翠珍说，郑意外，你和朱元璋都是坏蛋，坏透了，现在我总算看透你了。以前我相信朱家人的话，你和朱元璋不一样，后来越想越觉得你们没什么两样。我被朱家人这个老东西骗了，我死了的爸爸也被他骗了。

孙翠珍迈着坚定的步伐走了。这个事一定和陆曼有关系，我急忙拨通陆曼的手机，我说，陆曼，孙翠珍举报了朱元璋，你知道吗？

陆曼轻描淡写地说，这个泼妇一直把举报挂在她的臭嘴上，好像举报是她嘴边一块香喷喷的酱肉。

我说，这次是真的，她刚刚亲口对我说的，你应该和朱元璋分手了。

陆曼哈哈大声起来，说，我说郑大作家呀，你还作家呢，我告诉你，孙翠珍举报朱元璋，是朱元璋的活该，这和我没有关系呀。

我说，你怎么能说这样的话？朱元璋夫妻关系落到这种地步，还不都是因为你。

陆曼说，你错了，还老邻居老同学老朋友呢，我告诉你吧，朱元璋的身边从没缺少过女人，他什么样的女人都有。

我说，你说话要负责任的。

陆曼说，你知道朱元璋追求我的时候是怎么说的吗？我说不出话了，她自己回答说，朱元璋说，陆曼，我知道有许多男人追求你，他们送你名表、名包甚至于名车，我没钱买名牌送你，但我有一个优势，就是那些男人不会和自己的老婆离婚娶你，我朱元璋就敢和孙翠珍离婚娶你，当时——当时——我被感动了。

陆曼居然在电话里哭了，好像哭得蛮伤心的。我说，朱元璋真是昏了头，这种话他也说得出口，疯子一个。

陆曼说，你才疯了呢，他还说，陆曼，你就是我今生的电影，你是我的女主角。当时我感动得痛哭流涕，我说，朱元璋，你真是一个大导演，我愿意做你的女主角。

我说，这是疯人说疯话。

陆曼嘴巴咝咝地响弄几下说，什么疯话？现在我觉得他是屁话，你想他到现在和这个泼妇还没离掉。好男人有的是，我撤了！

我惊讶地说，陆曼，你的意思是——

陆曼说，我的意思是，我和朱元璋没有关系，他已经进去了，他的电影也结束了。我听到一声响，电话挂断了。我傻乎乎地愣了一会儿，脑子里突然像电影一样在闪动，那些若隐若现的人和事，都是我和朱元璋曾经的岁月。

接下来的日子里，我怕电话响，更怕孙翠珍来找我。这天，已经退休在家的老馆长来馆里搞活动，他找到我说，小郑，我听说经贸学院有一个姓朱的副校长出事了，是不是那个朱元璋？

我含糊其事地说，可能是吧。老馆长一脸痛惜地说，真是太可惜了，朱元璋要是一直写他的电影剧本就不会有这种事了，他是不是后来不写了？

我又含糊其事地说，可能是吧。

老馆长沉痛地说，这样说起来，我也有责任呀。

老馆长还想说得更多，我的手机响了，我接起来听到了哭声，天呐，是孙翠珍的哭声。我语无伦次地说，孙翠珍——你——是朱元璋判下来了吗？

孙翠珍哭着说，郑意外，你真是个坏透了的坏蛋，你不是人。当时你为什么不阻止我呢？啊，你想我父母双亡，女儿不在身边，朱元璋进了牢监，我就是一个孤苦伶仃的人，你叫我怎么活呀，我后悔呀。

我说，孙翠珍，你想后悔就后悔好了，为什么要骂我？

孙翠珍说，我会等朱元璋出来的，他出来了我要对他说的话是，朱元璋，从此以后我支持你写电影剧本拍电影。

下班的时候，天色阴沉沉起来，好像要下雨了。一路上，我都在想孙翠珍说的话，不知不觉走进了一条我熟悉的小巷。

我们一家早就从这条小巷里搬走了，朱元璋和他的弟弟妹妹也搬走多年了。仿佛有人在招呼我，我熟门熟路走进一个大台门，穿过一个小天井，看到朱元璋的家门关着，里面很安静。这种感觉居然和几十年前的感觉一模一样，但事实上已经完全不同了。大台门里没有几户人家，而且居住的都是一些老人。

我正在东张西望，一个老太太不知从哪里冒出来，她警惕地盯着我说，你找谁呀？

我惊了惊说，我——我在——找朱元璋，不，是找朱家人的。

老太太没有表情的脸皮抽动了一下说，朱家人住院了，小中风，今年第二次了。我说，谢谢您。老太太跟在我身后说，喂，喂——你知道吗？听说，朱家人的大儿子出事了。

我站住说，您是说朱元璋吗？

老太太肯定地点点头说，是的，是那个在大学当校长的儿子，听说进拘留所了。这个孩子小时候人聪明读书好，他说过将来要拍电影呢。真可惜呀。

我惊讶地说，朱元璋也和您说过他要拍电影？

老太太认真地说，当然说过，以前他和台门里的人都说。我和他说，我要看越剧。他说，越剧就越剧，越剧也能拍电影。你看，多好的孩子。

我从台门里出来，发现下雨了，雨水落到脸上冰冷如雪。我抱着头奔跑在小巷里，感觉跑在漫长的记忆里，我听到我的手机在响，接起来听到我老婆的声音，郑意外，你在哪里？天都要黑了，你还不回家。

我站在小巷的雨水中说，我想看电影，你出来吧。

我老婆说，你疯了，你也和朱元璋一样热爱电影了？

我说，是的，热爱电影就是热爱生活。我掉头朝电影院跑去，小巷离我越来越远了。

无尽头

1

我是一个不想多说话的人,特别是在家里更不想多说话。我自己也追究过这方面的原因,我怀疑自己有抑郁症或者自闭症之类的倾向。母亲多次对我说,你到了两周岁,只会叫爸爸和妈妈。我们担心你是个哑巴,或者半哑。

母亲说了很多话,我一句话也没说,只是笑了笑。

父亲阴着脸看我,眼神复杂而丰富,他的嘴里喋喋不休地嘟哝着,好像有满腹的话儿想诉说,只是被某种说不清道不明的东西压抑着。

母亲一脸的无可奈何,面对面地对父亲说,你看你,越来越像一个老太太了,自己弄出来的烦闷,伤自身,还伤别人。

父亲瞪着母亲说,我烦闷个屁,我抽烟去,行了吧。父亲摸出一包烟,跑到阳台抽烟去了。父亲一天抽一包烟,也有抽一包多的时候，用父亲自己的话来说，属于可控的范围之内。

在我们家里，我的状态经常会这样，就是不想多说话，或者有话不想说。宁可假装是哑巴，或者半哑。

其实，我以前真不是这样的。很小时候的那些事儿我没有记忆了，对那时的回忆肯定以母亲为准。读小学时，也有可能是读初中，我有自己的记忆了。那时，父亲总要在吃晚饭时说单位里的事，他能把一些琐碎庸俗的屁事，绘声绘色地说成趣味性很浓的故事，逗得我和母亲开怀大笑。许多时候，父亲还想说下去，我会忍不住打断他，急着要说我们班级里的一些事。为谁先说，我们父子经常会闹出可笑的别扭。

母亲当然是倾听者，她含笑听着父亲和我的唠叨。我说的这些，都是真的，也足以说明我是会说话能说话的。

我上高中时，学习紧张了，一家人的心弦都跟着绷紧，把生活搞得像一根冰棍。追溯起来，估计问题确实出在我的身上，因为我的成绩越考越伤心。不知是自卑，还是自负，我开始不想多说话。即使非说不可，我也说得言简意赅，没有一句多余的废话。

父亲的话越说越多，当然他的话都是针对我的，主题是要我好好学习努力考上重点大学。我实在想不明白，父亲的能说会道是如何练成的。他虽然是个公务员，但他只是个基层小单位里的办事员，平时轮不到他在台上发言做报告。后来我发现，父亲越来越会说话的主要原因，是因为有我这个不想多说话而且成绩又一塌糊涂的好儿子。

确实是这样的，我的高考成绩相当难看，刚好考了个自费的"三本"，专业是早就无人问津的经济管理学。父亲看到这个结果，话突然很少了，估计受到了比我更沉重的打击。他的抽烟有可能突破了可控的范围，家里更加乌烟瘴气了。

我考进的大学离我们这座小城不到百里地，父母都要送我去报到，我说我自己会去的，父母死活要和我一起去，说我们就你一个儿子，这种机会没有第二次，搞得像是送我去死似的。

报到那天，我第一次劝导父亲要少抽烟，我说，爸，你想健康长寿，就少抽烟多锻炼。

父亲吃惊地看着我，好像说这话的不是他的儿子。我破天荒地又重复了一遍我想说的话，父亲慢慢移开目光，他望着远处说，嗯。我似乎还想说话，但父亲拉着母亲走了，走了几步，他们又回过头来说，你从来没有离开过我们，有困难要说出来，找老师同学帮忙。

夕阳下，父亲的眼角上明目张胆地挂着泪花。接着，父母像两片白云，慢慢消失在色彩斑斓的晚霞中。

我的四年大学生活，让父母多付出了六万多块钱，父亲对我说，这多花的钱，其实都是你自己的，只不过你提前消费了。我大学毕业后，父亲只要看到我，又有说不完的话了，但主题已经切换成要我找个好工作，他推心置腹地提醒我，只要功成名就，哪怕妻子没有。

我考公务员，也考事业单位，结果都失败了。父亲接受不了我失败的现实，一天到晚给我分析为什么失败的原因。我对父亲说，爸爸，你是知道的，我从来都是考不过人家的。父亲终于恍然大悟，接着垂头丧气地吸烟去了。

我开始自己创业，搞产品推销，跑保险业务，拉广告，在社会上混了一年多，最后又回到了父母的身旁。母亲唉声叹气地对我说，你干的，都是靠嘴皮子赚钱的活，你肯定不行。唉——啊呀。类似这样的话，母亲说了多次。我没有回答她，我觉得事到如今，说与不说都一个样了。

父亲对我的沉默寡言越来越深恶痛绝，他恨铁不成钢地说，像你这种独生子，离开父母就得饿死！每次父亲嘴里飞出这样的话，我都会淡然地一笑。有几次，父亲以为我没听到，提升语调再重复一遍，我还是不说话，然后又笑了笑。父亲愤怒地跺一跺脚说，算了，我——我抽烟去。

我已经说过，父亲只是个基层小单位的办事员，所以他在社会上的能量极其有限，人际关系也停留在底层。为了给我找个好工作，他竭尽全力找朋友拉关系。父亲通过种种关系，也给我介绍过几个工作。可圈可点的有，在交警队做协警，在街道办事处打杂差，在工商局整理企业档案。不过，这些工作都是临时的，最长的只干了五六个月。

父亲的心理压力越来越大，话语中吐露出内心的焦虑和不安。我非常理解父亲的心情，有我这样不争气的儿子，就会有这种心情的好父亲。有一次，等父亲说完了，我的嘴里忍不住蹦出一句，我的工作不用你们操心。

我现在的这份工作，就是我自己找的。

那天下午，我去一个用工招聘会碰运气，前来应聘的人多得成群结队，最后我成了一个被推来推去的木偶。老艾就是在这个时候出现的，他是街道办事处的驾驶员。其实，老艾只有三十多岁，因为看上去比实际年龄要老，所以认识他的人都叫他老艾。我在街道办事处打杂差时，和老艾的关系还算不错，到我离开时我们称兄道弟了。

老艾一把抓住我的胳膊说，嗨，兄弟，你在这里找工作？

我说，啊，嗯。

老艾知道我这个人不想多说话，第一次跟老艾出车去买办公用品，老艾说了很多话，他把街道办事处夸得像中南海一样。我大概只说了两句话，更多的是露出笑脸哼几下。后来，老艾说，兄弟，你不喜欢多说话。我说，是的。老艾惊奇地看着我说，为什么？我说，我也不知道，嘴里没话，空荡荡的。老艾笑了笑说，好，我就交你这个不想多说话的朋友。这样的朋友实在，不会夸夸其谈，更不会虚情假意。

老艾把我拉到一个角落说，张飞，听我说，我有一个工作，你愿意不愿意做？

我满脑袋都在想找工作，一听有工作，想都不想就说，愿意。

老艾神秘地说，告诉你，这个工作收入不错，名声说好听就好听，说难听就难听，你真想去还得靠自己去竞争，我给你提供信息。

我望了望密密麻麻的求职人群说，我去试试。

老艾说，是这样的，我有个朋友在民政局工作，他们想找个驾驶员。

我惊喜地推了他一把说，兄弟，你在开玩笑吧。

老艾说，谁和你开玩笑，是真的。我张了张嘴，啊了一声。老艾又说，你有驾照，开车又好，这就成了。

我兴奋了，说，老艾，你替我做主吧。老艾又犹豫起来了，我破例多说一句，我请你喝酒。老艾是个专职驾驶员，但他爱好喝酒。我和他在一起工作时，喝过好几次酒，有次他酒还没醒要出车了，老艾装出肚子疼，说，啊呀，疼死我老艾了，我去不了啦，让张飞替我一回吧。回来后，老艾拉起我的手，诚心诚意地说，张飞，你够朋友，我们是兄弟。

老艾说，我说出来你不要责怪我，这个驾驶员是和死人打交道的。

我的舌头向外探了探，说，啊，死人，真的？

老艾说，真的，是殡仪馆的驾驶员，也就是火葬场的驾驶员。当然，说起来是属于民政系统的，而且工资高待遇好，是个暗行，报名的人不少呢。老艾见我没表态，又说，兄弟，你不喜欢，就当我没说。

说心里话，我确实不喜欢这个职业，天天和死人打交道，谁受得了。但想到烦人恼人的工作问题，我说，我考虑考虑。

晚饭后，我站在窗口等天黑。我想把老艾介绍我去开灵车的事和父母说说，但我的嘴巴闭得密不透风。后来，我听到了父亲气急败坏的声音，都是你，都是你的教育方式有问题，到现在你还不反思，啊，啊，你说呀。

母亲的语气断断续续，有惊慌，也有忧愤，我有什么好反思，要反思的——是你。你那么烦琐——烦得像个老太太，以前张飞是好好的吧，你看，他现在成了什么样子。我看——都是你逼出来的。哎呀，天哪！

父母再次开战，他们经常在我面前为我的事吵吵闹闹。我漠然地继续站在窗口，其实我的脑袋里正在浮现出形式多样的死人。家里飘舞起一阵烟味，接着响起母亲低沉的抽泣声。我知道，本次吵闹到此结束了。

我突然想说话了，我走到父亲的身边说，爸，其实你和妈妈不用为我着急的，我马上有工作了。

父亲扔掉手里的香烟说，你怎么不早说呢，哪个单位？我没有再说话，我说的这句话，至少顶一万句了。

2

老艾通知我直接到殡仪馆去参加竞争。老艾说，张飞，如果你想去，接下去看你的了。

我说，嗯，好。

老艾说，对了，你说过的，你要请我喝酒。

我说，是的。

老艾大声说，多说几句行不行？真像死人，你和死人打交道是绝配呀。

殡仪馆古朴大方，被青山绿水环抱，一眼望去像一个宾馆或者休养所。

殡仪馆主任亲自接待了我们这些应聘者，这个胖乎乎的中年男人精神气爽地说，欢迎各位来到这里——我们殡仪馆，希望你们能喜欢。我姓傅，是殡仪馆的正主任，因为有人叫我傅主任，听起来好像我是副主任，这一点我要特别说明，以后你们就叫我主任，不用带姓了。好，言归正传，今天有十三个不怕死人的同志来到我们殡仪馆，我要指出的是，你们的竞争比九死一生还要残酷，因为你们十三个人中只有一个能留在殡仪馆。

傅主任的话换来我们的欢声笑语，我以为殡仪馆是个死气沉沉的地方，没想到这里也有灿烂的笑声。

有人说，傅主任——嗬，对不起，主任，留在殡仪馆的这个人不会已经内定了吧。

傅主任坚决地说，不，不不，这是不可能的。但本次竞争的所有规则，当然是我说了算。先面试，先淘汰七个；再实践考，再淘汰四个；最后二取一，两个人都要谈谈对殡仪馆的认识，然后我决定录用谁。听清楚了吗？好，现在开始。

所谓面试就是应聘者一个一个和傅主任对话，我是第八个出场，心态平静得像死人，所以我的话依然不多。三言两语过后，我成了傅主任面前的一截木头，傅主任看看手里的名单说，哦，你叫张——张飞，他娘的，这个名字太棒了，鬼听了都怕呀。张飞，你还有什么话要说的吗？

我说，没有了。

我想我一定要淘汰了，然后傅主任低着头大声说，张飞，你留下，下一个。

接下来是实践考，傅主任让我们直接开灵车，他坐在副驾驶位上监考，我们一个一个上车在殡仪馆的院子里转圈，好像在给死人表演。我爬上车的时候，傅主任头靠在椅背上闭目养神，模样像个死人。傅主任闭着眼睛说，张飞，你真的愿意来殡仪馆工作？

我说，嗯——啊，是的。事实上，我不喜欢这份工作，只是想找份工作给父母看看，用事实证明我离开父母不会饿死。

傅主任睁开眼又说，我知道，你是冲着挣钱来的。其实，当时我和你的想法一样，我进来也是开灵车的。现在，我有自己的体会了，就是灵车才是真正送人的车。你想，你把人送进来，虽然是死人，但还是一个人。等到出去了，人就成了一堆灰。所以，开灵车是世界上最有人情味的工作。你知道吗？这就是一路上有我。如果你真留下来了，以后你会有感觉的。好，开车，转三圈。

我在思考一堆乱七八糟的问题，转了三圈还没停下来，傅主任拍拍我的肩头说，停——到了。想不到，这一轮我又过关了。最后，我和一个小个子决定胜负。小个子好像是外地人，他先谈认识，说了很多话，最后说出了他非常热爱殡仪馆这样的话。

傅主任问他，你怕死人吗？小个子抖擞着精神说，我活人都不怕，死人有什么可怕的。傅主任大声说，好，有勇气，有激情。下一个，张飞。

我说，我的话很少，有人说我像死人，所以，所以和死人打交道是绝配。傅主任没有任何反应，他看着对面墙上的"殡仪馆工作制度"发呆。突然，外面响起哀乐声，接着响起刺耳的哭声。

傅主任说，你说完了？

我说，嗯。

傅主任说，听到了吗？又一场遗体告别仪式开始了，这些遗体就是靠你们拉进来的。张飞，你怕死人吗？这个问题听起来简单幼稚，但我想了好几遍，每一遍的答案都不一样。傅主任又说，你不回答，就是自愿放弃竞争了。

我心里一急，脱口而出，拉死人和拉活人都一样，以平常心对待吧。

傅主任一拍桌子说，好，就你了，张飞，我留你一个在殡仪馆。

我报到那天晚上，请老艾在一家小饭店喝酒。老艾说，我没说错吧，你和死人打交道是绝配。

我说，嗯，就算吧。

老艾说，合同订了吧，现在都是合同工，以后你不想干了，一拍屁股走人。

还是老艾理解我，其实我也是这么想的。我说，老艾，开灵车是世界上最有人情味的工作。

老艾竖起油腻腻的大拇指说，张飞，这话经典，真经典，来，为这个世界上的人情味，干一杯！

我说，你知道吗？干我这一行，就是一路上有我。

老艾喝了一大口酒，说，这些话都是你说的？

我说，是殡仪馆傅主任说的。

老艾站起来像领袖一样挥挥手说，啊，傅主任太有才了，想想——真是这么一回事呢。

我和老艾都有些醉了，老艾说，张飞，你的权力比市长大呢。不对，省长也没你大。不对，皇帝也没你大。你想，谁逃得过你的手心。嘿嘿。

我脸红脖子粗地说，就是呀，无论是谁。官大有什么用，钱多有什么用，他娘的，盒子里一装，朝炉子一推，火光一闪谁都灭了，只剩几根白骨。

分别时，老艾拍拍我的肩膀说，兄弟，啊，兄弟，你听我说，我死了，你一定要亲自来拉我。

我说，嗯，一定。

我喷着酒气回到家，父母都在客厅看电视。父亲看到我这个样子脸拉长了，说，你和谁喝酒了？母亲走上前也说，你怎么能喝那么多，我给你去倒一杯茶。

我一屁股坐在沙发上说，我和老艾喝酒了。父母围着我像在审问一个罪犯，我闭着眼睛不想说话，父亲喋喋不休地重谈他的陈词滥调，我闭着眼睛说，你们知道我今天为什么这样开心吗？

父亲对母亲说，你看，他喝到我们是谁都分不清了。

母亲焦急地拿过茶杯让我喝茶，说，喝开水，多喝开水，这样能解酒。这孩子，变了变了。我张了张嘴想说话，母亲抓住机会把茶杯塞进我的嘴巴里。

我喝了几口水说，我，我有工作了，今天报到，哈。接下来，我就睡着了，一个晚上睡得像死了一回。

我上班半个月了，父母还不知道我在哪儿上班，我只告诉他们我在一个单位开公车。父亲每天晚上都要盘问我，他坚韧不拔地在我面前猜想我在哪儿开车。父亲猜想的思路很宽广，猜了一箩筐大大小小的单位，就是没想到我会在殡仪馆拉死人。

有一天，母亲悄悄问我，你到底在哪里开车？不会是在帮人开"黑车"吧。

我说，妈，你放心吧。我这么回答母亲更不放心了，母亲说，你要说真话，你要相信你妈妈。我觉得，这个事瞒得过初一也瞒不过十五的。我说，我在民政系统开车。

母亲惊喜地啊了一声，说，你这孩子，民政局，不是挺好的嘛，我同你爸去说说，让他放放心。

我拦住母亲说，你暂时不要告诉爸爸。母亲疑惑地看着我，我只好多说一句，过几天我会自己说的。

我每次出车拉死人都是"全副武装"，把自己包裹得严严实实，只露出一双警惕的小眼睛。我担心有人会认出我。一般来说，到死者家里去拉遗体都在早晨，见到的人还不算多。最要命的是到医院太平间去拉死人，早几天，我出车去医院，大约上午十来点，医院里看病的人和陪来的人很多，场面像正在搞促销的大卖场。太平间虽然在医院的僻静处,但走过来走过去的人也不少,因为边上有一个漂亮清洁的公厕。

我刚刚拉走一个,又接到通知让我再跑一趟,说还有一个死人。我再次赶到医院,尿急了,停下车就跑厕所。我低着头想快点撒完尿,但这泡尿太充盈了,而且我越提心吊胆,感觉尿越多。

这时候,突然进来几个人,其中一个居然是我父亲的同事刘作选。我和刘作选见过几次面,他也叫得出我的姓名。刘作选的脸色蜡黄,估计是来看病的。他就站在我的边上撒尿,他违反常规没有低头看自己的东西,而是侧目看我。我的心跳加快了,心虚地拉了拉戴着的口罩,然后慌忙转身就走,倒霉的是剩尿流入了裤裆,弄得我一身难受。

我走到厕所门口回头一望,刘作选还在扭头观察我。我想,他一定认出了我。出了厕所,为防止刘作选盯住我,我匆匆走过我的灵车,往远处绕一圈再折回来开车。

3

对我来说,在医院见到刘作选比见到死人更可怕,因为见到他两天后,我们家里闹翻了天,父母一致强烈反对我在殡仪馆开灵车。我和父亲的不对称辩论持续了近三个小时,父亲在发火,母亲在哭泣,我在说理。

我知道,许多时候父亲是正确的,但我也有属于自己的尊严。我搬出了傅主任的话,开灵车是世界上最有人情味的工作。

父亲听了暴跳如雷,明显是火上浇油了,他说,这是什么混账话?是鬼话,是屁话,是贼话,是天大的笑话。我顿时无语了,父亲边抽烟边说话,他一个人又说了十多分钟。最后,他给我下了这样的通牒:三天之内,如果我不放弃这种工作,他就考虑放弃我这个儿子。

我考虑三天之内放弃我的工作，这是我唯一的选择。

第二天清晨，天空下着细密的小雨，我去城郊一个老小区拉死人。一路上，我都在想如何向傅主任提出辞职，我想对傅主任说，我的工作是世界上最有人情味的工作。但我如果不要父亲要工作，这是一个儿子最没有人情味的选择。

我停下车，听到了死者家里的哭声。一切都在按照工作要求操作，在哭声和细雨中，一具穿戴一新的遗体被缓缓抬上灵车，送别的车都发动了，死者和他的亲朋好友们也都各就各位。我想，这就是一路上有我吧。

和以前一样，我没有马上启动车子离开，这是因为我想让亡者再看看他的家。一个生命的离去，一定也会有一种留恋。在这个湿润的清晨，当哭声慢慢回落，灵车即将启动时，突然响起一阵凄惨的哭喊声。一个老妇从屋子里冲出来，她跌跌撞撞朝灵车奔跑过来。我惊讶地看着她，不知道她想干什么？

老妇边哭边拍打车门，嘴里含含糊糊地哭喊着什么。后面车上的人都下来了，我连忙打开车门跳下来，说，老太太，你怎么了？老太太一把抓住我的手，她的手冰冷湿润，还在不断颤抖。我不知所措地说，你——你有话慢慢说！

老妇把一张纸币塞进我的手里，说，师傅，你是好人，给——给你——求你让他好好走。这是一张捏成皱巴巴的一百元钱，我把钱塞回老妇的手里说，不，不不，我不能收你的钱。按照习俗，我每次拉死人都会收到香烟、毛巾和老人豆之类的东西，这些东西我们都会收下。也有人会塞钱，当然钱是坚决不能收的。

老妇又把钱塞过来，抹着眼泪说，师傅，这是我的心意。我——我儿子他从小晕车，这是他最后一次坐车。他只有四十八岁，心肌梗死，走得比我都要早。我求你路上走得安稳些，多谢，多谢你了。老妇似乎要跪下来，我一把拉住她说，你放心，我一定让你儿子走得安稳。

一路上，我用心把灵车开得安静安稳，开进殡仪馆，我对死人说，我把你安安稳稳送到了。

在期限的最后一天晚上，我递给父亲几包烟，这些都是死者家属送的。父亲没有接我给他的烟，他阴沉着脸说，你决定了？

我说，嗯。

父亲看了看我手里品牌不一的烟说，你给我烟，想收买我的决心？我把烟放到桌子上说，爸，有件事，它改变了我的决定。

父亲的脸色阴得一丝不苟，透出准备与我这个儿子一刀两断的决心。他说，你直说吧，你的最后选择是什么？

我没有在父亲和工作之间做出选择，而是第一次在父亲面前啰唆了很长时间，我反反复复地讲了老妇送钱的事，以及我对这件事的深刻认识。父亲听完我啰唆的叙述后，他只是抽烟，没有说话，这对每天要说很多话的父亲是一种反常。

夜深了，我到卫生间撒尿，听到父亲和母亲还在低声说话。父亲说，这种工作，怎么找得到对象？

母亲说，就说在民政局开车，等到两个人好得分不开了，什么问题都解决了。

父亲冷笑一声说，你想得美，这是白日做梦。我问你，你有女儿你愿意把她嫁给拉死人的男人？

母亲说，如果我女儿同意，我当然也同意。

4

我的第一个女朋友是我父亲介绍的。

之前，母亲大张旗鼓地给我张罗了几个对象，我看了看照片后都回绝了。母亲说，这是为啥，你说说，这么好的姑娘，怎么看一个厌一个。

我说，慢慢来，我还不想找对象。

母亲说，这是什么话，找对象是人生最大的事，绝对不能慢慢来。张飞，你不用担心，我都说你在民政局开车，是正式工，有编制，收入高。你大胆谈吧，谈不成没事，再谈下一个。谈成了，你有本事，全家开心。

母亲的话开始比父亲多了，我反复说，慢慢来，我还不想找对象。我说的是心里话，我对谈恋爱缺乏自信。

母亲对我的固执痛心疾首，她什么话都说了，我就是不愿意见姑娘。后来母亲吵着要父亲托人给我介绍对象，父亲说他管不了我的事，他也不想管了。父亲经常会罗列许许多多的理由，在我和母亲面前证明他说话的正确性。

有一天晚上，父亲突然从包里摸出一张照片，说，你们看看，这个姑娘怎么样？母亲急不可耐地接过照片，接着惊呼一声说，啊——太漂亮了，你看，快看，仙女下凡了呀。

母亲兴奋地把照片递到我的眼前，我一看心里确实有了感觉。

父亲得意洋洋地对我说，怎么样？要老实说，好就是好，不好就是不好，嗯？

我说，看上去还算顺眼吧。

父亲哈哈大笑，说，装，你小子还装呀。众里寻她千百度，得来全不费工夫呀。她是自己撞上来的，有缘有缘。

母亲说，老张，你说，你快说说，这姑娘你是怎么找到的。

父亲说，这个姑娘叫刘小可，是我同事刘作选的女儿。

我脱口啊了一声，说，她是刘作选的女儿？

父亲说，是呀，你们认识？

我摇了摇头说，我——我不认识她。

这个姑娘我从来没见过，但看了照片确实有似曾相识的感觉。

母亲惊喜地说，想不到这个刘作选的女儿长得这么漂亮。

父亲得意地说，早几天，刘作选问我，你儿子是不是在医院工作？我不知道他是什么意思，就含糊其辞地说，我儿子工作挺忙的。后来，刘作选说他女儿大学毕业在科技馆工作，是事业单位，二十五岁，还没有对象。

父亲说到这里，脸上再次涌现出一层惊喜和满足。母亲含笑端详着手里的照片，说，确实美，比我以前那几个姑娘好看多了。张飞，你要把她抓得紧紧的。

父亲摸出一根烟点上，舒舒服服地抽了几口，说，我说出来你们不相信，当时我也不相信。是刘作选主动提出来的，今天他把照片也给我了，说明他是诚心的。这不是挺好挺美的事吗。

这样说来，我冤枉刘作选了，我一直以为我开灵车的事是他通知父亲的。现在好了，他把我看成医生了，还把自己的女儿也送上门来。我觉得，这个刘作选亏大了。

我和这个刘小可的第一次见面，其实是一次家庭聚会，也就是说，我和父母和刘小可和父母都参加了。这次见面的结果是，我们到场的六个人集体满意。

刘作选问我，张飞，你在医院工作几年了？

我还没想清楚怎么回答，父亲抢着说，我儿子在医院工作一年多了，他不大满意现在的工作，以后想调到更满意的单位。

我一直觉得骗人的鬼话很肮脏，所以听到父亲说这样的话，挺心虚的，或许脸也红了。父亲说完严峻地看着我，这是一种暗示，我在说话的时候，你闭嘴。

刘作选满意地说，好，年轻人，有理想，有志气，人往高处走嘛。

刘小可看上去话也不多，很文静的样子，这是我喜欢的性格。

她唯一涉及我工作的一句话是，医院的工作很辛苦吧？

我说，嗯。也有不辛苦的时候。

母亲解释说，张飞的话不多，在单位在家里都一样，但他是一个聪明的人，一心扑在工作上。我和刘小可谈恋爱前，从来没有接触过女人，读大学时，也有几个女生对我有过兴趣，但接触过后她们都隐退了，原因就是我的话不多，像个死人让人难受。

刘作选说，哈哈，看你说的，张飞他不聪明能当医生吗。

我动了动嘴巴说，我不是医生。

刘作选一家三口都露出了吃惊和疑惑，刘作选说，你是勤杂工？还是临时工？父亲从容不迫地说，我儿子是搞医学研究的，刚刚抽到医学研究室。

父亲的这句话，为我和刘小可的恋爱奠定了坚实的基础。

我和刘小可的恋爱正式开始了。父母对我的恋爱每天都很关注，因为他们和我一样心里都不踏实。一个多月后，果然有了新的不踏实。

有天晚上，我和刘小可正在公园甜蜜，突然接到要我临时出车的通知。这种情况对我来说很平常，譬如在车祸、自杀、溺水、火灾等的意外中死了多人，我们就得临时调车把遗体拉到殡仪馆。

接完电话，我说，小可，不好意思，我要走了，单位有急事。

刘小可说，搞研究的晚上也有急事？

我说，我们临时出车很多，我在开面包车。

刘小可说，你是说搞研究的也要开车？

我硬着头皮说起了假话，我说，因为这个研究现场比较远，我们要开车去现场搞研究。

刘小可说，哦，你去吧。她嘴里和平时一样说得平淡，但她的眼神告诉我她有疑惑。

后来，我和刘小可的事成了我们家每天必谈的大事。母亲提出她想了几天的建议,她说,这个事与其瞒到最后,还不如现在通知刘家,张飞已经调到殡仪馆工作了。

父亲抽着烟说,馊主意,没头没脑,这是自己打自己的耳光。

母亲说,你才没头没脑呢,再瞒下去肯定会有麻烦。

这个时候,刘小可打来了电话,她说,张飞,你吃饭了吗?

我说,嗯。

刘小可说,我有个事想请你帮个忙。

我说,你说吧。

刘小可停顿了一下说,其实也不是什么大事,是这样的,明天双休了,我和几个朋友想出去活动一下,七八个人。张飞,我的意思你明白了吗?

我说,明白的。

刘小可笑了,这是一种心满意足的笑声。刘小可说,张飞,你真聪明。明天早上七点半,塔山公园门口上车,你要记住哦。

我说,我没空。我想了想又说,我随时要出车的。

刘小可还在笑,笑中隐匿着她的余兴未尽。她说,我没有叫你一起去,我知道你的研究工作很忙,我只想借你的面包车。

刘小可的记性真好,我在她面前只说过一次我在开面包车。父母都紧张地看着我,我爽快地说,就这个事,借面包车,小可,没问题。

刘小可说,张飞,你真好,如果有车带驾驶员更好。

接完刘小可的电话,我的脑子暂时一片空白。接着,我听到父亲在说,这是刘小可的电话?

我说,嗯。

母亲也说,她说什么了?

我说,没事。

父亲说,还说没事,她要借你的面包车,可是你的面包车是拉死人的，看你怎么办？

母亲惊慌地说，天哪，天哪，这事怎么办呀？她说这话的时候通体颤抖了一下，父亲不满地盯了她一眼，说，你吵嚷什么你，你又没办法。父亲针对我又说，张飞，你听我说，刘小可是怎么知道你在开面包车的？

我说，是我同她说的。

父亲的脸色变得硬邦邦了，他说，笨蛋，你真是一个笨蛋，这个你都说出来了，你是自作自受。完了，张飞你完了，你去把灵车借给刘小可吧。

母亲说，你看，你们看，麻烦来了。

自从我进殡仪馆开灵车以来，我想到过会有人来借车的这一天。因为亲戚朋友听说我在民政局开公车，借车就成了在所难免的事。如果我真在民政局开公车，借车当然不是难事，现在哪辆公车没被私用过。想不到的是，第一个提出要借车的是我女朋友刘小可。

我想到了朋友老艾，老艾是我唯一在开公车的朋友。

我给老艾打电话，说明天要借用他本人和街道的面包车，然后说明了一下我的情况，并特别提醒他，我张飞的公开身份是在医院搞医学研究的，而且准备调动工作了。

我的工作是老艾介绍的，所以说，我的这些麻烦也是他带给我的，老艾帮我解这个围也是天经地义的。老艾对我的求助只有一句话，兄弟，没问题。

为使父母安心入睡，我告诉他们刘小可要的面包车借好了。母亲如释重负地露出了笑容，说，好，好，太好了。

父亲的脸还是阴沉的，他说，你这是在谈恋爱吗？你是在乱弹琴。我没有顶嘴，也不想说话，心里在想，我乱弹的这把琴，还不是你给我找来的。

后来，刘小可对我说，张飞，你的朋友是真朋友。

我说，当然，老艾和我是兄弟。

刘小可说，那天的面包车是你单位的？

我说，这车还不错吧。

5

老艾打来电话说，张飞，你女朋友太美了，拿下她了吗？你得赶紧拿下来哦，听到了吗？万一哪天你"东窗事发"，我可救不了你。

老艾的意思我懂，如果刘小可和他父亲反对我干这一行，那么这颗定时炸弹就始终埋在我们的爱情里。

我嘴里骂老艾真缺德，心里的想法也有些赤裸裸起来。我和刘小可谈了三个多月恋爱，我们只接过吻，在一些朦胧的地方接过朦胧的吻。我连刘小可的乳房都没摸过，有一次，我的手伸进了她的后背，她的后背细嫩滑润，充满诱人的肉感。这个时候，我摸刘小可的乳房易如反掌，但我没胆量去摸，或者说我觉得我们的关系还没到摸她乳房的程度。我这个人就是这样优柔寡断，估计父亲年轻时也是这样的德性。

其实，我想摸刘小可的乳房或者和她上床，也是有可能的。说句俗语，就是现在都什么年代了呀。有一次，刘小可含情脉脉地说，张飞，我们去找个安静的地方坐坐吧。当时我也想到，这应该是刘小可给我的暗示，她嘴里的"安静的地方"，我后来的理解就是开房。当时，我把她带到了一个比较安静的茶楼，在那里的一个小包厢，我亲吻了刘小可，而且亲了又亲，亲了又亲。两个人一直闹腾到深夜，就是没有闹到床上去，不过如此而已。

老艾这么一说，我确实追悔莫及了。现在，我很想摸刘小可的乳房，甚至还想和她上床。虽然我的手几乎每天在和死人打交道，但我的手始终是热乎乎的,也就是说,是我大活人张飞的手。

我准备请刘小可吃饭,然后找个"安静的地方"做我想做的那些事。我给刘小可打电话,说,小可,晚上我请你吃饭。

刘小可笑着说,晚上你不搞研究了?

我咳嗽了一声,说,今天晚上我俩一起搞研究吧。

刘小可惊讶地说,张飞,你说什么?你让我也一起去搞你们的研究,你到底在研究啥呀?

我说,我俩不是去研究工作,是我们两个人自己研究自己,你懂了吧?

刘小可停顿了一下,然后软绵绵地说,喊,张飞,去你的吧。

我和刘小可找到一家临河的土菜馆,这条小河两边有许多小饭店小酒店。晚上这些小店像一个个美女光彩照人,光芒把整条小河装扮成了梦中的天河。

我听我们傅主任说过,在这条看上去很浅显的河里,曾经也淹死过人,是喝醉了酒,一不小心踏进了小河里。等到发现,人早死了。我相信傅主任的话,因为只要是这座城市里的人,哪怕是外地来到这里的人,无论是怎么样死的,最后都得到傅主任领导的殡仪馆报到。想到这里,我为傅主任,也为开灵车的自己感到自豪。

刘小可以为我有心事,她说,你为什么望着小河独自忧伤?

我想把傅主任说的这些事告诉刘小可,但我又担心现在为时尚早,而且今晚我的目的在刘小可身上。我为自己倒满一杯啤酒,给刘小可也倒满一杯,说,来,我们干一杯!

刘小可冷着脸说,不,不干,你说你为什么要忧伤?

我一口气喝干了杯里的啤酒,先以酒壮胆吧。我说,这条小河美吗?

刘小可探头望了望小河说,两岸的灯光很美,朦胧美。

我伸手扳过刘小可的头说,这就对了,小可,你比小河美多了。

我不是在忧伤，我是陶醉在你的美丽之中了。人都是喜欢听好话的，女人更喜欢听好话。

刘小可果然开心了，她和我喝了两瓶啤酒一瓶黄酒。有句话叫"酒后乱性"，这正是我想要的结果。我的话很少，我在盘算接下来如何"乱性"。刘小可一个人喋喋不休地说着话，后来她说到了自己的情感史，她说在我之前她已经谈过三次恋爱，而且和其中的一个男人到了谈婚论嫁的程度。刘小可说到这些，眼神里流淌着迷离，她不时伸出湿漉漉的舌头，像脱光了衣服的女人在我眼前暧昧地走动。我盯着刘小可一言不发，心里早已百感交集。刘小可说累了，看着我说，你说，张飞，你谈过几个女朋友？

只有酒喝多了，刘小可才会说出自己的隐私，我断定她已经被别的男人拿下过了。我理直气壮地说，刘小可，你是我的第一个女朋友。

刘小可看着我说，真的，你向毛主席保证。

我说，我张飞向你——向刘小可保证。

刘小可突然跳起来抱住我的头亲了一下，然后又把我的头像皮球一样扔掉。她端起酒杯说，我太感动了，张飞，来，为处男干杯，干、干、干！

我确实是处男，可刘小可已经不是处女，至少她的处女身份值得怀疑了。我说，来，小可，为处女干杯。接着，我一口把酒杯里的酒都倒进了嘴里。刘小可也把酒干完了，她的酒量比我好多了。我和刘小可没有继续关于处男处女的话题，我们面对面地发了一会儿呆，或许我们都在想接下来该怎么办？

男人应该是主动的一方，我说，小可，还喝吗？

刘小可说，张飞，我知道的，你想把我灌醉，然后把我弄上床。是这样的吗？

我说，是——是这样的。不过——你别——

刘小可挽起我的胳膊，尽显小鸟依人的风采。她说，走吧，我们走吧。

我在结账时，边上一个老妇笑眯眯地看着我。自从我拉死人以来，我认识的人越来越多，这些人百分之九十以上都是死者的家属，基本上是他们认识我，我记得的人却很少。结完账，我拉起刘小可想离开，刘小可不想马上离开，她摇动我的手臂说，看你这样子，男人，哈哈，好笑，真好笑。张飞，我醉了呢。

我的后背凉丝丝的，感觉有一双眼睛盯着我。我用力拉住刘小可说，走吧，小可，我要带你去一个安静的地方。

可是，为时已晚了，那个老妇上前一把扯住了我，她惊喜地喊起来，哎呀，小伙子，想不到真是你呀。

我吃惊地说，你——你认错人了。

边上一个中年妇女说，我妈没认错，那天我弟弟是你送到殡仪馆的，你的服务太贴心了。感谢你，我们全家都在感谢你。

老妇激动地说，对呀，我们真的感谢你，我死去的儿子他也一定会感谢你。我想给殡仪馆送面锦旗，你不要客气，你千万不要客气。

老妇的家人都围了上来，他们把我捧到了英雄的高度。刘小可先是莫名其妙，后来慢慢明白过来了，我估计她的酒也清醒了。她盯着我说，张飞，你不是在医院搞研究的，你在殡仪馆工作。对了，你是开车拉死人的。

老妇说，对呀，这个小伙子太好了，服务耐心又贴心。姑娘，你有眼力有福气呀。

刘小可惊叫一声，说，啊，我有福气，他是拉死人的，你想让我死呀。她哭起来拔腿就跑，我急忙追赶刘小可，等等我，小可，刘小可你听我说。

刘小可边跑边大声喊叫，啊，啊啊，你别追我，张飞，求求你，我害怕，你知道吗？你不是一个人在追赶我，你是带着一帮死人在追赶我。

我眼睁睁地看着刘小可消失在黑暗里。

后来，我给刘小可发短信，意思是我不该隐瞒工作这个事，并表示道歉。刘小可说，张飞，我可以原谅你，但你必须离开殡仪馆，因为我不想和一个整天同死人在一起的男人过一辈子。

这当然是件很伤脑筋的大事，更糟糕的是，父亲和刘作选也闹翻了，据说我和刘小可的事在父亲单位成了头条新闻。父亲和刘作选在单位是两个老办事员，都谋不到一官半职，关系不咸不淡，平时聊的话题都是国家大事外加单位里的事，很少涉及家里的私事。

有一次，刘作选来找父亲聊天，两个人坐在客厅里烧烟，刘作选的烟瘾也大，和父亲旗鼓相当。刘作选边抽烟边说，抽烟虽然有害健康，但抽烟也有两大好处，一是得肺癌的概率不高，二是能防老年痴呆。

刘作选说这话的时候，是看着我母亲说的，这是在为他和父亲痛快抽烟提供理论依据。刘作选来过我家后，家里的烟味几天散不出去，母亲警告父亲，这个刘作选，以后你不要叫他来了。父亲说，为什么？他是我同事。

母亲说，你们有话单位说去，他抽烟这么凶，肯定会提前把命抽完，没有好下场。父亲生气了，说，你这是在诅咒我嘛。

现在，为了子女的事，父亲和刘作选公开闹翻了。

父亲喋喋不休地对我说，你看你，事实胜于雄辩吧，你不辞掉拉死人的工作，我看什么事都办不成。这么好的女孩子，活生生地被你吓跑了。

我说，你说得太绝对了。

父亲说，好，好了，我不说了。算我绝对，从此以后，我不管你了，我管你是自寻烦恼。

我说，刘小可已经谈过三次恋爱，这个事你知道吗？父亲惊讶地张了张嘴，我又说，其中一个还差点和她结婚了。

父亲说，谁说的？

我说，还有谁，刘小可亲口说的。

父亲沉默不语，母亲说，张飞，你的意思是说她不是姑娘了？

我也沉默不语了，父亲突然提高嗓音说，你有本事，自己去找一个我看看。我不相信，你找来的女孩子都是没谈过恋爱的。

接着父亲又说了许多话，要我说清楚刘小可谈过三次恋爱的事，我对这个事只了解个皮毛，而且这个事确实也是在刘小可酒喝多时说出来的，所以我面对父亲依然无话可说。

听母亲说，第二天上班，父亲又找刘作选吵了一架，把刘作选气得半死。我觉得，父亲为这个事找刘作选评理有点过分，和刘小可谈恋爱的是我，又不是他张大海。再说，现在我和刘小可没关系了，她有过几个对象跟我没关系，跟他更没关系。

我心里闷得发慌，也失过几次眠，我去找老艾倾诉我和刘小可的那些烂事。老艾只听了个大概，就开心得差点要死了。我咬牙切齿地说，这是我哭豺狼笑。

老艾抹抹笑出来的眼泪，说，兄弟，你要宽心，哥给你找一个，行了吧。

我说，我不想找。

老艾说，你这是什么话，不是说失败是成功之母吗？多谈几次恋爱，有经验才不会吃亏。

我说，我已经吃亏了，我不想再继续吃亏。

老艾说，兄弟，男人是鸟，女人就是窝呀。

老艾是好心，我也知道当今社会，一次成功的恋爱属于凤毛麟角。我的纠结在于，接下来我该怎么办？

6

傅主任见到我说,张飞,你有心事?

我愣了愣说,没有呀。

傅主任大声说,还说没有,我早看出来了,是不是对象吹了?

我老实交代说,是的。

傅主任说,对象是不是讨厌你的工作?

我说,是的。

傅主任说,难道我们殡仪馆里的人都是死人,我们这些人也是有感情的,我们也有婚姻和家庭。我踏进殡仪馆的大门十五年,没有看到一个男的做和尚,也没有看到一个女的做尼姑。你明白我的意思了吗?

我说,我明白了,可是,可是别人不明白。

傅主任说,啊,你说,谁不明白这个道理,我去教育他。

我说,傅主任,我参加工作,是要证明我能靠自己生活。

傅主任竖起大拇指说,好,说得好,我们热爱殡仪馆工作就是热爱生活。

我说,我爸我妈反对我拉死人,我找的对象反对我拉死人,熟人的眼神也都在反对我拉死人。

傅主任说,错,张飞,这种反对是错误,也很无知,因为拉死人也是工作,而且是世界上最有人情味的工作。当然,活人多多少少是怕死人的。当年我进殡仪馆拉死人,我爸还打过我。

我说,你爸真狠。

傅主任说,张飞,我保证给你找个老婆。

我以为傅主任在安慰我,过了几天,他把我叫到办公室,说,张飞，我给你介绍个对象，人品一流的好，是个好姑娘呀。

我说，傅主任，这个——算了吧。

傅主任大手一挥说，什么这个哪个的，在殡仪馆，我说了算，你听我的没错。

我说，嗯。

傅主任拨通电话说，喂，钱股长吗，你叫那个搞"舞台设计"的小丁到我这里来，有急事。傅主任所说的"舞台设计"不是剧院里的舞台设计，它是我们殡仪馆对设计遗体告别仪式的雅称。傅主任经常说，在我们殡仪馆，死者才是这个舞台的主角，我们都是为他们服务的配角。

我知道殡仪馆服务股有个美女叫丁香花，难道她还没对象？如果能和丁香花谈恋爱，我当然愿意继续拉死人。

一会儿，丁香花真来了，她一进门，傅主任乌烟瘴气的办公室一下子光彩夺目了。傅主任说，小丁，这个张飞你认识的吧，他是我们车队里最敬业的小伙子。我们殡仪馆不是个大单位，但人数也不少，有事业编制的，有职工编制的，也有临时工。业务分成管公墓的、管火化的、管服务的、管销售的，还有办公室、车队、城区办事处等等。有些同事还真只是个面熟。

丁香花留一头长发，瓜子脸，有一双大眼睛。她落落大方地朝我点点头，说，当然认识，张飞是我们殡仪馆沉默的帅哥。

傅主任笑得很响亮，还拍了拍他的大手，说，哈哈，还有这个情况呀，张飞，你看美女对你的评价多高。

我装出斯文笑了笑说，惭愧，惭愧，我是傻乎乎的"傻哥"。

傅主任先让我们坐下来谈工作，然后在轻松的氛围里说，工作就谈到这里了，接下来，我们聊聊生活。这样很自然地就聊到我和丁香花的个人问题上。最后，傅主任厚颜无耻地说，你们俩真是绝配，我做你们的红娘吧。

就这样，我和丁香花恋爱了。

我在殡仪馆工作已经不成问题，问题是我的女朋友也在殡仪馆工作。丁香花告诉我，我的问题同样也是她的问题。丁香花是个美女，之前她也谈过几个对象，因为她这个工作，最后她的恋爱都夭折了。

丁香花笑了笑说，其实，这个工作挺好的。

我说，是的，挺好的。一路上有我们嘛！

我很喜欢丁香花的笑，她笑起来的模样和刘小可差不多，闭着嘴露出两个浅酒窝。当时我和刘小可恋爱时，只要她这样笑起来，我就有想亲吻她的欲望。

现在，我看到丁香花这样笑起来，当然会想到刘小可，想到刘小可的恋爱史，那些朦胧的男人的身影开始在我眼前晃动。

丁香花说，沉默的帅哥，你在想什么呀？

我说，丁香花，我晚上要把我们的事告诉我爸妈了。早几天，我和丁香花有个约定，我们的事要到领结婚证前才通知双方的父母。

丁香花说，张飞，你想和我领结婚证了？

我知道现在和丁香花谈婚论嫁为时尚早，满打满算我们谈恋爱不会超过三个月，我们绝对不可能搞时尚的"闪婚"。我说，我爸我妈每天都吵着要给我介绍对象，我和你的关系公开了，他们就不会再来烦我。

丁香花说，也好，我今晚也和我爸妈沟通一下，最后大不了我们的事我们自己做主。丁香花的意思是，如果双方父母都反对，我们也决心要在一起过日子了。

晚饭后，父亲说有个老同学请他去喝茶。他一边咳嗽一边点燃一支烟，走的时候不忘多拿了一包烟。母亲在父亲出去后，面对空荡荡的楼梯愤怒地说，抽、抽、抽，抽出病来自作自受。

平时我怕父亲烦我，希望他出门去走走。今晚我想和他说事，可父亲像事先知道我的预谋，撂下碗头也不回地走了。

我看着母亲没有说话，关上家门后，母亲的愤怒很快消散了，她心甘情愿地收拾了碗筷。

我给丁香花发了个短信，我爸外出，行动推迟到明天。

丁香花回我一个短信，我妈正在唠叨，不宜谈正事。

母亲走过来说，张飞，我有个事想和你商量商量。

我说，哦，什么事？

母亲自己坐了下来，也让我坐下来，估计她想说很多话。接下来，母亲确实说了许多话，但都是些琐碎的杂事。我以为母亲只是想和我聊聊，结果话题转了几圈后，她终于说出了真正想和我说的话。

母亲说，我以前单位里有个小姐妹，早上我们在菜场碰到了，想不到她老公现在是教育局长，不大不小的一个官呀。对小老百姓来说，局长绝对算得上是一个人物。母亲是影剧院退休的，人缘好，朋友多。

我说，当官好呀。

母亲说，是呀，这是好事，对我们来说也是好事。我托她帮个忙，把你招到教育局去开车，这个事，只要她老公说一句话就能办成。

我说，你和她说了？

母亲说，还没有，我先同你商量，然后再告诉你爸爸。

我没有思想准备，不知道该怎么说。母亲见我不答话，焦急地说，说呀，你说话呀，你不急我急，我急呀。我想把我和丁香花的事先和母亲说说，因为过母亲这道"坎"比过父亲的要容易得多。

我说，这是你的想法，别人或许不想管这种闲事。

母亲说，你错了，我们关系好，以前亲如姐妹。你不要再固执了，调到教育局名声高三丈，女孩子随你挑。

我说，现在托人办事，说容易也容易，说不容易也不容易。

母亲坚决地说，我说容易就容易，这事你就听我的。

我扛不下去了，只好老实说，我有对象了。

母亲没有激动也没有吃惊，她平静地说，你骗我。

我刚想说出真相，突然接到了临时出车的通知，地点在城西的公路客运中心旁。我估计又是一场车祸，而且有多人当场死亡。

我说，出事了，我要赶紧去。

母亲小心谨慎地说，又死人了？

我边走边说，是的。

母亲喃喃地说，阿弥陀佛，阿弥陀佛，阿弥陀佛！

我赶到出事地点，警察封锁了事故现场。据说是一辆中巴车和一辆货车迎面相撞，120急救车已经拉走了几个伤重的，还有不少受轻伤的坐在地上。因为是晚上，灯光又昏暗，所以看不清楚伤亡的情况。

一个警察说，跟我来。

我说，几个？

警察说，三死九伤。他指指前方说，前面那两个，已经确认遇难了。这个警察说话挺讲究的，说遇难比说死了要有人情味。我看到路边躺着两个披着一层灰色油布的人，一般来说，遇难的遗体都会盖上一层东西，哪怕是一片破旧的纸板，也表达了对逝者的尊重。

突然，有一个人拉住了我的裤子，把我吓得半死，我说，啊，你——你想怎么样？

在昏暗的光线里，一个原本躺在地上的男人坐了起来，他的另一只手又拉住了我的手，说，你是医生？这只手是冷冷的，就像死人的手。

我说，我不是医生。

这个男人突然哭起来说，你是医生，你一定是医生。我求你，先救我老婆吧。

我发现这个男人一脸是血，眼睛、嘴巴和鼻子也是鲜红的，这张红脸在昏暗的灯光下呈现出超级恐怖。我说，你别急，医生马上来了。

这个男人突然又无力地倒下去，但他的一只手仍然抓着我的裤子。他绝望地说，求你了，先救我老婆，我们有个约定，我们一起要去北京，她从来没有亲眼见过天安门，我要带她去北京，去北京——

我说，安静，安静，你一定能和你老婆去北京的。

几个人跑过来喊，来了，来了，急救车来了。

这个男人低声呻吟，救，救，救我老婆，求你，先救我老婆。男人的声音越来越微弱，像空气中有气无力的尘埃。他的手也掉落到地上。

我坐进驾驶室，发现自己的一只手上都是血，耳边还在响着"先救我老婆"。汽车发动时，车灯亮了，我感觉眼前的路是模糊的，而且我的脸上也湿润了。

7

这个晚上，我和丁香花同时向自己的父母"摊牌"了。

我对父母直截了当地说，我有女朋友了，是同事。母亲惊讶地说，啊，你说什么？你的女朋友也在殡仪馆工作，她也拉死人的。

我说，她也是殡仪馆的，搞"舞台设计"。父亲一言不发地抽烟，我知道这只是一种沉默的假象，他一定会有激烈甚至空前的爆发。

母亲说，难道你们殡仪馆里也有剧场和舞台。

我平静地说，我的女朋友叫丁香花，她是专门设计遗体告别仪式的。

母亲尖叫起来说，啊——啊——这是什么活呀，让死人上舞台，她的工作比拉死人还可怕。张飞，你要和这个女人谈恋爱，疯了，你疯了。

父亲扔掉手里的烟，从沙发上跳起来说，我问你，张飞，你让我们活不活了，啊，家里已经有一个在殡仪馆的，想不到你再去弄个殡仪馆的女人回来。我受不了，我要崩溃了。父亲突然像一个陀螺，在客厅里连续转圈，把椅子桌子什么的撞得也都活了起来。

母亲惊慌失措地跟在父亲后面说，老张，张大海你坐下来，有话好好说。母亲的眼泪流了一脸，但她坚持跟在父亲后面说话，老张，你不能冤你儿子，只能冤你自己，现在这个社会复杂私利，老子没权，儿子吃亏。

父亲气愤至极，他突然停下来，气急败坏地冲我大喊，张飞，张飞，张飞，啊，啊啊，你脑子有病呀，你想把这个家搞成小殡仪馆吗。

父亲真的气昏了头，他用打火机去点香烟的过滤嘴，一次一次点燃它，又一次一次熄灭了，空气中弥漫起烧焦塑料的臭气。

我说，爸，你在点烟屁股呢。

父亲把烟摔在地上说，从今以后，你别叫我爸，你叫我张大海。我告诉你，我坚决反对你和这个女的恋爱，我更反对你们结婚。我冤我自己，我生了你，把你养大了。

这是父亲的明确表态，母亲又一次号啕大哭，这是明显支持父亲的哭声。

到了我决断的时候，我说，我的事我自己做主。我说得斩钉截铁，父母同时静默了，接着父亲咆哮如雷地喊叫，张飞，你——给——我——滚！

这个晚上，我和丁香花都滚出了自己的家。

我们在大街小巷游荡到深夜，最后所有人都有了归宿，只有我和丁香花还没有。我拉起丁香花的手说，走吧，跟我来。我带丁香花在一家小旅馆开了房，一天的价格是九十八块钱。走进房间，我们终于恍然大悟，只有心灵和肉体的团结才会有力量。这样，我们二话没多说就上了床。

整个过程速战速决，但始终保持着一种痛快淋漓的状态。事后，丁香花立即从兴奋转换到悲伤，她告诉我，在离家走出之前，她的母亲愤怒地扇了她两记耳光，然后坚决让她滚出家门。

我安慰丁香花说，你妈是为你好。这话说出口后，我就后悔了。

果然，丁香花从床上赤裸裸地跳起来，连喊带哭地说，张飞，张飞你没人性，你不是一个疼我的男人。

我连忙赔礼道歉，说，我错，我说错了。我用花言巧语又把丁香花说得软绵绵的，接着我们再次把身体折腾得热气腾腾。我没想到，自己在这个女人面前居然如此能说会道。

我们的身体软塌塌了，陈列在陌生的床上。黑暗似乎非常漫长，因为我们都辗转反侧睡不着。当一缕淡白的光线划过眼前时，我摸过手机打开它。大约几分钟后，我的手机就响了起来，这是母亲的电话，她焦急地说，张飞，你在哪里？你为什么要关手机？

我说，妈，你放心。我觉得，母亲一定整个晚上都在给我打电话，也就是说，她也一夜未眠。

母亲带着哭腔说，你给我回来，你怎么这样任性，爹娘都不要了，有你这样的孩子吗？

我说，我会回来的，但不是现在。

母亲近乎哀求地说，张飞，你回来吧，有什么事不好商量呢。

我说，嗯。

母亲还在劝说我回家，我一狠心掐断了电话。我发现，母亲的哭声还在耳边缠绵。原来，是丁香花蒙在被子下痛哭流涕，我轻轻拍了拍她说，你想家了吧。

丁香花一把扯开被子说，你妈来找你回家了，可我妈真的不要我了。

现在我一听丁香花说到她妈，感觉心里凉飕飕的，似乎她的耳光正在朝我劈过来。我说，或许你妈已经后悔了。

丁香花的哭声嘹亮起来，说，不管我妈后悔还是不后悔，今天开始我是你张飞的人了，你是男人，你要负责任。

我说，嗯。一定的。

我和丁香花不可能每天住旅馆，我们的工资都不高，而且旅馆永远不可能是我们的家。先租房子安定下来，或许这是明智的选择。我把这个想法告诉丁香花，她头也不抬地说，我听你的。

话已经说出口，覆水难收了。我跑了许多房屋中介所，理想中的租房一间也没有。要么房子不理想，要么租金太贵了。这样折腾了几天，我的自信心大幅下降。这样，就有了走投无路的感觉。丁香花向我表达决心支持我，张飞，就是住到殡仪馆，我也和你在一起。

我说，我们一定会有自己的房子。我知道，目前我说这样的话是骗人的，至少骗了她丁香花，可是我不骗她，也得骗骗我自己。

这个时候，有个房屋中介打电话给我，说，有套一室一厅的小房子，如果有兴趣现在赶紧去看房。我和丁香花渴望的就是这类小型的套房，按照中介的提示，我们很快找到了这套房子。房子还算满意，租金也吃得消，我和丁香花决定租下来。问题是房东要求一年付一次房租，这又把我们难住了。我说，三个月付一次行吗？

中介给房东打电话，打完电话，中介说，房东说，必须一年付一次。

我说，半年吧，半年付一次。

中介也想做成这笔生意，她又打通了房东的电话，中介告诉我的还是一句话，必须一年付一次。

我心里郁闷了，你牛什么牛？满口"必须必须"的。丁香花说，大姐，这房子我们存心想租，难道没个商量的余地吗？

中介说，这个房东咬定一年付一次房租，要不这套房子早就租掉了。

丁香花看了看我，意思是让我拿主意。我想到了很多闹心的事，越想越憋闷，仿佛所有的怨恨都集中在这个房东身上了。我说，我来同他说说吧。

中介打通房东的电话给我，我说，我想租你的房子。

房东不耐烦地说，不是说过两次了，房租必须一年付一次。

我说，能商量吗？半年付一次。

房东说，必须一年付一次。

我说，国务院规定的？

房东愣了愣说，你别啰唆了，还是个男人呢，我规定的。再见！

我忍无可忍地说，你等一等，听我说完。告诉你，你总有一天要来求我的，你不想做个第一吗？

房东说，做第一，你是哪里的？

我说，我是火葬场的，难道你死了不想烧第一炉。

房东气急败坏地说，你——他妈的。

我掐断电话还给中介，说，这个人素质太低了。

中介看着我半天说不出话来，感觉像在黑暗中碰到了一个死人。

回到旅馆，丁香花说，张飞，我第一次看到你发这么大的火。

我说，我是正当防卫，睡吧。

第二天，我醒得很早，盯着天花板想租房子的事。丁香花推了推我说，你没睡好？

我说，嗯。

丁香花说，我也睡不好。

我坐起来说，我去找傅主任要宿舍。

丁香花说，你真想住到殡仪馆去？

我说，你不同意。

丁香花翻了个身说，这星期住旅馆的钱我来付。

我头昏脑涨地去卫生间洗漱，丁香花坐在床上发呆。突然，我听到丁香花惊喜地喊起来，张飞，我妈来电话了。

我以为丁香花的母亲要妥协了，急忙坐到丁香花身边听她接电话。没想到，电话里响起了杀猪般的哭喊声，丁香花，你这个小畜生，你再不回家，我就跳楼给你看，我不想活了。我说的是真的，啊，啊，啊！

丁香花吓得说不出一句话，她扔掉电话哭得悲痛欲绝，仿佛她妈已经跳楼自杀了。我的脑袋像个糨糊盆，里面一塌糊涂了。

丁香花终于哭够了，她从床上跳下来说，张飞，你说我怎么办？

我说，你妈在吓唬你。

丁香花一脸惊讶地说，你有没有人情味呀，她是我妈，也是你将来的丈母娘。

丁香花母亲这样子我接受不了，我从来没想过我会有这么一个丈母娘。我说，嗯，你安慰安慰她吧。

丁香花说，你让我怎么安慰她？我必须回家，这才是最大的安慰。我站着不动，也不说话，丁香花又说，你不说话，说明你也在想你爸妈。

丁香花走后，我感觉旅馆这个地方陌生了，房间也变得空旷辽阔。晚上，我给丁香花发了几个短信，结果个个石沉大海。我一个人走出旅馆，秋风多情风骚，不时抚摸着我暗淡无光的脸面。街头灯火通明，行人快乐地散步逛街，幸福写在脸上。

不知不觉，我走到了我家的楼下，抬头望上去，熟悉的窗口灯光微亮。平时这个时候，正是父亲唠叨的好时光，现在他还在为我唠叨吗？我拿出手机想给父亲或者母亲打电话，手机在手里捏得热乎乎的，最后我没有拨打这个烂熟于心的电话号码。

回到旅馆，丁香花的短信来了，她说，我妈真可怜，她真的想跳楼了，要不是我爸认真负责，后果难以想象。所以，我得先听我妈的话。对不起！

我和丁香花的关系应该到此为止了。这个结果我是有所预料的，想不到的是，丁香花不但离开了小旅馆，还离开了殡仪馆。我最后一次见到她是在傅主任办公室的门口，当时她刚好出来，我正要进门去汇报工作。

我们同时惊慌了一下，可能都没想到会在这里碰面。这一刻，我似乎被丁香花的美丽惊呆了，这个女人曾经和我上过床。我想了想，这种感觉既深刻也散乱，很像是一个梦。

丁香花轻声说，张飞，我要走了。我以为这只是像"再见"一样的口头语，所以我轻描淡写地说，哦，我找主任有事。

走进傅主任办公室，我看到他的脸像个大饼，这是他生气的标准脸形。我还没开口，傅主任拍拍桌子说，张飞，你真没用。

我说，傅主任，你是说我和丁香花的事。

傅主任说，对，因为你的无用无能，给我们殡仪馆造成了很大损失。看你这副白痴的模样，你还不知道吧，丁香花调到别的单位去了。

太意外了，我真像个白痴一样翻了几下白眼说，她为什么要走，因为我？

傅主任说，当然为你。啊呀，多好的姑娘呀，可惜。算了，既然你们没缘分，下次我给你弄个外面的姑娘吧。

8

我躺在小旅馆的床上，感觉那个离开我的女人是刘小可，而且这种感觉越来越强烈。我摸过手机在通讯录中翻到刘小可的名字，给这个女人发个短信吧，其实你还是喜欢她的。仿佛有个人在鼓励我，工作诚可贵，爱情价更高。刘小可，刘小可，刘小可，你听到了吗？

我果断地给刘小可发了一个短信，小可，你好吗。信息发出后，我想了想，或许刘小可早把我忘记了。所以，我又发了一个，我是张飞。

我盯着天花板发呆，我满脑袋都是刘小可的笑，而且和丁香花在一起的那些事，也都成了和刘小可在一起的事。如果我现在放弃这个工作，刘小可愿意和我在一起吗？现在，只要我想到刘小可，就会联想到我、刘小可和拉死人的张飞，仿佛这是一场理不清的"三角恋"。

不知过了多久，我的手机响了一声，这是收到短信的提示音。我打开手机一看，果然是刘小可的短信，张飞你好。

刘小可给我回短信，说明她没有完全拒绝和我交往，这样想起来，那时刘小可离开我或许是一种惊慌失措的姿态，如果我能继续紧追不舍，我们有可能走向洞房花烛之夜。我开始心旷神怡起来，心里有了刘小可，似乎一切烦恼都烟消云散了。我赶紧再给刘小可发短信，小可，如果你有时间，我想请你看电影。

刘小可说，对不起，我最近很忙很累。

我说，过几天我再约你。

刘小可说，你还在那个地方工作吗？

我说，是的，不过——我愿意听你的。

刘小可没有再理睬我，或许她有事了，或许我表达得太晚了，或许她已经有了男朋友。

我在小旅馆住到第十天时，父亲住院了。

那天上午，我站在窗口发呆，那支让肉体灰飞烟灭的大烟囱，把我开阔的视线割成两半，一半是青山绿水的好风景，另一半是整齐寂静的公墓，这是两个截然不同的世界。我的眼皮像受到了刺激，突然蹦蹦跳跳起来，我感觉这不是好兆头。果然，母亲的电话来了，她哭哭啼啼地说，张飞，你爸昨天住院了。医生初步诊断，是慢性支气管炎急性发作，如果不及时治疗，病情有可能恶化。

我埋怨母亲说，妈呀，你为什么不及时通知我？

母亲说，你爸死活不让我通知你，夜里我在想，你是他儿子，我有责任通知你。万一发生了什么事，我会后悔莫及的。

我说，我马上到。

我匆忙赶到医院，父亲的脸色灰暗粗糙，感觉病入膏肓了。我一下子伤感起来，想到和生命和健康相比，别的什么事真的不重要。我说，爸，你感觉怎么样？

父亲侧过身子背朝我说，死不了。

母亲说，你爸几天前就说胸闷气急，我叫他来医院检查，他说我烦，还想抽烟呢。我以为父亲会反击母亲，父亲咳嗽了几声，一言不发。

医生说父亲的病是顽症和慢性病，病因主要是长期抽烟。这次慢性支气管炎急性发作是重感冒引起的，住个十天半月院就能回家。最后医生告诫说，出院后必须戒烟！

我准备下午请假来陪父亲，临走前我和父亲告别，父亲还是不愿理睬我。

下午我到医院，母亲坐在病床上和父亲说话，父亲看到我进来马上闭上眼睛,模样像个调皮的孩子。母亲的脸上挂着平淡的笑容,她站起来说,你爸的几项化验指标出来了,都是正常的。

这是一个好消息,我悬着的心安静了。我轻声说,爸,你感觉怎么样?

父亲说,你只会说一句话吗?我想听的话你为什么不说。

我说,你想听我说什么?父亲缄默无语,偶尔咳嗽几下。

母亲像什么事都没发生过,东拉西扯地说些不着边际的话。我发现,父亲边上的病床空了,上午那个人还在吊针。我说,边上的那个人出院了?

母亲说,是的,听说等会就有新病人安排进来。现在医院的生意好过菜场,生老病死,谁都逃脱不了。母亲突然看着我不说话,我估计她意识到自己的话涉及病和死,父亲生病,我是拉死人的,不吉利。

我说,爸是小毛病常见病,只要平时多注意,没事。

父亲的目光落在我的身上,他好像有话想对我说。我坐到父亲的病床上,但他还是没有说话。

外面响起一阵嘈杂,接着病房门被重重地推开,一个病人躺在推车上进来了。我先看到刘小可,她扶着推车的边沿,尽管侧面低着头,我一眼就认出了她,而且这个病人居然是刘作选。

这个事发生得太突然了,我站起来说,你是——刘小可。

父亲也坐起来说,刘小可?你真是刘小可,老刘呢?

可能刘小可一时也蒙了,她愣愣地看着我们说,你们也在这里?我爸病了,肺炎。爸,这是你同事张伯伯。

刘作选抬起头,侧过身子说,老张,真是你,好呀,你原来躲在这里,我们有伴了。

我们都没想到,两家人在医院病房里又见面了。父亲说,老刘,怎么回事?你不是好好的嘛。

刘作选有气无力地说，老张，你不是也好好的嘛。

父亲说，现在好了，同事加病友了。老刘，我们都要想开点，健康是根本呀。

刘作选咳嗽几声说，老张，早知今日，何必当初呀。

父亲和刘作选你一言我一语地热聊起来，好像是两个久别重逢的老朋友。我和母亲，还有刘小可和她母亲，都沉默不语，或者傻乎乎地笑几声。我心里明白，父亲和刘作选住在同一个病房是很别扭的，他们两个别扭，我们两家人都别扭，毕竟我们曾经发生过一些说不清道不明的事。

母亲看到刘小可就想和她说话，当天没机会，第二天中午，我和刘小可都在病房，母亲抓住机会和刘小可闲谈起来，说来说去，最后母亲说，小可，你和张飞真有缘呀。你看，在这种地方也能碰到。

刘小可笑了笑，不说话。母亲又说了几句类似的话，刘小可还是不说话，脸上的笑还是在的。母亲说不下去了，感觉现在谈这个话题就像天方夜谭。母亲只好悄悄对父亲说，你看，刘小可真是个漂亮的姑娘。

父亲说，问你儿子去。

我们两家的这次交往其实也很短暂，大约四五天后，刘作选突然要出院了。母亲悄悄问医生，老刘这么快出院了？

医生说，他转到省城大医院去了。

我说，什么病？

医生说，可能是那个病，肺上有问题，不过还没确诊。

母亲明显流露出了焦急和不安，她希望刘作选能在这里治病，因为刘作选在，刘小可才会在。其实，我和母亲的心情是一样的。

刘小可在默默流泪，我估计刘作选的病情转向严重了。刘小可向我们告别的时候，我觉得她的眼神中有无助。对一个女孩子来说，父亲是一座遮雨挡风的高山。我送他们到电梯口，我说，小可，有事需要我帮忙吗？

刘小可说，帮忙？谢谢你。现在没有。

我说，祝你爸爸早日康复。

刘小可说，我也祝你爸爸早日康复。在电梯关门时，刘小可又说，张飞，你的手机号码我存下了。

我听到刘作选也在说话，声音短促飘忽，随后电梯把人和声音都带走了。

我望着冷冰冰的电梯门发呆，仿佛在等待刘小可从电梯里出来。不知什么时候，母亲来找我了，她大声说，张飞，你站在这里发什么呆呀。

我说，没发呆。

母亲说，你和刘小可说话了吗？

我说，说过了。

母亲说，你们说什么了？她怎么说？你又是怎么说的？

我觉得母亲有些烦，她说的话和医院里的嘈杂声夹在一起，有种很遥远很散乱的感觉。我现在关心的是刘小可这个人，而不是母亲关于我和刘小可说的话。

我说，刘作选走了，爸爸说什么了？

母亲说，他闭着眼睛没说话，好像睡着了。对了，他说过一句话，这个老刘，完了。

我说，还有呢？

母亲惊讶地看着我说，没有了，他就说了这么一句话。我对你爸爸说，老刘完了，刘小可怎么办？他看看我，就是不说话，他是一个唠唠叨叨的男人，怎么说变就变了。

我说，人和事都在变的。

父亲住院期间，我回家了。我觉得，一个人再孤独地坚守在那个小旅馆已经没有意义，父亲的生病住院给我提供了一个回家的机会。

父亲的病情有了明显好转，他每天都想回家。父亲在医院经常说的一句话是，医院是个鬼地方。两天后，父亲如愿以偿地离开了这个鬼地方。父亲走进家里，东看看，西瞧瞧，好像这个家不是他张大海的家。

母亲说，老张，家里有变化吗？

父亲看看母亲，又看看我，说，什么都没变，变的是我的心情。说完，他抓起茶几上的半包烟，捏紧揉成一团扔进了垃圾筐。

现在，母亲成了说话的主角，她说，老张，你不能再抽烟了，这是医生说的，要命就不要烟，要烟就不要命。

我说，爸，你真的不能抽烟了，你要对自己的身体负责。

我们说了很多，父亲还是一声不吭，医院似乎把他的唠叨也根治了。母亲又说，我早就说过，这个刘作选没有好下场。他抽烟这么凶，还不会自我节制。现在他自己也在后悔了，早知今日，何必当初。

父亲瞪一眼母亲说，你少说两句好不好，刘作选哪里得罪你了？

母亲生气了，她说，老张，你这么说，我就告诉你，刘作选得罪我了，不，是得罪了我们全家，是他搅散了张飞和刘小可的姻缘。

父亲说，你真是乱弹琴，这个事，问你儿子去。

我说，你们再吵，我就走了。

这一次，他们像两个听话的孩子，听了我的话，马上去做自己想做的事了。

父亲在家休息了一星期，基本做到不多说话，他整天翻看一套破旧的《世界童话故事集》。这套书我从三岁一直读到十三岁，它早就功成身退在书架上安度晚年。现在，父亲五十三岁了，他居然对自己二十多年前为我买的童话集感兴趣。

母亲做好晚饭，对埋头读童话集的父亲说，老张，晚上我们出去走走，听说环城河步行道贯通了，风景不错。父亲头也没抬，专心看书。

母亲把菜端到桌子上又说了一遍，父亲沉闷地说，我明天要去上班了。

9

我很久没有见到老艾了，他是我经常想到但很少见面的知心朋友。我们偶然会通一个电话，当然都是他打给我的，我总是一问一答地和他说话，最后老艾就会忍无可忍地说，算了，不说了，半死不活的一个人。

我经常对他说的话是，老艾，过几天我请你喝酒。现在，我要约老艾喝酒了，感觉特别想见他。老艾接到我邀请他喝酒的电话很开心，听上去有些喜出望外，他说，张飞，真的呀，这一次你决定要请我喝酒了。

我说，嗯，真的。

老艾说，我以为你又要借面包车了。

我说，没这个机会了。

老艾说，你什么意思，既然活得那么累，你就别拉死人了。你在怨我，是吧。

我说，你放屁，反正拉到现在，拉与不拉都一样了。

老艾说，这是你说的，放下就好，到时我可不想再见到你的一张死脸。

我说，我张飞是个大活人呢。

在一家僻静的小酒店，我和老艾找了个角落坐下来。我们要了一壶黄酒，大约有两斤多，点了三四个菜。菜还没上来，我和老艾已经碰杯喝酒了。老艾滔滔不绝谈他上班炒股的宝贵经验，他向我透露炒股赚了三万块。我从他脸上的满足度看，这事有可能是真的。

我要谈恋爱，我要结婚，我要好好活着，所以说到钱，我心里的滋味是又苦又甜。我说，老艾，你的贼运真好。

老艾今天的话都与炒股有关，钱确实是个好东西，如果我能赚三万块，估计也会喋喋不休了。老艾一个人说了半天，话题都和他的三万块钱有关，他看到我接连打了三个哈欠，这才如梦初醒地问我，你的桃花运怎么样了？

我说，一言难尽。

老艾有了兴致，他一定要我交代所谓的恋爱史，还厚颜无耻地说，说真的，这个刘小可好，有女人味，兄弟我告诉你，耐看的女人也一定是耐用的。

我说，老艾，你真不要脸，你他妈的痴心妄想。

老艾说，张飞，你也学会骂人了，你居然敢骂我老艾，骂呀，你多骂几句呀。你这个死鬼。

说真的，我也没有别的倾诉对象，心里藏匿得太多也难受，再说老艾确实是我的好兄弟，结果我心甘情愿地把我的烂事都倒了出来。

老艾津津有味地听着，还不时眯起他的小眼睛作沉思状，这德性就是在享受。

我说完了，他才说，张飞，你们是传奇呀。

我说，你别取笑我，你说接下来我该怎么办？

老艾说，怎么办？你是傻子，你是软蛋，你是死人。追呀，当然是去追刘小可，那个丁啥——丁香花，去他妈的，我和你一样都喜欢刘小可。

我说，你，老艾，脸皮厚。

老艾当场吐了，吐得满脸黏糊糊的，像个大花脸。我也晕乎乎了，感觉耳边总有刘小可的笑声，这是一种痴心妄想的美妙。我和老艾在小酒店门口又说了一大堆话，昏头昏脑的，谁也不知道说了些什么话。

我踩着一地落叶回到家，父母房间的灯已经熄灭，墙上的钟走到零点了。沙发上懒洋洋地躺着童话集，估计父亲在睡前又翻动过它了。

房门动了一下，母亲轻轻走出来。我惊讶地说，妈，你还没睡？

母亲拉我到小房间，低声说，你爸上班听说刘作选确诊是肺癌了，昨天做了手术，在上海做的。

我对刘作选谈不上有感情，但想到他女儿刘小可，心里还是按捺不住地沉痛起来。上次医生也说过，刘作选可能得了肺癌，现在确诊并做了手术，估计真要完了。

我说，癌症的结果就是人财两空，钱没了，人也没了。

母亲说，就是呀，就是呀，你爸这个人是讲情谊的，他和刘作选毕竟是同事。还有，还有他心里也是支持你和刘小可恋爱的，说起来，你爸是介绍人呢。

我说，妈，你提这些陈年往事没什么意思了。

母亲说，有意思，当然有意思。你想，要是这个刘作选真出了事，刘小可怎么办？

我说，你操什么心，刘小可知道怎么办的。

母亲惊喜地说，啊，张飞，你知道刘小可怎么办了。

父亲在房间里大声说，天不亮了吗？乱弹琴。

母亲笑着说，来了，来了，我在卫生间。

大约半个月后，父亲又像以前一样唠叨起来，他现在唠叨的不是我，而是他的同事刘作选。吃晚饭时，父亲说，今天菜好，我们喝点酒吧。父亲想喝酒是因为心情好，其实，他的酒量并不大。

母亲说，老张，有什么好事？

父亲说，看你说的，没好事就不能喝酒了。

我说，爸，妈的意思是，你今天心情好酒胃开。

父亲喝一口酒说，张飞，还是你了解我，所以我不能没有你这个儿子。

我说，什么时候你没有过我这个儿子了。

母亲说，你爸自己在乱弹琴。

父亲说，我说老刘，刘作选，我想说的就是他。老刘的手术很成功，恢复得也不错。

母亲说，你说说刘小可吧，她怎么样了。

我说，妈，爸会说的，先说老刘，再说刘小可。

父亲看着我笑了，他说，老刘回来，刘小可肯定也回来了。他老刘只有一个女儿，我老张只有一个儿子。只有一个孩子，老了病了可怕呀。

母亲说，老刘命苦，刘小可也跟着命苦，这是命呀。

我说，你这是宿命论。

父亲说，老刘出院半个月就要求上班，领导和同志们都劝他再休息休息，可他执意要上班，还和同志们一起按时上下班。其实，大家对此都心知肚明，老刘急着要上班是在乎奖金。

母亲说，这是要钱不要命。

父亲说，人为财死，鸟为食亡。这个道理老刘不会不知道，但钱确实是个好东西。为他可惜，我为他可惜。

父亲每天都会带来关于刘作选的消息，我不知道是说给我听的，还是他自己想找个话题说话。后来，父亲说到刘作选，我就会想到刘小可，而且有一种感觉，现在的刘小可一定很无助。

有一次，在父亲唠叨刘作选的时候，我给刘小可发了一个短信，我爸又在说你爸了。接着我又发了一个，两个爸爸在一起多好。接下来，我忍不住继续发短信，小可，我是真的关心你爸爸。

刘小可终于回复我的短信了，她说，张飞，谢谢你，在儿女面前，父亲是一个伟大的男人。

我看着这条短信，就如进入了一个叫作刘小可的女人的内心。我突然心潮起伏，眼睛挡不住地湿润了。

有一天晚上，父亲沉痛地说，老刘的病情又出现了反复，癌细胞扩散了。我和母亲都没有说话，父亲又说，老刘呀老刘，听说他的肺基本上被割光了，活着也是一种艰难。

我说，病人痛苦，家人也痛苦。我说这话是想到了刘小可，我觉得刘小可的生活一定也很艰难。

父亲郑重其事地说，我明天上午要去医院看望老刘。父亲说完这话，整个晚上再也不说话了。

第二天早上，母亲提出陪父亲一起去医院，父亲说，你去干什么？母亲用眼神提醒我，我说，爸，我陪你去吧。

父亲点点头说，好的。

我们打的直接去医院，一路上父亲一言不发，看脸色他的心情复杂。走进刘作选的病房，他闭着眼睛在挂吊针，人瘦得像一具人体标本。因为化疗，头发也快掉光，我们几乎认不出他来了。

父亲走上前说，老刘，你怎么样？我来看你了。

刘作选睁开眼看到了我和父亲，他先是惊喜地张了张嘴，接着想坐起来，但没力气达到目的。刘作选嗫嚅着说，老张是你呀，哦，张飞也来了。我谢谢你们。

父亲说，老刘，老刘你躺着，不要动。我们是老同事，来看看你是应该的。父亲坐到刘作选的病床上，我坐在床边的木凳上，刘作选的老婆在一边诉说单位领导的不关心，她说老刘上次住院"一把手"来过一次，这次住院只来过一个办公室主任，这种单位太缺少人情味了。

刘作选阻止了他老婆的话，说，你不能这样说话，说这话一点没意思，怨只能怨我自己活得太倒霉太失败，才活到五十二岁就得了这个癌症。刘作选和父亲同岁，他们两个有许多相同的经历，出生在上世纪六十年代初，经历了史无前例的"文革"，十八岁高中毕业参加工作，二十五岁调进机关，二十七岁结婚，都是电大毕业。唯一的不同是，父亲生了我这个儿子，而刘作选则生了女儿刘小可。

父亲握住刘作选的手说，老刘，单位已经发了通知，大家都在为你捐款了

估计刘作选感动了，眼泪流了一脸。

父亲举起一只手指说，我为你捐了一千块。

刘作选哭得更伤心了，说，老张，好人有好报。

刘作选的老婆也说，老张，你是好人。

刘小可没有在，估计她白天在单位忙。我看看手表十一点多了，父亲没有要走的意思。他喋喋不休地安慰刘作选，仿佛他是代表单位领导来慰问刘作选的。刘作选有气无力地说，命哪，命哪，命哪！

这个时候，刘小可来了，她脸色淡黄，步履仓促，感觉是在边走路边想心事。看到这个样子的刘小可，我的内心翻天覆地起来。

我说，小可，你来了？我这样说，似乎我是这里的主人了。

刘小可看到坐在病房里的我和父亲，先是惊愕了一下，然后说，麻烦你们了。父亲说，小可，应该的，我和你爸爸是老同事，同事老了就是兄弟。你看，张飞他一定也要和我一起来。

刘小可说，谢谢。

我说，小可，你有事尽管来找我。

刘小可说，好的，不过现在还没有。

刘作选拉着父亲的手，脸上挂满了泪水，他说，老张，你是好

人,你这个儿子也是好人。

刘作选的老婆说要出去买东西,让刘小可陪我们说话。我想,我们也该走了。可父亲还没有要走的意思,而且他的眼眶也红了,他再次拍拍刘作选枯槁的手背说,老刘,老刘你放松心情,你会好起来的。

刘作选说,老张,我要死了,可我真不想死,要死我也不想这么死呀。

刘小可突然大声说,爸,你说什么呀,什么死不死的,你再这么说我走了。说完,刘小可就哭了。

我说,小可,你要冷静,有话好好说。我很想拉一拉刘小可的手,这样或许能给她一丝温暖,但这么做明显是乘人之危的勾当。刘小可听了我的话,不再说话了,她用手背把泪水揾了回去。

我们默默地站在刘作选的病床边,好像正在为刘作选默哀。后来,刘小可想明白了,她是这里的主人,我们只是客人。刘小可说,不好意思,你们坐吧。

父亲真的又坐下来了,我连忙说,爸,已经中午了,我们走吧,让刘叔叔好好休息。

父亲终于醒悟过来,他站起来说,老刘,我们走了,你多保重,需要我打我的电话,需要张飞就打张飞的电话。父亲做了个打电话的手势。刘作选闭上眼睛说,张飞,我有话对你说。

我惊讶地看着刘作选,刘小可也愣着说不出话。父亲说,说吧,老刘,你有什么话要对张飞说。

我说,刘叔叔,你说吧,我在听呢。

刘作选看看我和父亲,又看看刘小可,最后摇摇头说,算了,不说了。

刘小可说,爸爸,你想说什么?

父亲说,老刘,多保重,别胡思乱想。

刘作选一脸迷茫地说，我饿了。

刘小可送我们到电梯口，感觉我和她都有话想说，但都没有说出来。电梯落下去时，父亲说，你和刘小可还在联系吧。

我说，是的。

父亲说，刘小可怎么说？

我说，她没说什么。

父亲说，她有男朋友了吗？

我的内心颠簸了几下，说，不知道。

父亲说，我觉得，应该还没有，否则这个男人早就出现过了。张飞，你说呢？

没有想到父亲这么细心，我一直把他看成是个粗心的"草包"。我认真地看着父亲说，我也是这么想的。

医院门口，我们碰到了刘作选的老婆，她说，你们走了？我给你们买中饭来了。她边说边举起一只塑料袋，里面确实装着一些吃食。

父亲说，我们先走了，家里还有事。

刘作选的老婆说，哎呀，都中午了，吃了再走。对了，老刘说过有话对张飞说，他说了吗？

父亲说，他说了这个事。

刘作选的老婆说，他说了什么？我问了他几次，他就是不肯说。

我说，最后他什么话也没说，他说，算了，不说了。

父亲说，你别当真，老刘只是想找个人说说话。

10

春节过后，父亲开始偷偷抽烟了。为了过烟瘾，他把一支香烟剪成三截，烟瘾上来了插到一只烟斗里点燃，然后吸几口扔掉。

有一次，父亲吸烟被母亲抓了现行。晚上，母亲说了这个事，说，老张，你怎么能抽烟呢，告诉你，我要把所有香烟和打火机都扔进垃圾桶。

父亲说，看你说的，我没抽烟，我只是闻闻烟味。

我说，爸，你绝对不能抽烟了。

父亲说，我说的话你都不听，我为什么要听你的？

我说，这是医生说的。

父亲说，医生算老几？你们别管我，我会管我自己的。父亲这么说，说明他和我的隔阂还在。这个隔阂，当然还是我的工作。其实，我有好多次想辞掉这份工作，特别是在医院见到刘小可之后，这种想法几次三番地冒出来了。

然后，每当我要离开的想法渐渐成熟时，总会出现想不到的事让我留下来，继续干这种世界上最有人情味的工作。

这一次也不例外。那天晚上，我正坐在台灯下写辞职报告，我决定要向我尊敬的傅主任道别了。我的手机突然响了起来，"刘小可"三个字在手机屏幕上闪闪发光。我的心跳加快了，接通电话，我听到了一个女人的哭声，我说，喂，你是刘小可吗？

手机里只有哭声，我大声喊叫，小可，小可，刘小可——

父亲和母亲都过来了，说，怎么啦，刘小可怎么啦？

我说，刘小可打我电话，可她不说话，一直在哭。

父亲说，肯定是老刘不行了。

母亲说，张飞，你赶紧去呀。

我不知所措地又喊了起来，小可，刘小可，你别哭，说话呀。

刘小可哭哭啼啼地说，张飞，爸爸，我爸爸他——

我大声说，我马上过来了。

刘小可的家在江南大厦后面的一个住宅小区，我跟刘小可恋爱时去过一次。那次，我和刘小可去看电影，时间还早，刘小可说要去家里拿忘了戴的金项链。我跟刘小可去了她的家。当时看到刘作选拿着一本《小说月报》在读，他看到我，热情邀请我坐下来喝茶，刘小可说，我们要去看电影呢。

在看电影时，我问刘小可，你爸爸在看《小说月报》。

刘小可说，是呀，他曾经是一个文学青年。

我说，你爸比我爸有文化。

刘小可说，你什么话，有文化没文化都是我们的爸爸。

我到江南大厦时，发现这里聚集了许多人在看热闹。我想挤进去，有一个人推了我一把说，挤什么挤，前面被警察封锁了。

我说，里面有什么情况？

这个挡住我向前的人说，可能有人从江南大厦上跳下来死了。江南大厦位于市中心的延安路，是一幢十六层的商贸楼，里面有商场、有旅馆，还有咖啡厅什么的。我和刘小可、丁香花都来过这里喝咖啡，留下一些甜蜜的回忆。

我奋力往前挤，边挤边说，让一让，我进去看看。

最后警察拦住了我，说，有什么好看的，退后，往后退。

我看到死者身上盖着一条新毛毯，估计是亲属刚刚买来的。警察把死者的亲人拦在远处，现场勘查基本结束了。接下来，死者会被我们殡仪馆拉走冷冻。

我对拦住我的警察说，警察叔叔，有人跳楼了？

警察说，听说受不了癌症的折磨，还是死了舒服。退后，退后，听到了吗？

我突然想到了刘作选，这个跳楼自杀的人一定是他。我慌忙拨打刘小可的手机，可打了多次都无人接听。我突然越过了警戒线，那个警察追上来捉住我说，你找死呀，滚出去。他边说边踢了我一脚，我一点痛感都没有。

我大声说，放开我，我是殡仪馆的。

警察说，骗人，你拉死人的车呢？

我指了指前方说，你没看到，那不是吗，放开我。

我们殡仪馆的车到了，车上下来的是我的同事，他跳下车发现我在现场，惊讶地说，张飞，没让你加班，你来干什么？

我对警察说，你看，我不骗你吧。我提着一颗破碎的心走近死者，慢慢拉起盖在死者身上的毛毯。这个跳楼的人就是刘作选，他的面部完好无损，还挂着一丝淡淡的安静的微笑，看不出他是一个摔死的人。我差点站立不稳，警察说，喂，你怎么回事？

我说，没事，来，兄弟，帮个忙，把他抬上车。

警察犹豫了一下，说，你们俩抬。

我点着这个警察说，快点，你，你帮我抬。

警察觉得这个时候的我好可怕，他伸出双手帮我把刘作选抬上了灵车。

接下来，我控制不住自己了，我突然把同事的工作服都剥了下来，穿到自己的身上。同事吃惊地说，喂，喂喂，张飞，你疯了，你想干什么？

我张牙舞爪地对着同事说，我来开，我要开，我来送他。

同事的脸色变白了，他紧张地说，这是违反工作纪律的，张飞，主任扣我奖金怎么办？

我一把推开同事说，去你的工作纪律，去你的主任，去你的奖金。老刘，刘作选，我来送你。我知道你想说的话，就是要我来送你，对吧，对吧，我说对了吧。

我听到警察和同事正对着我哇哇喊叫，可我听不清他们在说什么。现在，我开始边跑边喊叫，小可——刘小可，我是张飞，张飞来了。一个女人跑过来扑进我的怀里，她就是刘小可。我二话没说，抱起刘小可就把她塞到车上，然后一踩油门，直接把灵车开走了。

刘小可边哭边说，张飞，有人在追我们呢，还有警察。

我说，小可，你别怕，这些追赶我们的人，是活生生的人，他们都是来送爸爸的。

现代戏

其实马大海还是想再婚的。

两年前,马大海离婚了。现在想起来,马大海还是有些莫名其妙,为什么非要离婚呢?想不明白,马大海摇摇头,然后露出一丝难言之隐的苦笑。马大海和前妻阿英原来同在城市园林设计研究所工作,这是一个非常有诗情画意的地方,但马大海和阿英还是在结婚三年后分手了。离婚后,马大海想方设法把自己弄到了报社,这是他调动一切可以调动的关系之后的结果。马大海想,离婚了还在一个单位工作,每天碰到了,笑是笑不出来的,当然哭也没理由哭,这样的生活就是哭笑不得的生活,很没意思。

要离开城市园林设计研究所的那一天,马大海心里突然有说不出的难受,这种难受深刻而且缠绵,中午他还偷偷地哭了哭,把双眼也弄得红红的,像一个受尽了委屈的怨妇。有人看到了马大海在哭,就把这个发现悄悄告诉了阿英。阿英动了动嘴唇没说什么,看到马大海在哭的人接着说,喊,马大海怎么会哭呢?难道他不想离开了,这个人真是看不懂。阿英又动了动嘴唇说,我都没看懂,你们能看得懂他？

马大海在报社广告部工作，虽然属于招聘的性质，但马大海无所谓，他在城市园林设计研究所也是这种性质。广告部的工作，说白了就是"跑广告"，这个工作非常适合马大海不喜静的习性。马大海从小有"多动症"这个毛病，一天到晚不想安稳，他自己不想安稳还不够，还要想方设法让身边的人也参与进来，把家弄得乌七八糟像个狗窝。

为这个事，马大海的父母非常苦恼，还专门带马大海去看过医生。医生听了马大海母亲对孩子病情的陈述笑了，说多动的孩子聪明呀！说马大海聪明也是事实，他读书很轻松，常常是别人在埋头苦读时，马大海总要花心思玩出点新花样来，所以马大海没少挨他老爹愤怒的拳脚。最后马大海没有让望子成龙的父母失望，一不小心考上了重点大学，毕业后又找到了工作讨了老婆。

现在，马大海的老娘逢人就说，我家大海从小聪明，这不是我这个做娘的自己说说，这是医生说的。

报社广告部的经理也姓马，叫马小河。马小河虽然名字小气，但他是马大海的领导。马小河做事很大气，他经常教导手下的同志们，广告就是要靠"跑"出来的，你们就是要靠广告业绩论英雄，我就是要让你们发财的发财发呆的发呆。马大海第一年就当上了"英雄"，他的广告业绩让广告部的"老广告"们望尘莫及。年终马经理给了马大海一个大红包，还当着同志们的面对马大海说，你好好干吧，广告部有的是钱，就看你们有没有本事来拿。后来这个事，有人还闹到了社长那儿。据说社长对那个人说，你的广告业绩超过了马大海，我也给你红包。

马大海是得意的，马大海一得意就想找个女人再婚。现在这个社会，男人找女人容易，成功男人更是稀缺，城市里到处有自身条件不错的"剩女"。马大海当然不想做舍近求远的傻事，因为广告部的出纳施兰花合自己的胃口,她人长得很有味道,特别是听到她的笑声,马大海就要心跳。

马大海是谈过恋爱结过婚的男人,他知道男人有了这种感觉的后果是什么。果然没过多少时间,马大海已经发展到想抱抱施兰花了,马大海想是这么想,但绝对不会鲁莽到把自己弄成一个赤裸裸的流氓。马大海对自己说,这种事不能急,得慢慢来。水到渠成,这话说得没错。

春节过后没几天,马大海有了一笔几十万的广告业务,这让同志们嫉妒得要发疯,背后都在议论马大海一定是有"背景"的,否则一个新来的男"菜鸟",怎么会有如此多的广告业务。

马大海所在的广告部大办公室有九个人三只座机,刚好三个人用一只号码。当然,为了联系业务顺畅,同志们的名片上把三只座机的号码都是印上去的。慢慢地只要有找马大海的电话,无论打到哪个号码,除了施兰花接到会叫他,别人接到了都会听一听然后平静地挂掉了。起初马大海也不知道这个事,后来许多客户向马大海反映,打你的电话怎么老是打不通,接通就被挂断,怎么搞的?马大海笑笑说,挂了就挂了呗,打我手机吧。

后来马大海就留意了一下,发现确实有那么一回事。他亲眼看见有人接起电话,然后不声不响地挂掉了。马大海当时很生气,转念一想这也是人之常情,自己一个新来的,一年拿了这么多的报酬,是人都会眼红的,换了自己也一样。

有一天,施兰花接到一个找马大海的电话,施兰花坐在广告部大办公室的最后一个位置,她坐着能看到坐在前对面的马大海的大半个脑袋,当然看不到这个脑袋里面想抱抱她的念头。施兰花站起来说,喂,马大海,有电话。叫人接电话这是很平常的事,但施兰花叫马大海接电话让人感到了有种突然,就连马大海自己也顿了顿,仿佛一时反应不过来。

施兰花冲马大海笑着说，愣着干什么？快过来接呀。马大海连忙走过去接电话，他边接电话边看着施兰花露出了笑。马大海接电话的时候，没有一个人说话，安静得像只有打电话的马大海一个人。

电话是马大海的一个朋友打来的，问他有个女的想不想见见面？条件很不错，有房有车，人也漂亮，不过也是离婚的。自从马大海离婚后，经常有亲戚朋友给他介绍再婚的对象，有离婚的，也有未婚的大姑娘。马大海多数婉言谢绝了，也有几个见过面的，有一个见了三次面，但马大海对这些女人都找不到什么感觉。

马大海站在施兰花旁边非常坚决地回绝了，他看着施兰花对朋友说，算了，算了吧！弄得朋友非常不满意，说从此我再也不管你马大海的鸟事了。马大海不便多说，只说了几个"好好好"就挂了。

接完电话，马大海很想和施兰花说说话。马大海想，一支舌头能办成多少人生大事呀。马大海慢慢放下电话，正在想要找个话题把施兰花套住。施兰花动了动嘴唇说，马大海，你给谁做媒呀？

马大海没想到施兰花会听到他接电话的内容，脸突然做贼心虚地红了，但马大海毕竟是"老革命"，马上撒了个谎说，一个朋友要给我表弟做介绍，我说算了吧。弄这种事多烦，再说这是女人弄的事。施兰花笑了，马大海又说，婚姻大事还是自己做主的好，介绍来介绍去的，双方都会觉得心里不踏实，有种让人给卖了的感觉。

施兰花说，马大海，你这话我爱听。

施兰花比马大海小五岁，新年二十六了，她大学里学的是广告学，但到广告部来先跑广告后来做了出纳。马大海已经留意了一些日子，施兰花应该是一个贤惠文静的女人，估计还没有公开的男朋友。马大海抓住一个机遇，突然弯腰靠近施兰花的耳朵悄悄说，晚上我请你吃饭。

施兰花愣了愣，接着含笑点了点头。马大海若无其事回到自己的办公桌，脚步明显有点夸张了。马大海坐下来闭上双眼想了想，拿出手机给施兰花发了个信息，晚上五点半"沁源大酒店"见。信息发出后，马大海抬头看到施兰花正低头看手机，估计施兰花会回复的。果然马大海的手机响了响，施兰花说，知道了。

马大海看到施兰花正在看自己，就会心一笑又发一个信息，我感谢你接受我的邀请。这次马大海听到施兰花的手机也响了响，接着马大海的手机也响了响，施兰花说，我感谢你的邀请。马大海和施兰花面对面发手机信息的阴谋，很快被在场的人们识破，这种打死他们也想不通的事，现在居然活生生地发生在身边了。

马大海提前十五分钟到"沁源大酒店"，服务员问马大海订座了吗？马大海说，没有，有包厢吗？服务员又问，先生几位客人？马大海不好意思说两个人，边走边说，四五个吧。服务员快步上前带马大海进了一个包厢，虽然这是一个小包厢，马大海想，自己和施兰花还是会有海阔天空的感觉。马大海说，等客人到了再点菜吧。然后拿出手机给施兰花发了一个信息，告诉她自己已经到某个包厢在等她了。发完信息，马大海由衷地感叹，有手机真好呀！

施兰花进来时，马大海正沉醉在快乐中。施兰花说，马大海，你还请了谁？

马大海站起来指着身边的座位说，就你和我，来来来，兰花，坐到这儿来。

施兰花没有走过来，坐到马大海对面说，我们还是坐面对面吧，我习惯和你这么坐了。

马大海心里一热说，听你的，随意好。兰花，你点菜。空调有点热，施兰花脱掉了白色羽绒服，接过服务员递过来的菜单，点了四菜一汤。马大海急了，接过菜单又加了两个海鲜一个蔬菜，还有一个点心。马大海说，兰花，你是不是觉得我马大海"抠门"呀。

施兰花说，不是的，我这个人从来不会客气，我觉得吃不完可惜，是浪费。

马大海说，我们开一瓶红酒陶醉一下。

施兰花说，不要喝酒了，喝点饮料吧。马大海坚持要喝红酒，施兰花也不再多说什么。两个人慢慢地喝着红酒，慢慢地说着话，气氛相当平静温馨，这种氛围里，没有出现马大海想象中的热烈，他多多少少有了一丝失落。当马大海提着酒瓶走过去时，施兰花说，不喝了，我醉了！她一只手捂住额头，另一只手紧紧按住了杯口。

马大海看到被施兰花按住的杯子里只有一点剩酒了，如果再加一杯酒，他敢保证他想出现的那种热烈就会有了。但这次施兰花的态度非常坚决，弄得马大海有些下不了台。这个时候，施兰花抬起头来说，马大海，你去坐着，我有话说。马大海看到施兰花的脸确实红了，眼神也有些迷离，确实有种喝多了的味道。马大海想，女人喝多酒了，看上去才更像是女人了。

马大海站在施兰花的身边没有动，施兰花一口喝干了杯子里的剩酒。马大海闻到一股酒香从施兰花的身体里冒出来，他的鼻子不由自主地痒痒起来。施兰花把杯子放到桌子上说，马大海，你倒吧，你倒多少随便你，我知道你在想什么？

马大海犹豫不决，想着该做些什么。施兰花一头趴在桌子，似乎轻轻地喃喃了一句，马大海你是不是想抱抱我？马大海的耳朵跳了跳，手里的酒瓶也掉到了地上。马大海蹲下去拾酒瓶，却蹲着起不来了，他激动得哭了。

施兰花以为马大海呕吐了，伸手拉拉马大海说，你怎么啦？马大海。

马大海像个孩子用手抹了抹眼泪说，兰花，我太激动了，想不到我心坎里的事你都能知道。

施兰花站起来说，马大海，你为什么要哭呢？你想抱我就抱抱吧。

马大海也站起来，却感觉到自己的身子在颤抖，他一把抱住了施兰花。施兰花马上推开马大海说，停，只许抱一抱。虽然只抱了一抱，马大海心里踏实了。

接下来马大海的心理压力也越来越大，这个压力当然来自马大海离过婚的过去。马大海想了一些日子，还是想把这个事再瞒一瞒。马大海对这个事有一个很私心的想法，就是等有一天施兰花成了自己的人，问题解决起来会简单多了。

这些日子的广告部里，议论马大海和施兰花的关系有点热度了，但这种热度远跟不上马大海和施兰花之间产生的热度。马大海抱施兰花不再成为难事，有一天马大海吻了施兰花，马大海吻过施兰花后，施兰花说，我把什么都给了你，你要待我好。马大海非常的感动，就抱住施兰花又吻了吻说，我一定会做到的。施兰花也是动了真情的，当时就抱住马大海哭哭啼啼起来，弄得马大海差一点要提前把自己的那些烂隐私说出来。

广告部上半年的整体业绩不大好，马经理连续给同志们开了几个形势分析会，还找马大海个别谈了谈。马大海心里明白，这些日子来，自己的心思确实有大半花在了施兰花的身上，只是不好把这个事说出来。工作的事当然重要，马大海想，自己再婚的事更重要。马大海表示自己下半年会努力的，他向马经理坦言自己目前很需要钱。

谁也想不到的是，下半年的形势更加严峻。同志们都说，倒霉的日子就要来了。马大海跑了几个关系没得说的老客户，他听到最多的一个词是"金融危机"，说得直白点就是拿不出广告费了，接着客户们纷纷取消或者削减广告的支出。

马大海的生活变得忙乱了，为了广告业务，他进进出出忙忙碌碌。这天下午，马大海正在一家建筑公司和老总"磨广告"，施兰花发了个信息过来主动要和他约个会。马大海想起来这些日子为广告业务的事，和施兰花的约会明显少了，他的心里有了一种内疚。

马大海空手而归,广告部大办公室一个人也没有,施兰花也不在。三个电话正此起彼落地响着,马大海因为业务屡屡受挫,所以心情总体上比较阴暗。他接起一个听了听轻轻搁掉,又拿起一个听听再搁掉,走过去拿第三只电话时不响了。马大海想这个电话一定还会响的,这个电话果真很快又响了,这次他准备接起来不搁掉,他要让打过来的人自己搁掉,这或许是另一种玩法。

马大海接起来听着不说话,他要考验考验这个人的耐心。一个男声说,喂,请问施兰花在吗?

马大海惊了惊脱口而出,她不在,你找她有事吗?

这个男声很有礼貌地说,没事没事,我打她手机吧。这个电话确实是打过来的人自己搁掉的,马大海捏着电话想了很多,最后马大海想金融危机了,应该早点把施兰花娶了做老婆,或许这样更有利于安居乐业。

约会在一个茶室,这是个温馨的小包厢,足够装得下马大海和施兰花的缠绵和快乐。马大海和施兰花先如饥似渴地抱了抱,接着又热烈亲吻,恋人之间该做的基本上都做了。两个人都明白,在这里是做不了激动人心的情事。

马大海说,兰花,下午你也出去了?

施兰花说,下午跑了一趟银行,然后和一个朋友去逛商店,我已经有两个星期不逛商店了,去看了看才发现,秋装打折冬装上柜了。

马大海记着想说自己想说的话,他不关心施兰花说服装的事。马大海说,下午有个人打电话找你,他有没有打你的手机?

施兰花说,没有。马大海,你今天有收获吗?

马大海心不在焉地说,没有。

施兰花露出惊讶说,真的吗?我看今年广告部要大萧条了,你马大海都这个样子了,别人肯定要更不成样子。

马大海说，都是一样的，我马大海也没有特别的能耐。金融危机了，广告业务减少也是大环境造成的。

施兰花说，你什么时候学会讲大道理了，经理这么说我不觉得有什么，你马大海这么说我听着别扭了。

马大海笑了笑说，我是随便说说的。

施兰花说，这几天办公室里天天有人议论你，说你有这么多的广告业务，一定有领导给你打招呼的。

马大海说，兰花，你也信了？我有领导认识我会做一个广告业务员吗？这么跑来跑去的多辛苦，谁不想做编辑记者，我做梦都想呀！如果我是编辑记者，我怕什么金融危机，我可以安安心心陪着你了。

施兰花看着说得一脸认真的马大海很贴心，就连马大海嘴唇边黏着的瓜子屑，也变成了美丽的点缀。施兰花说，其实我不在乎你能赚多少钱，我在乎你能待我有多好？

马大海不吭声了，想扑过去抱施兰花。

这个时候，施兰花的手机响了起来，马大海只好停止动作等着。施兰花很快接完了电话，马大海悄悄把一只手搭在她的腰背上。施兰花轻轻捏住马大海多动的手说，我妈告诉我她出去搓麻将了，可能要晚点回家。

马大海说，好呀，我们也可以晚点走了。施兰花看着马大海不说话，但眼神中有一种发亮的异样。马大海还没反应过来，施兰花拉起马大海要走。马大海说，这么早就散了？

施兰花说，不，去我家。

马大海心里一阵狂喜说，你爸在吗？

施兰花笑笑说，他在外地工作，日夜都管不了我的。

施兰花的家离报社不远，站在窗口望得到报社值班室的灯光。马大海的感觉有些亲切，想象中的陌生一点也没有出现。在施兰花的家里，就像自己和施兰花在办公室里一样。施兰花把马大海带进自己的房间，马大海没有停顿，上前抱住施兰花亲吻。两个人都有了激情，就轻轻松松把对方弄到了床上。

两个人正在进一步缠绵，马大海突然想到一个重要问题，就是自己离婚的事，他想是事前说有利呢，还是事后说更有利？眼神朦胧浑身颤抖的施兰花发觉了马大海的异样，她说，大海，我是处女。

马大海感动得心都要跳出来了，他终于热泪盈眶地说，兰花，有个事我要现在告诉你，我是离过婚的，但没有孩子。马大海不能再有保留了，这个时候再不说，他马大海就对不起施兰花，就是禽兽不如。

施兰花的眼角有泪渗出来，不知是痛苦还是喜悦，马大海明白不了。施兰花说，我知道的，我不在乎。大海，来吧。

广告部里没有人不知道马大海和施兰花的事了，经理马小河公开拍着马大海的肩膀说，马大海呀马大海，你小子的运气在发飙呀，到了我们报社金钱和爱情双丰收。

马大海说，我请你们上坐，我感谢你们。

马小河笑着又说，施兰花是我们的"部花"，你要知道有多少人在追求她。告诉你，我们广告部的小孙，孙子林就是其中之一呀，竞争还是非常激烈的嘛。

马经理的话虽然有开玩笑的成分，但说的也是事实。

因为施兰花的关系，同志们和马大海的关系似乎也有了回暖。偶尔有找马大海的电话，开始有人叫了。马大海对接电话反倒有些不那么习惯，往往要叫他好几声才反应过来，弄得别人以为马大海现在要摆架子了。马大海接完电话，总会和叫他接电话的人聊几句，顺便解释一下自己不是故意的，只是一时没反应过来。当时就说得别人感觉到马大海其实是一个可爱的人。

现在马大海开始盘算和施兰花结婚的事，说到结婚这个事，想起来别的都不是大问题，马大海最担心的还是自己离过婚的事，他心里明白，施兰花父母这一关还没有通过。为这个事，马大海问过施兰花几次，他什么时候能见她的父母。施兰花都说快了，还说这个事不能急，急了办不成大事的。马大海想说我很急，但说出来的是我听你的。

在广告部里，每天都有某某广告客户付不出广告费，或者某某广告客户又违约的不幸消息，把个广告部弄得像个热热闹闹的菜市场。

有一次，一个大学毕业刚来的女孩子，想到自己"跑广告"四处碰壁的悲凉，当场就哭哭啼啼了。马大海的广告业务也开始"坐电梯"，马小河经理又找他谈了话，目的只有一个，为马大海鼓劲打气。马大海有决心要在年底前拼搏一把，不为别的就是为了钱，有了钱他就能和施兰花结婚过好日子。马大海想彻底了，他决不能亏待了施兰花，这是他在金融危机下迎难而上的动力。

马大海的业绩总是出人意料的，半个月搞定了一版房地产广告。同志们都想不到呀，在房地产如此不景气的困境里，马大海居然能在这么短的时间内搞到一版广告，而且这个客户有不少人已经跑了多次的。有人开始想从施兰花的嘴里抠点经验，施兰花说她从来不问马大海跑广告的事，马大海的事是马大海的，她只关心马大海和她施兰花已经有关系的那些事。

施兰花说的是事实，马大海工作上的事，她现在不想完全掌握。马大海说给她听了就听一听，马大海不说的她也不会问东问西。经过这些日子的相处，施兰花看出马大海是一个有自觉性的男人。

国庆节后，大家都在考虑收款的事了，因为广告业绩的考核是以收款为最后标准。钱收不进来，你做再多的业务有什么用呢。要完成年初的指标数，估计人人都有困难了，这个现实谁也无法否认。马大海的业绩算是优秀的，但比起去年来还是差了一大截。而同志们最关心的，已经是年终能不能拿到基本奖。马大海的收款比想象的要顺当，这让他又想到了要见施兰花父母的事。马大海是这么考虑的，施兰花已经是自己的人了，现在的父母基本上是尊重子女意见的，再说自己最大的优势是在于"离异无孩"。

星期天的早上天气特别清丽，阳光穿过秋高气爽的空气落到马大海的身上，天气好心情也好，马大海想今天是应该干点什么的。他煮了两个鸡蛋，先喝了一袋牛奶，然后把两个煮鸡蛋剥了吃掉。人的肚子一饱，想法就要多，一有想法喜怒哀乐也一齐冒出来了。

马大海的手机响了，他想一定是施兰花的电话，接起来不是施兰花，而且是一个与己根本无关的电话。电话里的女人说，我要找个保姆。马大海有些吃惊，动了动还粘着蛋黄的舌头说，找保姆？你打错了吧。接着马大海打电话邀请施兰花午后去爬山。秋天的景色一定是醉人的，景色醉人，人肯定会陶醉，这种时候有利于谈情说爱。施兰花说，好是好，就怕我爬不动，你要有背我的思想准备。马大海说，好的好的，我正想背背你了。

挂断电话，马大海想起来忘了一件事，应该再提一提见施兰花父母的要求，不管最后结果如何，经常有这个要求能充分体现他马大海的赤诚之心。

马大海正在后悔，手机又响了。马大海接起来"喂"了一声，一个男人低声说，保姆有没有？马大海正要说你打错了，但今天心情好当前也没事可做，所以坐到软绵绵的沙发上说，你要找保姆，请问有什么要求？男人说，能不能找个临时的，一星期左右够了，还有——还有要有点力气的，三十左右，最好——是女的。马大海的兴致来了，他觉得生活中好玩的事儿太多了。这个男人说得吞吞吐吐的，心里一定有不可告人的阴谋。马大海决定要和这个男人玩一玩。

马大海说，你为什么要找一个年轻的女人做保姆呢？男人连忙说，同志，我可没有别的意思，真的，我找女保姆是因为要照顾女病人。马大海说，我也没别的意思，是你老娘病了吗？男人叹息一声说，不是我老娘，是我老婆瘫痪了，她命不好，才四十多岁就成了这个样子。同志，我的命也不好呀。我在一家外贸公司开车，本来收入就不高，可早几天我们老板说，金融危机来了，外贸出口越多越亏损，所以今年员工要减薪。你看你看，同志，我可不懂什么金融危机，难道这个东西来了就要减我们的薪水。现在我老婆成了这个样子，孩子还在上初中，叫我——我怎么活下去呢？

马大海听到了男人压抑的哭声，他捏着手机茫然不知所措。男人的哭声很快停止了，马大海听到他说了一句含糊不清的话，马大海说，我其实没有保姆，我怎么可能有保姆呢。男人说，你一定要帮帮我，该付的钱我会付钱的，你不用怕。马大海说，我真的没有保姆，你打错电话了。男人顿了顿说，我打错了？啊，对不起！马大海突然大声说，喂喂，你等等，别挂。你住在哪儿，我有保姆了去找你，怎么样？男人说，谢谢，你别骗我了，现在不可能会有你这种好人的。马大海还想说些什么，男人已经挂了电话。

马大海的心情突然复杂起来，这个男人是应该帮帮他的，他翻出手机上男人的来电号码，在一本子上记下这个电话号码，边上写了"一个老婆瘫痪的艰难家庭"一行字。放好本子，马大海想怎么会有人找他要保姆呢？第一个电话打错说得过去的，自己联系业务时也经常打错电话，可第二个电话又打错就不好理解了。马大海一上午都在想这个事，快中午的时候，马大海又接到了一个要找钟点工的电话，这次马大海恼羞成怒了，说，你打错了，你打错了，你打错了！

下午爬山时，马大海给施兰花说了这个事。施兰花说，马大海，我看这不是个简单的事，我觉得背后有人想弄你。

马大海说，我和人无冤无仇，怎么会有人背后弄我呢？

马大海和施兰花坐在一块大岩石上,马大海口袋里的手机响了起来,施兰花说,可能找保姆的又来了,你问他们这个号码是怎么来的?

马大海接起电话一听,果真是的,他郁闷得要扔了手机。马大海忍气吞声地说,我问你一下,我的这个号码你是怎么来的?

一个女人粗声粗气地说,你说什么?你的号码怎么来的,问你自己呀。喂,是不是不想做生意了,还是要保密了。我问你到底有没有我要的钟点工?

马大海大声说,放你的狗屁。

马大海的声音惊飞了几只鸟。施兰花从来没有看到马大海这么凶的脾气,她说,大海,你怎么了?为什么要发这么大的脾气,有话好好说呀。

马大海说,我——我真没想到,我从来没有碰到过这种事。兰花,难道真的有人背后要弄我。

施兰花说,我也不知道,你不要急不要恼,慢慢想想,总会有结果的。

马大海已经被弄得不舒服,他想一定要把背后弄自己的人弄出来,否则他马大海就会不得安宁。下山的时候,马大海又接到一个类似的电话,他接起来听了听挂断了。施兰花说,你为什么不问问他,你的手机号码是怎么来的?

马大海说,忘了,我一懊恼把什么都忘了。

马大海和施兰花分手后,他的手机又响了。现在,马大海听到自己的手机响条件反射地要心跳,他摸出手机说,喂,我先问你个事,你是怎么知道我的手机号码的?

一个男声笑着说,马大海,你想和我玩什么新游戏呀。马大海一听也笑起来说,不好意思,我思想正在开小差,张主任找我有什么吩咐。这个电话是一家纺织集团的办公室主任打的,他们是马大海的广告客户，大约还欠五万的广告费。

早几天，马大海突然发起一轮催款攻势，一周内三次找了这个张主任，他什么待遇都得到了，就是得不到钱，弄得马大海半夜噩梦不断。虽然只有五万元，但催不催得到意义非常重大。

马大海以为张主任星期天找他有付款的意愿了，没想到张主任的意思是要再做一次广告，广告费到年底新旧一起付清，说这是他们老板的意思。马大海听了心往深处沉，马小河经理已经几次三番强调，有欠款的客户，暂停发生新的广告业务。马大海说，这个事，我上班汇报汇报再说。

张主任说，马大海，这不是你办事的风格呀。

马大海说，兄弟呀，没办法，上边催钱像催命呀。

晚上马大海睡不好，他没心思考虑如何催款的事，现在他关注的是，这个背后要弄他的人到底是谁？他越想越感觉这个问题太严重了。

第二天，马大海的精神明显灰色，他悄悄对施兰花说，我一夜没睡好，我想了整整一夜，你说背后要弄我的人到底会是谁呢？

施兰花说，你不要想得太多，想得太多对身体不好。

马大海说，我怎么能不想呢，我不想出个结果来，他们一定会继续弄我的。我刚刚又接到两个电话，你看他们还在继续弄我。兰花，你说我怎么办？我把手机都关了，我烦死了。

施兰花说，大海，你怎么能关机，关了手机会断了你的广告业务。你考虑问题太简单了，怎么能把背后弄你的人弄出来。

马大海惊讶地张了张嘴，然后说，是的是的，我昏了头。马大海当着施兰花的面开了机，他小心翼翼地拿着手机，仿佛拿着一件危险品。

马大海开始天天为自己的手机苦恼，不关机有人利用手机背后要弄自己，关了机那些客户就找不到自己。马大海每天都会做疲惫的梦，一个接一个地做，想醒也醒不过来，感觉睡得死死的，醒来像翻过山涉过水，大大小小的肌肉都争先恐后地跳动，告诉马大海他身子里的这些血肉是兴奋的。

马大海终于碰到一个热心人，他耐心倾听了马大海被作弄的种种痛苦遭遇后，提供了马大海手机号码挂在网上的线索。马大海根据那个人的线索，果然在一个本地网的服务栏目上找到了自己的手机号码，这个手机号码的户主是"顺风家政服务部"，而且是二十四小时为您服务。

马大海以最快的速度最强烈的态度向网管进行投诉，接着把这个事悄悄告诉了施兰花。马大海的眼神非常复杂，还呈现出一脸的晦气。

施兰花说，要么换个号码，这个号码有晦气。

马大海说，是该换个号码了，早换了就好了。

换了手机号码的马大海还是有苦恼的，他要做的事很多，先是向那些不冷不热的同志们通报自己换了手机号码，他这么做最担忧的是，那个背后弄自己的人会不会就在其中呢？接着，马大海趴在办公桌上，无怨无悔地联系方方面面的亲朋好友和新老客户，无数次重复一串属于自己的数字。这项工作烦琐而来不得半点马虎，当马大海觉得这项工作完成得差不多时，一天也将过去了。马大海终于有了一丝轻松的感觉，他想象那个背后弄他的人一定也要苦恼苦恼了。

马大海又有心情有精力想见施兰花的父母了，马大海是这么想的，和施兰花的事要趁热打铁，见过了她的父母，这个事就随时可以办了。马大海安安稳稳睡了一夜，脸色也红润有光泽了。到了单位发现施兰花还没上班，马大海用新号码给她发了个信息，问她在哪里？他有话要说。施兰花马上回了一个，说在银行查收款的情况。马大海想等她回来说，发信息是说不清楚的。

马大海边等施兰花边打了几个电话，都是催那些做了广告没付清广告费的客户尽快付款。马大海打电话的时候，同志们正在愤怒声讨这个烂股市，马大海的声音越响他们的愤怒越高涨，最后电话里的声音也烂了，只剩下一种像老鼠吱吱叫的杂声。马大海放弃了继续打电话，他上网查看了一下投诉的结果，自己原来的那个手机号码已经删掉了，一块压在心上的石头就这么落了地。马大海露出一丝胜利者的微笑。

施兰花还没有回来，马大海不想等了，发了个信息给她，直截了当告诉她自己很想见见她的父母。等了十分钟，施兰花没有回音，马大海猜测这个要求的成功率还是不高的。过了一会儿，马大海忍不住又发了个信息，信息发出去后，马大海有点坐立不安。

马大海的手机响了起来，他慢慢打开手机，恐怕这个信息逃跑似的。施兰花的这个信息只有两个字，明天。马大海兴奋得跳了起来，嘴里自言自语，好呀，明天，明天好。

同志们都看到了马大海的手舞足蹈，想不通他突然这么兴奋是为了什么？追求施兰花屡战屡败的孙子林说，马大海，人生在世，金钱美女呀，你都得到了，你不兴奋快乐谁兴奋快乐呀。

马大海知道见施兰花的父母其实只见她的妈妈，因为施兰花说她父亲没有回来，施兰花还说离婚的事说不说要看她的眼色。马大海表面上绝对服从，心里却是想把这个事说说清楚的，他觉得这个事越隐瞒危险系数就越高，而且总像一块石头压在心上。

出发前，马大海去买了一大堆礼品，第一次见未来的丈母娘，不真诚表示一下就是没修养。这个时候，想不到的事情又发生了，快到施兰花家时，马大海接到了一个电话，电话里的一个女声特别清晰，旁边的施兰花也能听得到。女声说，喂，你是马大海先生吗？

马大海说，是的，你是哪位？

女声说，你是报社的记者？马大海看了看施兰花说，是的，你找我有事吗？

女声说，成了，这就成了。马记者，有一个条件非常不错的姑娘，她就想找一个新闻单位的编辑记者，你们什么时候见个面？

马大海头大了，吃惊地说，你说什么，我听不懂，你是什么人？

女声说，我是红娘婚介所的红娘大姐，你不是登记要找对象吗？一股热血涌上马大海的脑门，他大喊大叫起来，谁说我登记了，是哪个王八蛋登记的？你说你说，我和你没完。

女声也提高了声音，你是不是神经错乱了，你不是在网上征婚吗，我们只是信息共享，想骗婚是不是？

马大海的手开始颤抖，他已经说不出话了，那个女声啪地挂断了电话。

施兰花说，马大海，你在网上征婚了？

马大海说，怎么可能呢，这又是别人在背后弄我，他妈的。

施兰花说，你刚换了手机号码，别人怎么可能用这个号码背后弄你？

马大海说，你这是什么话，难道别人背后弄我，你也想当面弄我了？施兰花不说话了，但脸上是有话要说的表情，她默默地带马大海回家去见母亲。

施兰花的母亲话不多，脸上挂着一丝淡淡的笑，看上去是一个很好说话的女人。她听完马大海的自我介绍后说，兰花小事都是听我的，但大事从来没听过我。早几天，我已经同她谈过了，以前我都是听她的，现在这个终身大事必须听我，否则我白辛苦一辈子了。马大海，你说是不是？

马大海努力表现出对她的唯唯诺诺，他明白母亲的心应该都是柔软的，到时候一定会听女儿的，可怜天下父母心嘛。

马大海几次看施兰花的眼色，施兰花的眼神都平静如水。马大海不自觉地处在一种忐忑不安的状态中，但他还是坚持和施兰花的母亲说话套近乎，千方百计想逗她开心。

正说到正事上，马大海的手机又响了，他犹豫一下没有去接，现在接手机显然不够礼貌。手机静了静又响起来，马大海的心跳加快了，而且有点慌乱，手也紧张地抖了抖。施兰花的母亲说，你有电话来了，你为什么不接呢，快接吧。

马大海笑了笑，摸出手机接了。

电话还是那个红娘婚介所的红娘大姐打来的，她说，马记者，不好意思，真的不好意思，我这个人没多少文化，脾气也不那么好，不像你们记者有修养素质高，你千万不要把我刚才的话放在心上。其实你和那个姑娘是应该见见面的，我觉得一定会成。喂喂，你在听我说吗？我做了这些年的红娘，经验丰富服务热情，成功率很高，有几十对了。马记者，你考虑考虑吧，放弃太可惜了呀。

马大海的脸色涨得很红了，他突然说，我求求你，你饶了我吧。我怎么可能会征婚呢，我有女朋友了，我准备要结婚了。我求求你，这是有人在背后弄我，我求求你——

马大海边说边挂断了电话，施兰花的脸色难看了，说，怎么回事，还是那个人吗？

马大海精神恍惚地说，是的，就是刚才的那个女人。你说，为什么有人老是要这么弄我，我没有得罪过人，我是一个好人呀。

施兰花的母亲脸上依然挂着一层淡淡的笑，她说，马大海，你有女朋友了？你准备要结婚了？

马大海惊慌地说，不是，不是，绝对不是的，您千万别误会，我现在心里只有施兰花，我可以在您面前表个决心，我——

施兰花的母亲说，我听不懂，你心里既然只有兰花，为什么和别人说"我准备要结婚了"呢？

马大海说，我准备要结婚的人就是兰花呀。

施兰花的母亲说，有这种事，谁说我女儿要和你结婚了，我怎么没听说过这个事。再说就算你有这个想法，为什么你还要和别人说什么"征婚"的事。你以为我女儿是想要就能要到的女孩子，马大海，你想清楚再来吧。

马大海说，您听我说，事情是这样的，就是——就是背后有人在弄我。我真的没想到有人背后要这么弄我，我已经换了手机号码，可这个人还是不肯饶我。马大海越说越激动，挥一下拳头又说，这个人一而再再而三地弄我，我已经想过了，我也饶不了他，我一定要把弄我的这个人弄出来，看看他到底是谁？真的，我已经想过了，弄我的人一定是我们报社的人，他嫉妒我奖金多，他更嫉妒我有了兰花。所以我今天来的目的是想说说——

施兰花打断了马大海的话，你这是怎么啦，你少说两句吧。我也是报社的，难道你也怀疑我。

马大海立即反驳说，哎，兰花，你怎么能这么说话，这是你的错了。别人不理解我，我可以理解；你不理解我，我怎么理解得了。你应该帮助我，帮我把这个背后弄我的人弄出来，这个人不弄出来，我们怎么会有幸福的日子呢。

施兰花的眼睛红了，她的表情有些苦恼彷徨。

施兰花的母亲说，你们今天来想和我说什么，难道是为这个弄来弄去的事来找我的吗？

施兰花睁眼瞪了马大海一眼，马大海突然激动起来，以为施兰花终于向他传递眼色了。马大海说，伯母，不是的，不是的，这个事来得太突然了，我没想到会发生这个事。您放心，这个背后弄我的人我一定会弄出来的，我决不饶了这个背后弄我的人。伯母，我们今天来——我今天来有个事——就是——

施兰花觉得这个马大海变成了自己陌生的马大海，她走上前拉了拉马大海说，马大海，你说什么呀，走吧，下次再说吧。

马大海非常失落地说，兰花，你急什么呀，我还没说那个事呢，你让我把这个事和你妈说了吧。

施兰花态度坚决地说，走吧走吧，那个事今天不说了，以后再说。

马大海说，今天来都来了，为什么不说说呢，这个事是迟早要说的。我想了很久，这个事迟说不如早说。

施兰花说，今天我妈不想听你说话了，你看她走了。

马大海发现施兰花的母亲真离开了，她走进了卧室，而且掩上了门。

马大海无奈地走出施兰花的家门，施兰花站在门口不出来。马大海站住犹豫了一下，表情是依依不舍的，他再次回头看施兰花，施兰花已经是个背影了。

马大海走在热闹的街上，五彩缤纷的灯火映射出梦一样的景色，他边走边想着刚刚发生的那些事，居然对施兰花的母亲印象很模糊，倒是那个红娘大姐的声音在耳边黏滞着。

马大海当晚在网上找一些征婚的栏目，找了一个多小时后，找到了自己的名字和手机号码。还是那个本地网，在征婚栏目上，马大海看到"马大海"三个字在发亮，只有人气旺的征婚登记者才有这个闪闪发光的资格。

马大海的胸口有了压抑感，呼吸也不那么均匀了，他慢慢看"马大海"的征婚内容，发现除了姓名、电话号码、工作单位、年收入、要求对方条件等等外，还特别提醒有意者要寄近照一张。别人都是网名登记，也没留下实际的情况，最多留一个QQ号或者一个电子邮箱。而这个与自己一模一样的"马大海"，居然赤裸裸一丝不挂地躺在了五光十色的网上。马大海忍不住悲痛欲绝，仿佛被掏空了五脏六腑，竟然轻飘飘滑倒在地上，最后毫无保留地号啕大哭了一场。

　　夜深深的时候，马大海也正想得深深，现在他什么都不想了，他只想把这个在背后弄自己的人弄出来。马大海反反复复对广告部的十多个人进行排查，他觉得这个背后弄自己的人，一定隐藏在自己的身边。

　　凌晨时分，马大海最终确定了三个重点怀疑对象。

　　第一个是孙子林。为施兰花的事，他一定对自己怀恨在心，或者是有了刻骨仇恨。为女人的事，男人是什么事都敢做敢弄的，这种事古今中外都能列举。而且孙子林有文化有知识懂电脑，具备用高科技手段背后弄人的条件。孙子林看上去是斯斯文文的，可惜是个心狠手辣的小人。

　　第二个是王一心。这个猥琐的半老男人心眼小私心重，关键是报复心特强。举个例子吧，大约是去年的三月份，马大海到广告部没多长时间，有次一不小心跑到了王一心的老客户那儿，当时也没表示拉广告的意思，只是熟悉熟悉拉拉友好关系，结果王一心不动声色地把马大海的两个新客户"解放"了。年底马大海得了重奖，王一心居然想公开挑战这个"政策"，估计到社长那儿去闹事的人就是这个王一心了。

　　最后一个是李珊珊。她和马大海有过一次不愉快，也是去年的事了。那次为派车，马大海已经拿到出车单，正准备出去。李珊珊来找他了，坚持说自己早就要了这辆车，只不过是忘了开出车单。马大海没碰到这么不讲理的，当时就和她争吵起来。结果马经理出来做马大海的思想工作，他只能"好男不跟女斗"了。后来听说这个女人的老公是个当官的，马大海觉得这个不是主要的，现在当官的素质提高了，应该不会管不住内人的，管不住内人的那些官员很容易出事。马大海分析的主要原因在于李珊珊炒股亏得很惨，或许到了要跳楼的边缘，有可能在跳楼前要找个"仇人"作弄作弄，痛快一番才死而后已。

马大海不想打草惊蛇,他想对这几个人再观察几天,或许能掌握更多更实的证据。这一观察确实发现了不少问题,譬如对孙子林的观察,马大海发现这几天孙子林经常和施兰花凑在一起,说说笑笑挺亲密的,看上去像有要恢复关系的趋势。而且两个人好像也在发信息,有一次马大海看着他们两个时,孙子林刚好抬头看施兰花,他和孙子林都听到施兰花的手机在响,这是她的信息提示音,马大海对这种声音很熟悉。

再譬如王一心确实也有反常的行为,他总是在不经意里,偷偷用眼光扫射马大海,一看就知道这个人在关注马大海。他看人为什么要偷偷摸摸,心里没有鬼就不用偷偷摸摸看人,这里面一定有不可告人的目的。

还有那个官太太李珊珊,经常和同志们窃窃私语,弄得神秘兮兮的,马大海看到他们说着说着就会朝自己这边张望,也有指指点点的时候,这又是什么意思呢?总之,马大海的感觉是这屋子里的人多多少少都有一些问题的。

马大海晚上睡不踏实,白天也犯迷糊。客户的电话,以为是征婚电话;征婚的电话,以为是业务电话。更让马大海惊心动魄的是,他开始收到美女的近照了。马大海把这些近照给施兰花看,施兰花懒得拿起来看,瞄一眼说,不错,一个个都是美女。

马大海无语,把这些近照撕碎扔进了垃圾箱。过了一会儿,马大海发现,被自己撕毁的这些美女照片,居然都被粗糙地拼起来,堂而皇之地放在进门的第一张办公桌上,像一个展览一样供人欣赏。

马大海不说话,红着脸默默地把照片收起来,准备下班后扔到外面的垃圾箱。

马大海整天昏头昏脑的,他觉得这个事不能再拖下去。有句话这么说的,拖得越久会伤得越深。马大海准备摊牌了,他要来个正面突破，直接把这个背后弄自己的人弄出来。

这一天，马大海脸色有些灰暗，眼睑蒙着一层淡淡的青色，连衣领也像一片肮脏的菜叶，他这几天的总体形象都非常糟糕。

马大海先找孙子林，说小孙，有个事我想问问你，我网上的征婚启事你看到了吗？马大海的眼神像一支鱼叉，能一下了扎进对手的要害。

孙子林吃惊地说，马大海，你开什么玩笑？施兰花知道了，要当真的。

马大海不依不饶地又说，我当然不想开玩笑，你以为我有心思开这个玩笑吗？小孙，这是有人背后在弄我，而且是一而再再而三地弄我，你知道这个人是谁吗？

孙子林露出一丝惊慌说，马大海，怎么可能有人背后弄你呢？如果真有人在背后弄你，我敢说这个人一定是变态的。如果你信任我，我帮你把这个人弄出来，看看他到底是个什么人？孙子林义愤填膺的表情，让马大海半信半疑起来，难道自己确定的这个重点怀疑对象真是无辜的。

马大海说，有你帮我，那个背后弄我的人肯定要倒霉了。

马大海又找王一心，说老王，有个事我想问问你，我网上的征婚启事你看到了吗？

王一心的眼球都弹出来了，他推了一把马大海说，你疯了，马大海，你说的是真的吗？

马大海也推了一把王一心说，你才疯了呢，告诉你，王一心，这是有人背后在弄我，而且是一而再再而三地弄我。我想问问你，这个背后弄我的人是谁？

王一心吃惊地看着马大海说，你自己都不知道，我怎么会知道。马大海，你怎么会有这种想法？

马大海激动了，大声说，我为什么不能有这种想法，这个人在背后把我弄成这个样了,我还不能有想法呀。王一心,你一定要说出来,这个背后弄我的人到底是谁?

王一心气愤得说不出话了,李珊珊过来说,哟,什么事这么热闹。马大海一把拉住李珊珊说,你说,这个背后弄我的人到底是谁?你一定知道的。李珊珊惊慌失措地尖叫起来,啊,啊啊,马大海,你想干什么?马大海,我警告你,你要后悔的。

马大海紧紧扭住李珊珊说,哼,你们就是背后弄我的人。

施兰花赶过来说,马大海,放手,你放手。

马大海说,兰花,他们就是背后弄我的人,我饶不了他们,这口恶气我一定要出。

施兰花大声说,放开手,马大海,你冷静点好不好。

马大海终于放开了李珊珊,默默地回到自己的座位上。马经理听到大办公室的吵闹声,走过来一脸严肃地说,还有心思吵架呀,马上开全体会议。

会上,马经理分析了目前的形势和任务,并提出三点再接再厉的要求,然后要施兰花公布一下每个人到目前为止的业绩。其他同志后来居上,成绩突出,而马大海不进则退,已经名列倒数第一。马大海实在没有精力对付业务,他至今弄不出那个背后弄自己的人。

开会的时候,马大海的手机又响了几次。马经理非常不满地说,马大海,你的业务这么繁忙呀,可你的业绩呢,你的业绩一落千丈。这是怎么回事?

马大海悲伤地说,马经理,现在我没有业务了,我有什么心思经营我的业务?

马经理吃惊地说,你没心思经营业务,你在经营什么?

马大海说,马经理,有人背后在弄我,这个人就在我们的中间。你是领导,你要为我做主。

马经理站起来大声说,马大海,我没精力管你的闲事,我关心的是你们的广告业绩。我问你,你的业务怎么办?

马大海愣了愣说,既然你领导这么说了,我表个决心吧,我一定努力赶超,我保证。好了,我没话说了。

晚上马大海看到"马大海"的征婚启事被删除了,但他的心里一点也不踏实,因为那个背后弄自己的人还没有被自己弄出来。马大海疲惫地躺在椅子上,一个信息让他振作了精神,但看了内容后,他目瞪口呆了。施兰花说,她母亲坚决反对自己和一个离过婚的男人结婚,别的都可以谈,这条"高压线"决不允许触及。

马大海盯着手机屏幕冥思苦想,但他确实想不起,那天他有没有向施兰花的母亲说过自己离过婚的事。马大海想到施兰花种种的好,眼泪情不自禁地跳出来凑热闹。

马大海想努力挽救自己和施兰花的关系,连续发了许多个信息。夜深人静了,施兰花一个也没有回复。马大海终于明白,关键时刻,手机其实是一点也派不上用场的。别人不理你了,你的手机就成了一块烂铁。

现在,马大海非常清醒自己原则上失去了施兰花,事实证明,施兰花确实不再理睬马大海了。马大海每天都是提心吊胆的,他要提心吊胆的事实在太多了。

几天后,马大海终于想到了应该报警,因为警察一定能把背后弄自己的这个人弄出来的。想到马上要弄出那个背后弄自己的人,马大海兴奋得要唱歌了,他对施兰花说,我想好了,我要报警了,警察一定能把背后弄我的这个人弄出来的。警察谋杀案都破得了,这种小事轻而易举能搞定的。

施兰花说,好呀,你去报警吧。

马大海受到了莫大的鼓舞,他把自己要报警的大事,一脸喜色地和广告部的每一个同志说了,广告部的人又用最快的速度,把马大海的事传递出去。这么一弄二弄的,背后弄马大海的人还没弄出来，马大海已经被同志们弄成了报社的新闻人物，关于他的事越传越神奇，内容丰富多彩得可以写小说拍电视连续剧了。

马大海当然说到做到，活到现在他都是一个实实在在的人。他打电话向派出所报警，说我要报个警，有人几次三番在背后弄我，我真的没有办法把这个背后弄我的人弄出来，现在我的生活非常非常的糟糕，女朋友也吹了，工作业绩也谈不上了，所以请你们帮帮我，一定要把这个背后弄我的人弄出来。我相信你们，你们是警察！

接警的警察说，对不起，同志，我实在听不懂你要说什么。

马大海说，我说得这么明确了，怎么可能听不懂，你是不是不想把背后弄我的这个人弄出来？

警察说，你能提供报警的证据吗？

马大海说，证据？你要什么证据，我告诉你，我就是证据。

警察说，这样吧，电话里也说不清，你写份情况来趟派出所吧。

马大海笑掉大牙了，说，警察同志，你真逗，你想骗我去派出所抓我呀，我是一个好人，你来调查吧。

警察没有再说话，悄悄挂断了电话。

马大海觉得很有成就感，想想警察都怕自己，难道还怕这个背后弄自己的人不成。有这种想法的马大海，心里居然有一种说不出的期待，这种期待就是想这个背后弄自己的人再来弄弄自己，看看这次自己是怎么把他弄出来的。

第二天，马大海真接到一个期待中的电话，他激动得手都颤抖了。一个男人说，马老板，你要的二十箱啤酒马上给你送过去，请问送到哪里？

马大海笑了笑说，请问要钱吗？

这个男人也笑着说，你是大老板，随你便吧。

马大海脑子清晰得一塌糊涂，他想到了那个老婆瘫痪要找保姆的男人的话。马大海说，谢谢，你别骗我了，怎么可能会有你这种好人。

马大海关了手机，把手机放进办公桌的抽屉里，他想这样行了吧，看你还怎么弄我，我要让你白费心机，活活把你弄死。

没有手机的马大海清静了，晚上居然睡得出奇的香甜，没有一个梦境，也没有知觉，早上醒来太阳已经亮闪闪了，马大海的感觉像是死了一回。

马大海不想做早餐，走进小区门口的早餐店，坐下来要了一碗馄饨和十二只烤饺。马大海吃完后，觉得还是不够饱，他自己也不相信自己的胃口居然这么好了。他又追加了十只烤饺，依然吃得有滋有味，多少日子没有这种舒服的感觉了。

现在马大海吃饱了，付钱的时候，早餐店老板给马大海一张名片说，老板，您是小区的住户吧。这是我的名片，以后您不想出来吃早餐，我们可以为您上门服务。您只要给我打个电话要什么，我马上给您送去。

马大海笑了，说我没有手机，我不想要手机了，我还是自己出来吃吧。

来到广告部，马大海又有了一种想法，就是要把自己没有手机的事告诉同志们。马大海先对施兰花说，施兰花，我没有手机了，我不想有手机了，真的。

施兰花说，马大海，我正忙着，你有没有手机和我没关系。

马大海找到孙子林说，孙子林，我没有手机了，我不想有手机了，真的。

孙子林说，你别骗我们了，现在你经常骗我们，这样不好，同志们要对你有意见的。

马大海又找到李珊珊说，李珊珊，我没有手机了，我不想有手机了，真的。

李珊珊说，马大海，我们看到过有女人像祥林嫂的，可从来没有看到过有男人也像祥林嫂的。

马大海说，什么男人、女人、祥林嫂，你说的话我听不懂。

李珊珊笑了笑说，你说的话我也听不懂。

马大海感到有些失落，他站在原地自言自语，我没有手机了，我不想有手机了，真的。

这个时候，马大海看到经理马小河从门口走过，他马上想到自己没有手机的事，应该要向经理汇报。自己的经理不能不知道自己没有手机的事，这是大事。马大海走进经理室，看到马经理刚放下手里的包。马经理见马大海跟进来，说，马大海你有事？

马大海说，是有事，是大事，我想找你说说。

马经理说，你说，什么大事？看你神秘兮兮的样子，有大业务了？

马大海说，不是的，不是的。马经理，我要说的事是，我没有手机了，我不想有手机了，真的。

马经理愣了愣说，马大海，你为什么不想要手机了？

马大海的精神总算可以振作起来了，他说，经理，我当然是想要手机的，有手机多方便，工作需要手机，生活需要手机，我们怎么离得开手机。经理，你说是不是？

马经理说，对呀，可你为什么不想要手机了呢？

马大海靠近马经理悄悄地说，经理，是有人不想我有手机。

马经理笑起来说，哈哈哈，马大海，谁不想你有手机？

马大海再次靠近马经理悄悄地说，这个——这个——我不好说。

马经理说，这有什么不好说的，你同我说这个事，可又不告诉我为什么，你有病呀。

马大海说，经理，请你原谅，现在我真的不好说，到时一定告诉你。

马经理笑了笑说，不好说就不说吧。

很快就要到年底了，社里出台了一个应对业务下滑的措施，具体到广告部的主要内容，就是年终业绩考核实行"末位解聘"。这个措施一宣布，无疑像投了一颗重磅炸弹，所有人都惊慌失措地跑业务催欠款去了。只有马大海坐在办公室，一个接一个地打电话，他要把自己没有手机和自己不想要手机的事，通知到每一个熟悉的人。有一段时间，马大海都在忙这个事。

这天，马经理通知要开年终考评会了，马大海才明白一年就这么过去了。

会上马经理说了这次考评的重要意义，接着施兰花一字一句地通报每个人的业绩。同志们的耳朵都竖了起来，通报完后，人手再发一份业绩汇总表。

马大海低头仔细看自己的数字，然后再看别人的，他觉得自己是最少的，最少就是末位了。马大海有些怀疑，他抬起头时发现，同志们和马经理都看着他。马大海用右手的一个食指轻轻点点自己的鼻子，说，末位，是我吗？

别人都不说话，马经理说，是的，马大海，你是末位，这个结果我没想到。你有什么要说的吗？

马大海愣住了，愣了一会儿后，他笑了笑说，好的，我没有意见。

散会后，马大海坐着没有说话。后来，他开始收拾属于自己的私人物品，其实也没有什么东西，装了两塑料袋杂七杂八的东西。最后，马大海从抽屉角落摸出多日没有用的手机，他想放进口袋，但想了想还是开了机。很快，开机的手机响了起来，一次又一次地响，这些都是信息。马大海感觉这样确实很烦人，就把手机又关了。

马大海提起两只塑料袋，慢慢走出广告部的门，他对同志们说，我走了，再见！

呼 吸

1

王之生盯着墙上的一张老照片发呆。

照片上有五个人,一对老年夫妇,一对年轻夫妇,还有一个三四岁的小男孩。四个大人的脸色都是凝重的,甚至流露出一点紧张来,只有那个小男孩微微张着他的小嘴巴,仿佛正在说话。现在,照片上的四个大人和照片一样都不会说话,因为他们早就不在人世。只有那个曾经的小男孩,现在还在含糊不清地呼喊,王冠土,王天鹏——王冠土,王天鹏——在哪里,在哪里?

照片上的五个人别人当然是陌生的,但王之生都认识,他们都是王之生的亲人。这张照片他从小看起,一直看到现在发呆。

照片中的那对老年夫妇是他的曾祖父和曾祖母,那对年轻夫妇是他的祖父和祖母。对了,没错,那个张着小嘴巴仿佛正在说话的人,就是王之生的父亲王朝南。王朝南现在呼喊的王冠土是他的祖父,就是王之生的曾祖父;而另一个叫王天鹏的则是他的父亲,也就是王之生的祖父。

王朝南的呼喊断断续续,王冠土,王天鹏——在哪里,在哪里?

王之生的目光从照片上慢慢移开,看到了骨瘦如柴的王朝南躺在床上,他的身子一动不动,但嘴巴在动,很像照片上那个小男孩的样子。不同的是照片上的小男孩张着嘴巴没声音,而床上的王朝南动了动嘴巴又呼喊,王冠土,王天鹏——在哪里,在哪里?

王之生靠近父亲,他的父亲身上散发出一种陈年的酸菜味,这种气味通过他的呼吸传送到空气里。

王之生说,爹,你不要喊了,多累呀。王朝南用混沌的目光扫了扫王之生,王之生又说,我正在找他们,找到了马上告诉您。

王朝南的目光突然亮了亮说,你在骗我,你从来没有去找过他们,你到我死也不会去找他们的。

王之生说,我没骗您,我一直在找他们。

王朝南突然伸出标本般的手说,我爷爷的信呢?我爹爹的信呢?他们一定给我写了许多信,你为什么不给我?

王之生看着他的父亲没有说话,他的父亲呼吸渐渐急匆匆起来,仿佛正在翻越崇山峻岭,终于他又张开嘴来呼喊,王冠土,王天鹏——王冠土,王天鹏——在哪里,在哪里?

王朝南的呼喊远走高飞了,王之生听到的只有他父亲的呼吸。

王朝南的那些事,说起来要追溯到上世纪的"文革",或者比"文革"更久远。王之生那个时候只有三岁,与发黄的那张照片上的父亲差不多大。那一年他的祖父死了,王之生后来才知道这个资本家是自杀的,当然王之生对这个事没有留下一点点的印象。王之生都是听他的父亲王朝南说的,王朝南抱着王之生说,你知道吗?你爷爷死了。王之生扯着他父亲的耳朵说,死了?死了就死了呗!王朝南打了王之生一巴掌说，看我打死你，真是个不孝之子。

王朝南扔下手里的王之生，吃力地从床底下的皮箱里，翻出了一张发黄的老照片，照片上有五个人。王朝南又抱起王之生，坐下来，用一只手指点着一个目光炯炯的年轻人说，记住，他就是你爷爷。你爷爷是资本家，他1949年前有两家面粉厂，还有一家米厂。前街有楼屋，后街也有楼屋，都带天井和后花园的。听到了吗？王朝南打掉了王之生的手，这双小手正伸过来想拿走照片。

王之生立即大声哭了起来，王朝南面对哭声无可奈何，他看着手里的照片，照片上的人也都看着王朝南，王朝南盯着他们默默地发呆。这个时候，王之生不再哭了，他看着王朝南在发呆，接着他发现他父亲流下了泪水，照片慢慢地湿润起来。王之生紧紧抱住王朝南的大腿说，爹，我怕。王朝南把王之生和照片一起抱住，抱得很紧，王之生真切地感受到了他父亲的呼吸。

后来，王之生有十几岁了，也上学识字了，王之生主动拿着照片问王朝南，爹，爷爷是怎么死的？

王朝南说，是自杀的。

王之生说，爷爷为什么要自杀呢？

王朝南说，王天鹏财产太多了，他只能自杀，向天下的穷人谢罪。

王之生说，有这种事，我爷爷真是太傻了。

王朝南抢过王之生手里的照片，用手背敲打一下儿子的脑袋说，以后不准乱翻我的皮箱，记住了吗？王之生从来没有看到过父亲这般凶相，以后就再也不翻动他父亲的皮箱了。

王之生二十多岁时，才明白了那个时代的一些事。在"文革"时，王天鹏自杀了，王朝南受到了刺激，后来得了抑郁症，而且越来越严重。王之生步入中年时，已经老年的王朝南开始呼喊他的祖父和父亲了。这个时候，王朝南不但有抑郁症，而且又患上了老年痴呆症。王之生说，爹，您的爷爷和爹爹都不在了，他们听不到您的呼喊。

王朝南说，不，不，他们都在的，他们即使听不到，一定会给我写信的。

王之生说，爹，他们怎么可能给您写信呢，即使写了也是寄不到的。

王朝南突然愤怒起来，说，你知道什么？我爷爷是晚清的六品官，我爹爹在民国也是本地有名的大资本家，他们的信谁敢不送？王之生哭笑不得，王朝南又说，天呐，天呐，我的那些信为什么不还我，那是我爷爷写给我爹爹的信，也有我爹爹写给我的信。

王之生说，爹，您不要急，您的信息会还给您的。

王朝南的呼吸像水里的气泡，咕噜噜地往外冒，然后变成了沉重的叹息。王朝南盯着王之生突然说，之生，你必须把这些东西找回来，你去找金主任，金主任是红旗居委会的主任，找到他就能找到那些东西了。我一个人当爹当娘把你养大，就想让你给我做这件事。

王之生的母亲在王之生三岁时，和王朝南一家划清界限远走他乡，至今没有消息。

那个时候，王朝南的脑子还是属于糊涂一时清醒一时的，以前王之生从父亲嘴里听说过被"抄家"的事，被抄走的东西里，据说其中就有王朝南珍藏的他爷爷和爹爹的书信，以及他们和当时一些达官贵人的往来信件。这些东西至今踪影全无，现在王朝南吵着要把这些东西找回来。王之生明白，找这些东西如找已经死去的王冠土和王天鹏一样的难。可他不愿当面拒绝王朝南的这个要求，王之生说，爹，您放心吧，我会千方百计去找金主任的。王之生说完这个话，王朝南的呼吸均匀平静了。

现在，王朝南老了，老了就是离死亡更近了，他每天都要呼喊他的爷爷和爹爹，也会吵着要找金主任，但这些人已经都不在人世了。

王之生拉起王朝南的手说，爹，您不要再呼喊了，如果找不到您想找的人，我给您去找您要的东西。王朝南的手哆嗦了一下，接着又哆嗦了一下，王之生觉得这是父亲在垂死挣扎。这么一想，他的眼泪流下来了。

王之生的家也在这个小区，与他的父亲住在同一个单元，他在五楼父亲在二楼。王之生老婆说，你爹还在喊死人，我听到了，现在我听到没什么感觉了。

王之生说，他这么呼喊真是一种痛苦。我们听到了可以当作没听到，可看到了心里真够难受的，他毕竟是我的父亲。

王之生老婆说，怎么办呢？死人怎么找得到，这么下去他会死不瞑目的。

王之生说，是呀，他一个人辛辛苦苦把我养大，可我没有……

王之生老婆说，老王，这不是你的错，做得到的你都做了，做不到的你也在做，你做得尽善尽美了。

王之生说，如果能找到那些信函，我想或许是有用的。

王之生老婆说，这是做梦，还不是和找死人一样，怎么找得到呢。

王之生说，我想先找那个姓金的居委会主任，我爹说过那些东西是他拿走的，找到了他就能找到那些东西。

王之生老婆说，老王，你真要这么做吗？

王之生说，是的，我想到收藏品市场去找找，现在搞名人信札收藏的人也不少，只要当时不毁掉，这些信函一定还会在的。

王之生老婆说，老王，你在异想天开吧。

2

王之生先到曾经居住过的地方打听金主任,据王朝南以前的说法,这个金主任是个阴毒的人,"文革"时,死在他手里的人至少有三四个,王之生的爷爷王天鹏就是其中之一。

当然这些都是王朝南说的,王之生觉得真相已经成了一个谜。二十多年前,王之生一家就搬走了,他们曾经居住过的那个地方,现在已经改造得面目全非,也可以换一种表述,已经改造成了繁华的商业街。

王之生利用中午时间的走访,最后一无所获。王之生又想到了一个老邻居,这个老邻居在一家电子公司工作,早几个月王之生碰到过他,他们也谈到一些过去的事,感觉还是亲切的。

王之生顺利找到了老邻居,老邻居听了王之生的来意,说,老王,你也不想想,金主任在"文革"时就是个"白头"了,他怎么可能活得到现在呢?

王之生的记忆中没有金主任,老邻居要比王之生大五六岁,或许他对金主任是有印象的。王之生若有所思地说,哦,我来晚了。

回家的路上,王之生还在边走边想,"白头"能说明什么呢?未老先白头,一世无忧愁。王之生扳了扳手指又想,现在活到九十多岁的人,不但有而且越来越多。王之生决定去老屋那儿的社区问问,尽管现在的社区有以前几个居委会那么大,但以前居委会时代的一些事,应该还是有人能记出个一二来,或者也有可能留着些档案什么的。

现在的社区不像以前的居委会,有像样的办公用房,也有专职的社区工作人员,很多还是大学生。王之生走进这个"东湖社区",

发现里面比想象的要大得多，有点像以前的"街道办"了。王之生当然没有心思对比过去和现在，他的头等大事是找金主任。因为是初夏的天气了，办公室的门基本上关了起来，王之生猜想里面都是开着空调的。

王之生先去看开着门的办公室，一间大约是个会议室，里面有桌子有椅子，就是没有一个人；另外一间堆着杂七杂八的东西，估计是堆积间。王之生有些失望，他站着发了发呆，接着从第一间开始敲门。王之生伸手敲了敲门，等了等再敲了敲，没有人回音。王之生走过去敲第二间，还是没有人回音。他有些生气，难道社区里的工作人员都知道他是来找麻烦的？王之生想，如果真是这样的话，我王之生就是要你们给我一个答复，金主任在哪里？

王之生敲第三间办公室的门，他的手势成了故意的，敲了几下又用手开门，门紧锁着纹丝不动。王之生又想，怎么搞的？难道这个金主任就在里面不想见我？王之生真的生气了，他捏紧拳头擂响了社区办公室的门。突然最边上一间办公室的门开了，走出一个年轻人说，哎哎，你想干什么？

王之生说，你是干什么的？

年轻人说，同志，你有什么事吗？

王之生说，我找金主任。

年轻人说，金主任？我们这里没有姓金的主任呀。

王之生说，你这么年轻，怎么会知道金主任。社区里有年纪大一点的工作人员吗？我问他。

年轻人惊讶地看着王之生，他不知道眼前这个怒气冲冲的人，到底是个什么角色？年轻人说，同志，我们这里都是二三十岁的年轻人，年纪最大的也只有三十六岁，她是我们的王主任。现在他们都出去了，要么你明天来找我们王主任吧。

王之生说，好了好了，你还真能说话。你姓什么？哦，姓孙，我叫王之生，叫我老王好了，我是家喻户晓的资本家王天鹏的孙子。小孙，我告诉你，我要找的这个金主任，是"文革"时期红旗居委会的主任，这个居委会现在合并到你们的社区了。如果他活着，我算了算，大约有九十多岁了。

小孙说，老王，你是资本家的孙子，怎么看上去一点不像呀。

王之生严肃地说，小孙，我不想和你开玩笑，我是来找金主任的。

小孙说，你不是在给我们出难题吗，"文革"时期的金主任，我们怎么去找呢？

王之生说，哎呀，小孙，你们社区一定要帮帮我的忙，为我们老百姓排忧解难。这个事，对我来说是大事。

小孙说，老王，既然你这么说了，不管结果如何，我们都要去走访调查一下，看看有没有人知道这个金主任的下落。

王之生非常感动，上前握住小孙的手说，谢谢，我代表我爹，感谢你们社区。

王之生从社区出来，看看时间还早，就去了收藏品市场。王之生下午请了半天假，他在一家电影院工作，捧着个半饥半饱的"饭碗"。放了二十多年电影，放得头发都白了，经历了电影从辉煌到衰落的全过程。有时候，王之生边放电影边想，如果我爷爷现在还是个大资本家，那我王之生至少也是个小资本家，只是王家也如电影一样衰落了。王之生想到这些心态就转阴，为此还出过几次小事故，挨过批评扣过奖金。

王之生走进收藏品市场，发现里面冷冷清清的，没有看到想象中的收藏热潮。古玩店的老板们闲得无聊，有些围在一处打牌，也有边看电视边和人闲谈的。王之生边走边看，他怀疑在这种收藏品市场里，是不可能有他王家早年的那些信函的。快要离开时，王之生发现了一个在发呆的古玩店老板。这个老板捧着紫砂壶，盯着挂在墙上的一张画发呆。

这个发现让王之生突然有了一种莫名的振奋，他慢慢走过去，站在这个老板的边上不说话。过了一会儿，这个发呆的老板发现了身边的王之生，他说，你觉得这张画怎么样？

王之生说，我不懂画，只是觉得这张画很眼熟，像在那儿见到过的。

老板说，有这种事，你见过这张画？

王之生摇摇头说，没有没有，只是一种感觉而已。

老板说，真是与你有缘了，这个画家是有名头的，你喜欢就拿走吧。

王之生愣了愣，想问他，我拿走要钱吗？但这么问肯定是不好意思的，或许要被认为是个十足的白痴。王之生说，多少钱？

老板递给王之生一张名片说，我姓王，这张画我早几天从一个朋友那儿收来的，你要五十块拿走吧。

王之生说，五十块？这张画这么不值钱。

王老板笑起来说，看来你是初涉收藏圈的"菜鸟"，这里的五十就是五千。

王之生也笑了，在笑自己，也在笑这张画。他说，没有想到，没有想到呀。

王之生觉得今天的运气还算不错，虽然没有找到线索，但走来走去碰到的人都姓王，这应该是个好兆头。王之生想到要说说自己关注的事，他装出非常喜爱这张画的样子，嘴里却说，哎，王老板，我问你个事，你有没有名人信札之类的东西。

王老板说，有呀，这里就有，原来你喜欢这路货，我拿出来给你看看。

王老板从柜子里摸出一本塑料簿又说，你看看，要什么样的？

王之生接过来，心里就有了紧张，他不敢相信王冠土或者王天鹏的名字，会出现在自己手上的这本塑料簿中。王老板在鼓励王之生翻开塑料簿，你先看看，有没有想要的，不要没关系。王之生笑了笑，接着慢慢翻开了塑料簿。

塑料簿其实是由一只只塑料薄膜袋组成的，每只薄膜袋里套着一到两张老信函、老毕业证书、老收据、老证明书、逮捕证什么的老东西。王之生每翻一只薄膜袋，都能感觉到一种流动的气息，很像是他的父亲在呼吸。

王之生终于看完了，他看着手里的这本塑料簿发呆。

王老板说，师傅，没有想要的吗？

王之生说，王老板，我也姓王，你叫我老王好了。不好意思，这些东西我都不是太喜欢。

王老板递上一支烟说，哎呀，老王，我们五百年前是一家，如果你还想看看别的，我家里还有不少。抽烟。

王之生说，王老板，有王冠土或者王天鹏的信函吗？

王老板想了想说，王天鹏？是不是"文革"被斗死的那个资本家。

王之生的心跳差点要停止了，他说，是，是的，你知道王天鹏这个资本家？

王老板说，王天鹏是有名的资本家，我们原来住的前街，现在是市中心的位置，有许多房子都是王家的。

王之生说，是呀，这个你也知道的，告诉你吧，后街也有他的楼屋，而且都带天井和后花园的。

王老板说，是呀，老王，你也肯定知道这个资本家的。

王之生突然调皮地笑了笑说，这个，我不告诉你。

王老板也笑着说，老王，你真可爱。你想要的东西？我家里可能会有，你什么时候到我家去看看。我也告诉你吧，李鸿章的信札我都有。

王之生说，好的，我们约个时间。王之生边说边想，吹牛！

3

王之生走到楼梯口，听到了父亲的呼喊声。王之生走进屋子时，里面很安静了。王之生慢慢走近父亲，王朝南突然说，是之生吗？

王之生说，是的，爹，我来看您了。王朝南没有说话，王之生又说，我今天去"东湖社区"找金主任了，还去收藏品市场看了看，我觉得您要的那些东西可能都在那儿。王朝南听了还是没有说话，似乎想听王之生继续说下去。王之生说到这里，突然想到没有问一问小孙的电话号码，这样即使有了消息，也要自己去社区才能知道。王之生对自己的这个失误很不满意，他觉得自己是办不成大事的，而且活到现在确实也没办过什么大事。

王朝南的头动了动，张着嘴似乎想说什么，目光如豆却透露了心里的无限期待。王之生拉过父亲的手说，爹，暂时还没有消息。王朝南闭上眼睛，喃喃了几句听不懂的话。王之生用手掌轻轻拍了拍父亲的手背说，放心，您放心，过几天我会再去的。

请来照顾王朝南的老张悄悄说，老王，老人家今天说了很多胡话，爬起来呆坐了半个多小时，还想出门去找什么东西呢。

王之生说，老张，你千万要看紧呀，万一走出去麻烦就大了。

老张说，我又是哄又是劝，好不容易把他弄安静了。老王，说句心里话，这么弄我真的吃不消，身累心更累呀，压力太大了。

王之生愣了一下说，老张，你辛苦了，我会加你钱的。

老张生气了，说，哎，老王，你的话我听不下去的，你把我老张看成了什么人，我老张来照顾你老爹不是贪图这几个钱，我真的不在乎钱。

王之生觉得自己的话确实伤了老张的自尊心，赶紧说，不好意思，老张，我不是这个意思，你这么辛苦，加你点钱也是应该的。

老张坚决地说，我不要。

王之生回家把老张的话说给老婆听了，王之生的老婆说，也难怪老张，你爹和瘫痪差不了多少，脾气还臭，一天到晚对付他确实够累的。

王之生说，是呀，他是一个好人。我爷爷是资本家的时候，老张他爹是面粉厂的雇工，照理说这是剥削者和被剥削者之间的关系，可现在老张居然全心全意照顾一个剥削者的儿子，精神可贵呀。

王之生的老婆说，老张以前不是说过，你爷爷虽然是个资本家，但肯帮忙人缘好，曾经好帮过老张爹不少的忙。

王之生叹息一声说，都是过去的事了。

王之生每天要做梦了。以前王之生偶尔会做做梦，所做的梦也是模糊的，第二天早上就想不起来了。现在王之生做梦有点执着，一定要做到惊醒为止，而且梦特别的清晰，都与他的父亲有关。有几次，他非常清晰地听到了父亲的呼喊，可惊醒后一点声音也没有。王之生分不清现实是真的，还是梦是真的，他就悄悄起床来到父亲的门口。王之生听不到屋子里有什么声响，再听听还是没有声响。

王之生回来时，他老婆坐起来吃惊地说，老王，你半夜三更的干什么去了？

王之生爬上床说，我听到了我爹的呼喊声。

王之生的老婆说，你梦游了吧。

王之生说，确实是梦里听到的，我被我爹的呼喊声惊醒，所以我要下去看看。

王之生的老婆说，啊，老王，你真的梦游了呀。你白天折腾得还不够，夜里再这么折腾，你一定会折腾出病来的。

王之生说，睡吧。

过了几天，王之生觉得社区那儿应该有一个消息了，如果能找到金主任，就能找到父亲要的那些东西了。王之生再次走进"东湖社区"，小孙热情接待了他，小孙说，老王，你要找的那个金主任真找到了。

王之生说，真的吗，在哪里，金主任在哪里？

小孙说，老王，你别太激动。金主任找是找到了，不过他十多年前已经死了。

王之生说，小孙，你在骗我？既然找到了，怎么会十多年前已经死了，难道你们社区还能找到死人？

小孙请王之生坐下来，还给他泡了一杯茶。小孙说，老王，你不要急，听我说。事情是这样的。那天我把你来过的事向我们王主任汇报了，王主任一听就说，以前的红旗居委会确实有个金主任，她也听别人说起过这个人。第二天王主任就去了解，结果这个金主任十多年前已经死了。

王之生说，有这种事，那他的子女在哪里？

小孙笑着说，老王，你能不能告诉我，你为什么要找这个金主任？

王之生说，我上次没有说过吗？

小孙说，没有。

王之生说，不是我要找金主任，是我爹要找金主任。

小孙说，你爹找金主任有事？

王之生说，当然有事，而且是大事。

小孙说，是什么大事？我要不要向王主任汇报。

王之生说，小孙，你不要大惊小怪，这个大事是他们老一辈之间的事。你只要告诉我，金主任的子女在哪里就行了。

王之生一脸的平静，他想找到了金主任的子女，应该也能找到父亲要的那些东西，至少是有线索了。小孙坚持要把这个事汇报给王主任，王之生则觉得没有这个必要。最后小孙说，金主任的子女在哪里？我不知道，要问我们王主任才能知道。小孙出去找王主任，王之生想，来个趁热打铁吧，等王主任来了，请她直接把自己带到金主任的子女那儿，这样就能有一个结果了。

小孙回来说，老王，王主任找不到，你来之前还在的，现在不知去了哪里？

王之生很想小孙找到王主任，他说，小孙，你给王主任打手机，就说我王之生等着她。小孙就拿起电话给王主任打手机，打通了没人接，坐在对面的王之生也听到了王主任手机里的歌声。小孙放下电话后又提起来打，还是没人接听。小孙说，老王，王主任的手机无人接听。

王之生说，算了，急也没用，这是没有办法的事。

小孙说，老王，要么你留个电话，到时我们可以及时和你联系。王之生在一张报纸的边上，郑重地写下了自己的手机号码。

4

吃完晚饭，王之生准备去看他的父亲，出门前突然想到了一个问题，就是要不要把金主任死了的事告诉他。王之生的老婆看到王之生又在发愣，提高嗓门说，老王，你整天呆若木鸡，半夜三更又疑神疑鬼，你的脑子是不是真出问题了？

王之生说，你这是什么意思？你以为我愿意，我是没有办法。

王之生的老婆说，你在单位一定也是这个样子，弄得你们领导讨厌你了，所以不让你放电影，把你赶到办公室打杂。王之生的老婆这几天心里不舒服，因为王之生的工作岗位被调换了，从A岗换到了B岗，虽然不用上夜班，但奖金少了一大截。

王之生说，我不和你争这个事，我有许多事要操心，没有人能为我分担。

王之生的老婆说，我也不想和你争，我知道我命苦。

王之生听了突然鼻子酸了酸，是呀，老婆和自己结婚二十五年，孩子都快大学毕业了，可生活一直没有安稳过。

王之生说，爱芝，馒头吃到豆沙边了，再熬熬吧。我爹也是苦了一世的人，行将就木了，能为他做点什么就做点什么吧。王之生的老婆没有说话，接着低头轻轻哭了几声。王之生拿过纸巾说，不要哭了，伤身体的。

王之生的老婆用纸巾揩了揩眼泪说，你去吧，你爹一定在等你了。

王之生说，有个事你看怎么办好，我正拿不定主意。下午我去社区了，社区的小孙说，那个金主任他们了解到了，确实有这个人，不过十多年前就死了。这个事，你说要告诉我爹吗？

王之生的老婆说，金主任就是那个拿走你爹东西的居委会主任？

王之生说，是的，死的就是他，这样找到这些东西的希望更渺茫了。

王之生的老婆说，你爹要找的是他爷爷和他爹爹，和这些东西有什么关系？

王之生认真地说，怎么会没有关系，我爹糊涂的时候喊他爷爷和爹爹，其实他的内心是想找这个金主任的，他们有许多纠葛至今未了断，包括被金主任拿走的这些东西。

王之生的老婆说，人都死了，而且死了十多年，还有什么纠葛。你就告诉你爹，他心里的金主任早就成了死鬼，也好让他安心不再折腾。王之生觉得老婆的话虽然难听，但说得也是有道理的。王之生想好了，见到爹就把这个事告诉他。

王朝南的精神似乎比以前好，坐在床上听收音机播放的地方戏。王之生坐到王朝南的床上说，爹，您在听戏呀。王朝南点了点头,仿佛沉醉在热热闹闹的地方戏里。王之生又说,爹,我下午又去"东湖社区",社区的小孙告诉我,他们真的找到了那个金主任。

王朝南突然哆嗦了一下,他关掉收音机说,之生,你说的是真的?

王之生说,当然是真的,而且千真万确,不过金主任十多年前就死了。

王朝南叹息一声说,你被骗了,这个人是不会死的。

王之生说,爹,人怎么可能不死呢,人人都要死的。

王朝南生气地说,就他不会死,你一定要找到他,他还清了我家的东西,想怎么死就怎么死吧。

王之生露出苦涩的笑,说,爹,你会不会记错,金主任一定拿过我家的那些东西?

王朝南咳了几声后说,你只要找到金主任,这些事他都知道的。

王朝南的身子慢慢滑倒在床上,王之生又给他开了收音机,里面的地方戏还做得有滋有味。王之生一直以来不喜欢这种地方戏,现在他爹喜欢比他自己喜欢更有意义。王朝南闭着眼睛,仿佛听得很专心。王之生的心稍微安定了些,坐在床边陪他父亲听戏。一会儿,王之生听到了父亲的鼾声,这种声音通过呼吸传递出来,夹杂着一股梦想的气息。

老张说,老王,这几天老人家精神不错,除了要听戏,还想和人说话聊天。

王之生说,老张,这些年来,我们是把你看成自己人的,你有空多和我爹聊聊天。

老张说,老王,你不要说得太客气,这样我会受不了。我爹在世的时候,经常说你爹的好。知恩图报,我老张记在心上。王之生想到老张一天到晚细心照料他父亲,比他自己这个亲生儿子还要尽心尽力。王之生站起来,动情地拉住老张的手说,老张,我这个亲生儿子不如你呀，我真的非常感谢你。

老张说，老王，你再这么说，我的脸要红了。老张又说，哎，老王，你说的那个金主任拿了你们什么东西？

王之生说，到底是些什么东西，我爹现在也说不清楚。"文革"时，我家里被抄走的东西很多，你知道我爷爷是资本家，他也是一个喜欢搞收藏的人，所以古玩字画很多，但我爹只关心他爷爷和他爹爹的那些信函。

老张说，古玩字画值钱，信函有什么用，看过就扔掉了。

王之生说，老张，这个你就不懂了，现在收藏信函的人很多，特别是名人写的更有价值。

老张吃惊地说，没想到，真的没想到，这种东西也值钱。

王之生说，老张，你连这个都不明白，看来你在农村的时间太长了。不过金钱的价值只是一种价值，对于我们来说，这些信函还有历史价值，至少对我们的家族史有价值。

老张说，老王，我怎么能和你比，你是有文化的城里人，我爹解放后就回了农村老家，所以我是一个十足的农民。

王朝南翻了一个身，喃喃一句，金主任——你——还我东西——

王之生看到他父亲的双手摊了摊，像摊开一封信读了起来。王之生说，老张，我爹在梦里也念念不忘他想要的东西，你看，他在读信了。

老张说，奇了，真是这么个姿势呢。

王之生说，你也看出来了，其实我早就看出来了。老张没有说话，王之生又说，我爹他在想什么我都能知道，他的这些手势什么的，我一看就知道是什么意思。王之生看到老张的脸色有些变化，表情复杂起来了。老张说，老王，有个事，我想和你说说，以前我也想说的，可总是不好意思说。现在，我觉得想说说了，不说心里不好受。

王之生笑了笑，看着老张说，老张，什么事这么吞吞吐吐，你想说的事其实我知道的。不过你不说我也不说，你想说我就听你说。

老张说，老王，这个事我真不好意思开口，我的意思是——

王之生说，好了好了，老张，还是不说了吧，你想回家休息的事，还是和以前一样，提前告诉我就行了。你老婆儿子要来看你，我也会安排好的。

老张听了王之生的话，愣了一下，就真的不说了。

5

过了几天，社区那边还没有消息，王之生想，留不留电话一个样，还说及时和我联系，还不是一句好听的空话。王之生又想了想，会不会自己把号码写错了，只要写错一个数字，他就会接不到社区打来的电话。王之生觉得这个事不能再拖下去，如果再拖下去，自己或许真要弄出个抑郁症来了。

这天下午，天气比较好，虽然夏天就要到了，但还算不上酷热。王之生请了假，骑着自行车直接去"东湖社区"，他首先要问小孙的问题是，你们社区算不算"衙门"？

王之生找到小孙时，小孙正在打电话，王之生不客气地自己倒了一杯茶，然后坐在小孙的对面看小孙，他想一个社区的小青年，怎么也官僚了？进来的时候，社区办公室的门也都是关的，王之生来过两次，所以熟门熟路进了小孙的门。他原来想直接找社区的王主任，现在他想到不能饶了这个办事拖拉的小孙。

小孙的电话大约是关于一个邻里纠纷的事，王之生再听听，听出这个事是邻里之间为放一只垃圾桶闹出的矛盾。小孙正在对付的这个人，大约在纠纷中落了个下风，所以把这个事告到社区里来了。

小孙说不过那个落了下风的人，小孙说来说去说不出有分量的话，他的话压制不住对方。

王之生听得想笑，这也是一种对小孙工作的报复。小孙接完这个电话，有种筋疲力尽的感觉，话也不想说了，看着电话机发呆。王之生想，看来别人也是会发呆的，不仅仅只有他王之生会发呆。王之生说，小孙，工作遇到麻烦了？

小孙说，我参加工作三年多，从来没有碰到过这么难弄的人。

王之生说，小孙，话不能这么说，社区工作就是婆婆妈妈的事，最难弄的人也是你的工作。

小孙像想起了什么似的说，老王，你叫老王吧，老王你说得对，不过听口气你今天好像对我有意见。

王之生说，我来过两次了，也留了电话，你居然我姓什么都不知道，这不是"衙门"官僚作风是什么？

小孙连忙站起来，给王之生倒满茶说，老王，别生气，你有意见尽管提，千万别到领导那儿告我的状呀。

王之生说，我对你的工作态度早就有意见了，说好留下电话及时和我联系的，过去快一个星期了，小孙，你说还算是及时吗？

小孙说，老王，这几天我太忙太郁闷了，没有及时和你联系是我的错，我给你赔礼道歉，行了吧。

王之生笑了笑说，你这么能做思想工作，怎么对付不了那个打电话的人。

小孙说，那个人太不讲道理，是无理取闹。

王之生说，小孙，我还是言归正传，上次我说的那个事，怎么样了？

小孙说，老王，不瞒你说，上次你写在报纸上的电话号码，不知怎么回事找不到了。

王之生说，你看你看，你这是什么工作态度。

小孙说，老王，你不要生气，关于金主任的事我都替你问清楚了。

王之生说，你辛苦了，好的方面我还是要肯定你的。

小孙说，金主任有两个女儿，没有儿子。大女儿五六年前就去了加拿大，估计现在已经成了外国佬。

王之生说，小女儿呢？不会也不在本地了。

小孙说，老王，你不要急，金主任的小女儿就住在我们社区的"前街小区"。

王之生说，啊，这个"前街小区"，以前有我爷爷的许多房产，都是有气派的楼屋，而且带天井和后花园的。

小孙说，真的吗？那你们拆迁时，一定拿到了许多新房子和拆迁费。

王之生笑了笑说，没有，没有的，解放后就没收充公了。

小孙说，老王，你不要骗我，我不会眼红你的。

王之生说，真的，我不骗你。你太幼稚了，你不会知道以前的那些事的。我们不说这个事了，你告诉我金主任小女儿的情况吧。

小孙说，金主任的小女儿叫金阿花，是个小学老师，退休好几年了，身体不大好。她的两个儿子，听说以前都是国营企业的，现在下岗多年了。

王之生非常满意地说，小孙，你真行，比我想象的要能干。好，我们现在就去找金阿花同志。

小孙说，老王，你办事真是雷厉风行，在单位也是个领导吧。

王之生说，小孙，你不要这样说我，我一生都是受别人领导的。现在这个事是我爹给我的任务，可我办了这么长时间还办不出结果来，还说我"雷厉风行"，你是在嘲笑我，走吧走吧。

小孙说，你要不请我们王主任一起去，这样或许更有利于你找到金阿花。

王之生说，今天我就盯住你小孙了。

王之生在小孙的陪同下去"前街小区"。这是一个老小区，十几幢六层楼房像十几个老态龙钟的老人聚集在一起，倾诉着各自内心的沧桑。小孙带着王之生走进这个没有物业管理的开放式小区，小区的一些空地上坐着不少老人，他们用惊奇的目光看着王之生和小孙。有认识小孙的老太太，看到小孙会提出一二个要求或问题，小孙边走边说，好的好的，我们会考虑的。

王之生说，小孙，你在老太太面前是个领导了。

小孙说，老王，你别笑话我，社区工作就是这个样子，专门和老人女人打交道。你看，这么多老人，坐在家里孤独，就出来凑在一起找事。

王之生说，我老了也会这样的。

金阿花的头发全白了，她吃惊地看着王之生说，听小孙说，你在找我，有什么事吗？

王之生面对这个白头老太太，实在难以把她和那个金主任联系成父女。小孙说，金老师，老王的事其实也不是他自己的事，是他爹以前的那些事。

王之生说，是的，小孙说得对。金老师，我找你的事是我爹以前的那些事，我爹要我找的人严格说起来不是你，而是你爹金主任。

金阿花一脸迷惑地说，我听不懂你在说什么，我年纪大了，身体也不好，反应有点迟钝了。

小孙说，老王，你不要心急，慢慢说，说得清楚一点。

王之生说，好的好的，我们从头开始说吧？

小孙说，金老师，老王从头开始说，你仔细听，看看能不能想起老王说的那些事。

金阿花说，好的，我仔细听着。

王之生说，金老师，是这样的，你爹在"文革"时，是不是做过"红旗居委会"的主任?

金阿花说,是的,好像是的,我也记不大清楚了。

王之生说,你爹有没有提到过王天鹏和王朝南?

金阿花说,好像没有,我爹晚年得了老年痴呆症,说话胡言乱语,我们都听不懂他在说什么,也不知道他想说什么。

王之生说,金老师,你想想,你爹老年痴呆之前,也没有提到过王天鹏和王朝南这两个人吗?

金阿花说,你说的这两个人是什么人,我爹为什么要提他们?

王之生说,王天鹏是我的爷爷,1949年前是有名的资本家,"文革"时自杀身亡,当然是被逼死的;王朝南是我爹,"文革"时也被批斗了,他是资本家的儿子;我叫王之生,就是资本家的孙子。

金阿花说,我好像听到过这两个人的名字,不过太复杂了,说得我云里雾里的。你能不能把你想要说的直接说出来,免得我费心思猜测。

小孙说,老王,你就直接说出来吧。

王之生说,我已经说得相当清楚了,你怎么听不懂。这样吧,我说一句话,直截了当把我来的目的说出来,怎么样?

金阿花说,你说吧。

王之生大声说,你爹当红旗居委会主任时,正是"文革",你爹带人抄过我的家,"抄家"就是把我家里当时认为是"封资修"的东西都拿走了。这些东西——

金阿花打断了王之生的话,说,老王,我头都晕了,你到底想说什么?

王之生说,哎呀,我说得那么清楚那么明确,你还听不懂呀。我要说的就是,你爹,金主任拿了我家的那些东西,至今没有还给我们。

小孙说,老王,你说的这些都是真的吗?

金阿花用轻蔑的目光扫了扫期待中的王之生，说，你怎么能这样说我爹，他老人家一生光明磊落，为人民做出过贡献的，这——有目共睹。

王之生说，我不是随便说的，如果你们不相信，我可以带你们去见我爹王朝南，他会告诉你们不知道的真相。

金阿花说，这个事你爹肯定记错了，年纪大了记错或者记不起来的事情很多，现在我就这个样子了。

王之生听了金阿花的话，感觉也有点道理，想想自己的父亲，从自己小时候起就念念不忘那些复杂的事。王之生的奶奶在世时，王之生经常听到奶奶要埋怨儿子太烦。现在，王之生感觉到了死去的奶奶的英明，自己的父亲确实太烦了。

金阿花又说，再说我爹不可能做这种事的，即使他真抄过你们的家，那也是当时的政策，东西拿来后都要交公处理。我觉得这个事，你最好问问你爹，问清楚了，你说得明白我也听得清楚。金阿花的话虽然说得有理，但王之生还是有一个疑问，就是为什么他从头说这个事，金阿花都说听不懂装糊涂；他一说到金主任抄过他家的事，金阿花说起来却一点不糊涂了呢。

王之生说，金老师，我想事情不会这么简单。你想想，这些抄走的东西，当时是"封资修"，现在是什么？现在是收藏品是宝贝呀。

金阿花没有说话，她静静地远眺着窗外的天色。王之生看着金阿花，他不知道这个老太太的内心在想些什么。小孙说，老王，这个事我看你还是弄弄清楚再说。王之生说，好的，这个事总是要弄弄清楚的，不弄清楚大家都会觉得难受。

小孙和王之生从金阿花家里出来，金阿花依然远眺窗外的天色，王之生看到了一个老太太也会发呆。王之生和小孙分别时，小孙说，老王，你告诉我手机号码，有事我好和你联系。

王之生说，我没有告诉你吗？

小孙说，我找不到了。

王之生笑笑说，年纪轻轻，怎么和我一个样了。

小孙笑了笑说，我用我的手机拨给你的手机响一响，这样我们都知道对方的手机了。

王之生说，终究是年轻人的脑子好使呀。

6

王之生把找到金主任女儿的事，详细说给老婆听了，最后王之生说，这个金阿花不肯承认有这个事，是因为她觉得我没有证据。其实她是聪明反被聪明误，她也不想想，我爹不就是最有力的证据吗。

王之生的老婆说，老王，你不要认为你爹是"圣旨口"，说什么都是正确的。我觉得这个事折腾了这么多年，你也只是听你爹说说，其实真的应该弄个清楚了。

王之生说，是呀，我弄得脑子都要爆炸，现在好像越弄越糊涂了。

王之生的老婆说，你再想想，有没有好办法，把这个事情弄清楚。

王之生就坐着想好办法，想了一会儿，王之生还是想不出有好的办法，后来他就远眺窗外的天色发呆。过了一会儿，王之生的老婆说，老王，你发什么呆，你想到了什么？

王之生把目光收回来说，我没有发呆，我在听我爹是不是在呼喊？

王之生的老婆听了听说，没有呀，老王，我觉得你神经过敏了，这样很危险。

王之生说，我自己也有这种感觉。

王之生的老婆说，所以我说这个事要弄个清楚了。

王之生突然有了一个想法，这个想法是自己撞进来的。王之生又想了想，觉得自己的这个想法，真是个解决难题的好想法。王之生笑了笑说，有了，我终于有个想法了。

王之生的老婆说，看你兴奋的，有什么想法了。

王之生说，金主任的女儿不肯承认有这个事，我就来个源头调查。说得简单点是这样的，上次我在收藏品市场碰到的那个王老板，他说他家可能有我要的东西。如果真有，我就问他是哪里收来的，接着我再去找那个卖出的人，接着一个一个追下去，你想最后的结果不就清清楚楚了吗。

王之生的老婆说，这个想法是对头的，不过太复杂了，而且一个一个追下去也难做到。

王之生说，怎么会难做到呢？做得到的，一定能做到。世上无难事，只怕有心人。我充满信心。王之生说到做到，马上找那个王老板的名片，他边找边说，我想起来了，那次他店里的那张画，我看了觉得很眼熟。现在我又有了一个想法，就是那张画，说不定就是金主任从我家里拿走的。

王之生的老婆说，老王，你怎么都是些不着边际的想法，想得现实点好不好？

王之生说，名片呢，王老板的名片到哪里去了？我是放进这只抽屉里的。

王之生的老婆说，你看你突然着了魔似的，手里拿的是什么？不是一张名片是什么，你昏了头你，还想一个一个追下去。

王之生看了看，果真是王老板的名片，他笑笑说，我先去把那张画买下来，上次他说五十块让我拿走。你不要以为真是五十块，收藏圈子里说的一块就是一百块。

王之生的老婆说，老王，我看你是真的疯了。这么算起来，你说的五十块就是五千块了，五千块一张的画你也敢买？以前五百块的东西，你都要列入年度计划。

王之生说，现在不同了，花点钱，尽快把这个事弄清楚，我真的想过过安心日子了。

王之生拿起电话给王老板打电话，拨通了听听没人接。王之生放下电话，拿起名片仔细看了看，再拨通这个号码，还是没人接听。王之生说，怎么没人接？

王之生的老婆说，别人不愿意接你的电话。

王之生觉得好笑，说，你看你说的，他怎么会不愿意接我的电话，再说他也不知道是我打的电话。王之生把名片放进口袋说，我先去看看我爹再说。

7

王之生走进门，看到老张盯着墙上的老照片在发呆，他似乎还摇了摇头。王之生说，老张，你看出什么来了？

老张惊了惊说，老王，你是什么时候进来的，我怎么没有听到。

王之生说，你这么盯着我爷爷看，是不是仇恨他这个资本家？

老张说，老王，你不要开这种玩笑，我心里受不了。

王之生说，我爹今天怎么样？

老张说，还行吧，比较平静。

王朝南躺在床上，眼睛眯着一条缝，仿佛正在思考一个难题。王之生说，我爹累了，他累了一生。

老张说，老王，我有个事想问问你。

王之生说，哦，你有事要问我，你说吧。

老张说，其实也不是什么大事，我想问你一下，老人家的那只皮箱，就是放在床底下的那只皮箱，什么时候你拿去保管吧？王朝南的这只皮箱，一直与他形影不离，王之生至今也不知道里面装了什么。早些年，王朝南曾经对王之生说过，里面装的是他们王家的历史。这是一种什么样的历史呢？王朝南没有说下去。

后来，王朝南的生活不能自理了，老张主动提出自己愿意来照料王朝南。老张来了后，王之生就关照老张，王朝南的这只皮箱要管好，因为里面装的是他们王家的历史。这么多年来，皮箱都好好地放在王朝南的床底下，老张现在怎么会提这个问题呢？

王之生说，老张，我什么时候说过要保管我爹的皮箱了，怎么啦？

老张说，老王，你是没有说过，但我觉得放在这里我的压力很大。王之生觉得老张的这个问题不是问题，说，老张，不要想得那么多，你想得越多或许真的压力会越大。我不会拿去保管的，还是放在我爹的床底下，有你老张照看我有什么不放心的。

老张说，我真的有压力，这么重要的一只皮箱放在这里，我怎么可能会没有压力呢。你还是自己去保管吧。

王朝南动了动身子说，你们在说什么？

王之生走上前，坐到床上说，老张在和我说电视上的事，爹，我有个事想和您说说。

王朝南说，你又去找金主任了？

王之生说，金主任是找不到的，我不是已经和您说过，金主任十多年前死了，不过我找到了金主任的小女儿，我们还见面谈了一些事。

王朝南说，她说了什么？王朝南又说，我要坐起来，老张，扶我起来吧。王之生和老张把王朝南扶起来，王之生说，金主任的小女儿叫金阿花，金阿花说，这个事请您再想想，到底有没有记错，她还说她爹不可能做这种事，即使真抄过我们家，那也是当时的政策，东西拿来后都要交公处理的。

王之生今天有心理准备，他觉得应该让父亲有一个准确的回忆。老张说，老王，这么清清楚楚的事，金主任的女儿也想推翻。

王之生说，我也不知道这是怎么回事，我越来越糊涂了，所以我想听我爹再说说这个事。王之生觉得自己的话，一定触动了父亲的痛处。只有这样，或许受到了刺激的父亲，才能回到他比较清晰的记忆中。

王朝南居然非常平静，他的呼吸没有一丝杂感，连贯而有节奏。王之生沉不住气了，说，爹，您想起这个事了吗？

王朝南说，啊，啊啊，我想起来了，这个事与金主任有关系，所以不要去找他女儿，你应该去找金主任，你要对金主任大声说，你是王天鹏的孙子，你是王朝南的儿子。我说的，你听到了吗？

王之生说，我听到了。

老张动了动嘴唇，看样子似乎想说什么，嘴唇又动了动，最后还是没说出话来。王之生有些失望，其实他内心是想老张说几句话的，说什么真的无所谓，只是想听到他们父子以外的另一种声音。

王之生离开时，老张说话了，老张说，老王，老人家又说胡话了，他经常是这样的，你不要放在心上。不过你也不要为这个事再费心机了，我觉得是不会有结果的。王之生没想到老张会说这样的话，心里当然有些不舒服。王之生说，老张，你错了，你的话完全错了。

老张吃惊地说，老王，你说我的话错了？

王之生说，因为事情总要有个结果的。

王之生回家对老婆说，我爹真是越来越糊涂，他坚持要我去找金主任，你说死了十多年的人，怕是骨头都没有了，怎么找得到呢。

王之生的老婆说，你爹本来就是个老糊涂，现在越来越糊涂了。

王之生想抽烟了，他觉得这么弄来弄去的，真的很郁闷也很糊涂。王之生吸几口烟通了通气，说，我别的不想管了，我就照我同你说的那个想法去做，等有了结果我再同我爹说。

王之生的老婆说，我不知道你有多少想法，你连做梦都有想法了，半夜里嗯嗯哼哼的没完。昨天晚上王之生确实又做了一个噩梦，他爹呼喊着带着遗憾死了。王之生被自己梦中的呼喊惊醒，还出了一身黏湿的冷汗。王之生说，日有所思，夜有所梦，正常的。

王之生的老婆说，老王，你听听，是不是你爹又在吵了？王之生听了听，果真听到他父亲的声音飘了上来，王冠土，王天鹏——在哪里，在哪里？金主任，还我的东西——你不是人，死了也不是一个死人。

王之生说，他想喊就让他喊吧，我现在给王老板打电话。王之生摸出名片打起了电话，拨通了还是没人接听。王之生说，这个王老板，怎么给了我一张打不通电话的名片，存心和我过不去嘛。

王之生的老婆说，老王，换个号码打打，你有没有打他的手机，手机都是带在身边的。

王之生又看看名片说，还是你聪明，我怎么不打他的手机呢。王之生拨通了王老板的手机说，喂，你是王老板吗？我是老王，上次去过你店里的那个老王。

王老板说，老王，哪个老王？不好意思，我记不起来了。

王之生说，怎么可能呢？你给了我名片，你让我五十块钱拿走一张画，你说家里有李鸿章的信札。喂，你记起来了吗？

王老板的笑声从电话里传出来，他说，啊，哈哈哈，当然记起来了，你是老王，你要1949年前那个资本家王天鹏的信函，对不对？

王之生兴奋了，捏着电话机哈哈大笑。王之生的老婆说，什么事这么开心，像只小狗似的。

王之生瞪了老婆一眼说，喂喂，王老板，你找到了我要的信函吗？

王老板说，找是找到了一封，不过你这么长时间没有消息，我已经出手了，不好意思。

王之生像受到了打击，一下子瘫坐下来说，啊——呀，还有没有了？

王老板说，现在没有了，以后再看看。

王之生说，王老板，我马上去你店里，我有事和你说。

8

王之生赶到收藏品市场，看到王老板正在对面和别人聊天。因为只见过一次面，王之生走到王老板面前，王老板也没有什么反应。王之生对王老板有一定印象，这是一个浑身透出精明的年轻人。王之生说，王老板，你不认识我了？我是老王。

王老板说，哎呀，老王，不好意思，走走，到我店里去说话。王老板边说边拍了拍王之生的肩膀，好像王之生是他的老朋友。王之生感觉到了温暖，笑了笑说，王老板，我这个事，你一定要帮忙呀。

王老板热情接待了王之生，泡茶敬烟弄得王之生很不好意思。王老板说，老王，你早几天为什么不来，王天鹏的那封信函品相不错，所以别人一看就拿走了。

王之生说，可惜可惜，我这些年都在找，就这么失之交臂了。王老板，你如果和我说一下，我就不会有这个遗憾了。

王老板爱莫能助地说，哎呀，老王，你这么说不是为难我了吗，你没有说过你的联系方式，我怎么和你说呢。

王之生想了想，自己拿了王老板的名片，确实没有告诉王老板自己的电话号码，还有当时把王老板的话当成吹牛的。王之生说，来来，我给你写上我的电话，如果有消息，请你马上通知我。

王老板拿过纸笔说，老王，你不要急，收藏品市场什么东西都有，这是迟早的事。王之生写了自己的手机号码，接着又写了家庭电话，刚要递给王老板，想了想把他老婆的手机号码也写了上去。

王之生仔细看了一遍纸上的数字，确定准确无误后，说，王老板，这是我和我老婆的手机号码，还有家庭电话，你随时随地都能找到我了。王老板把王之生给他的这张纸折叠起来，放进一只名片盒子。王之生又说，哎，王老板，王天鹏的信函是谁买走的？

王老板说，这个人是面熟陌生，经常到收藏品市场来，不过具体情况我也说不出来，他有个绰号叫"大头"。

王之生说，这么说，你也找不到他了。

王老板说，是的，做我们这行的，认识的人很多，都要记住做不到，许多人看到面熟，其实都是陌生的。

王之生想了想，想到了自己要查源头的想法，他拍了拍脑袋说，你看我差点忘掉了大事。王老板，王天鹏的信函你是从哪里来的？王之生全神贯注看着王老板，仿佛王老板脸上有他要的线索。王老板对王之生的这种专注有点莫名其妙，他说，老王，你对这个也有兴趣？

王之生认真地说，当然有兴趣，王老板，我非常有兴趣，如果有可能，我想请你陪我去找这个人。

王老板说，老王，你真是一个让人捉摸不定的人，我能不能问你一个问题。

王之生说，你问吧，我知道我的身上也有许多问题。

王老板想了想说，老王，你记不记得了，上次我好像也问过王天鹏的事，你是不是说不告诉我？王之生也想了想说，应该有过这个事，不过我现在想不起来了。王老板笑了笑说，上次的事算我记错了，现在我想问问你，你为什么要关心王天鹏的信函？

王之生脸上的肌肉突然跳了跳,脸色变成了皮笑肉不笑,他的耳边也想起了父亲的呼喊声。王老板不知道王之生着了什么魔,提到王天鹏就像通了电似的。王老板又说,老王,你怎么了?

王之生说,我很好,你是不是问我,我为什么要关心王天鹏的信函?

王老板说,是的,不过你不想告诉我也没关系。

王之生认真地说,不,王老板,我要告诉你,我是王天鹏的孙子。

王老板满脸惊讶地看着王之生说,老王,你不要骗我,你是喜欢王天鹏的信函才这么说的吧。

王之生非常认真地说,我不骗你,我为什么要骗你呢,这是真的,我叫王之生,你可以去我住的社区打听打听。王老板终于相信眼前这个人,就是本地1949年前有名的资本家王天鹏的孙子。

王老板马上把名片盒子里的名片倒出来,一张一张地看过去,他边看边说,老王,你坐坐,喝口茶,我给你联系我的那个朋友,如果他没别的事,我陪你去找他。王老板的态度突然转变成"为您效劳",这让王之生第一次有了说到爷爷带来的优越感。

王之生说,王老板,我实话告诉你,现在是我爹想找到他爹的那些东西,就是王天鹏的东西。我找来找去没有结果,在你这儿有了一点线索,所以我不想放弃。王老板觉得这个事新鲜,当然也盘算着一笔生意,资本家的后代家产一定厚实,或许老王手里有资本家留下来的好东西。王老板有些兴奋,他接通他的那个朋友,两个人在电话里说了几句就挂断了。

王老板说,老王,我的朋友在外地弄东西,要过几天回来,到时我陪你去找他。王之生心里有了一种踏实,他站起来握了握王老板的手说,好的,到时一定联系我,谢谢。

王老板拍拍王之生的肩膀说,不要客气,大家都是朋友嘛。王之生觉得"一个一个追下去"的想法完全正确,而且更加坚定了自己的信心。

王之生因为心情舒畅,想法就一个接一个冒出来,想收都收不住。王之生的目光在店里奔跑一圈后,说,王老板,上次那张画不在了?

王老板说,你说的是哪张画?

王之生笑着说,我说眼熟,你说五十块让我拿走的那张画。

王老板想起来了,说,哎哟,老王,你看我这记性,那张画已经卖掉了,怎么了?

王之生突然靠近王老板,露出一种神秘说,那张画我一看就眼熟,我怀疑会不会是我爷爷收藏过的画。王老板说,老王,你说的也有可能,只是我半个月前六十块出手了。那个买家,是个生面孔。

王之生说,没有缘分,不可强求呀。

王老板说,老王,如果你真的想要这张画,我估计那个人还是会来的。只要他来了,我就有办法把画再弄回来。

王之生想了想说,这样也好。

9

晚上九点多了,王之生还在想心事。

这时,老张慌慌张张来敲门,而且敲得急匆匆的。王之生心惊肉跳地开了门,老张站在门口说,老王,快快,老人家他呼吸急促,有点不大对头了呢。王之生也不多说,几步并做一步走,屏住呼吸走近王朝南,屋子里静得只能听到王朝南的呼吸。

王朝南仰面躺在床上,嘴微微张着,一呼一吸的声音,从嘴的里外来回奔波。王之生轻轻地说,爹,您感觉怎么样?王朝南的嘴闭上了,呼吸仿佛也停止了,王之生拉起王朝南的一只手,这只手还是热的，似乎在一跳一跳，像传递着一种什么？王之生握了握他父亲的手说，爹，喝口水吧，我有事要对您说。

王之生原本想把今天找王老板的事，明天再告诉他父亲，可他父亲像有了感应似的，一定要把他弄过来说清楚。王之生给王朝南喝了几口水，他听到王朝南的嘴动了动，接着发出一种含糊的声音。王之生听懂了他父亲的话，王朝南在说，你说吧。王之生就把发现了爷爷王天鹏信函的事说了，王朝南听了没有说话，但脸上有了一种安详，呼吸也风平浪静起来。

老张悄悄说，老王，你看老人家睡着了。

王之生说，我爹没有问题的，他有时候就是这个样子，你应该也知道。

老张说，知道是知道，可每次他这个样子，我都要紧张，怕万一发生意外。

这个晚上，王之生怎么睡都不踏实，仿佛听到了父亲压抑的呼喊声。折腾了一阵子，天亮了。

上班时，王之生有些疲惫，胸口也沉闷，他正在胡思乱想，手机响了。手机开始响的时候，王之生根本没有想到是自己的手机在响，他一点反应也没有。手机第二次响时，王之生听到了，但以为是别人的手机在响，东张西望地看别人有没有接听手机。有人提醒王之生说，老王，你的手机在响。王之生才手忙脚乱地掏出手机来接了。

电话是"东湖社区"的小孙打来的，小孙说，老王，我是社区的小孙。

王之生说，知道的，知道的，有事吗？

小孙说，当然有事，就是你关心的那个金主任的女儿，她刚刚来社区找过我。

王之生说，是不是那个金阿花，她找你说什么了？

小孙说，金老师告诉我，她专门问了她的两个儿子，他们一致认为，他们的外公不可能做这种事，而且他们的外公在世时，从来没有提起过这个事，也没有说到过王天鹏这个人。总之，金老师认为肯定是你爹记错了，她是专门来社区说清楚这个事的。

王之生说，一派胡言！

小孙说，老王，金老师一定要把她的这个意思，让我转达给你。

王之生说，我也有意思请你转达给她，就说等我有了证据，她所有的意思都会没有意思的，她等着吧。

小孙说，老王，你的意思我不明白，你是说，你在找证据？

王之生说，对的，我不瞒你说，我马上就有金主任抄走我家东西的证据了，到那个时候，我王之生再去找这个金老师论理。

小孙说，哎哟，老王，这个事真的好可怕呀。

打完电话，王之生感觉到这个证据实在太重要性了，想到这个重要性，他开始坐立不安。

等了两天，王老板那儿还没有消息，王之生已经等不及了，他找出王老板的名片直接拨通了手机。王之生说，王老板，我是王之生，就是王天鹏的孙子。

王老板说，老王，真是凑巧了，我正要打你的电话呢。

王之生激动地说，啊，有这种事，是不是你的那个朋友回来了？

王老板说，我的朋友还在外头游荡，是那个"大头"找到了。

王之生说，那个"大头"？

王老板笑起来说，你这个老王，才过了几天，你爷爷的事就不想管了。那个"大头"从我这里买走了王天鹏的信函，上次你赶到我这里来不是为了这个事吗？

王之生说，天呐，王老板，你看我和我爹一样了，老年痴呆。

王老板说，我把你的情况和"大头"说了，估计转让没有问题的。王之生知道"转让"就是要花钱买过来,"大头"会报出什么样的价,他心里没底。王之生说,你卖给"大头"多少钱?

王老板说,十块钱。你最多给他十二块,千万不能流露你一定要的语气。对了,我报个"大头"的手机号码给你,你马上和他联系,免得夜长梦多。

王之生拿过纸笔,记下了"大头"的手机号码。王之生和王老板通完电话,马上拨通了"大头"的手机,在接通的瞬间,王之生突然想到怎么称呼这个"大头"。很快,王之生听到了"大头"的声音,喂喂,你是谁?

王之生急中生智地说,师傅你好,我是王老板叫我找你的,我叫王之生,是王天鹏的孙子。

"大头"说,真的吗?你说的是真的吗,现在骗子越来越多,做什么事都不放心呀。"大头"话一多,王之生的心情也放松了。

王之生说,师傅,我的情况王老板都说了吧,不瞒你说,王天鹏的东西我已经找了好几年。现在我爹年老体弱,一心想见到他爹的东西,可这个东西不是说想见到就能见到的,所以弄得我很不舒服。我不舒服,我爹当然比我更不舒服。

"大头"说,你真是王天鹏的孙子吗?

王之生自豪地拍了拍自己的胸脯,说,百分之百的正宗。

"大头"说,电话里也说不清,这样吧,我也是个爽快人,我们约个时间,我带上东西我们在哪儿见个面,你说这样好不好?

王之生说,当然好,不过我们还是先谈个价吧。免得当面谈起来,我没有足够的心理准备。

"大头"笑了笑说,你放心,我不是你想象的那种人。告诉你,如果你是正宗的王天鹏的孙子,物归原主,东西送还给你,一分钱不要;如果你是假冒伪劣的,我就要对你不客气。王之生不敢相信这是真的,想了想还是相信不了。"大头"又说,我说话绝对算数,你想好了打电话约我。

王之生不知该怎么说话，只说了句，好的。

10

晚上，王之生正和老婆在争论，这个"大头"是不是骗子。老张又慌慌张张来找王之生，说，老人家真的不行了。

王之生和老婆一起直奔二楼，到了门口，他们听到王朝南异乎寻常的呼吸声，这种呼吸声更像是一种呼喊声。王之生贴近他父亲说，爹，您今天的情况要去医院了。王之生似乎感觉到了一种预兆，这是他父亲的呼吸传递出来的。

王之生又听了听他的呼吸，然后坚定地说，来，老张，我们把他送到医院去吧。王之生和老张正要动手，王朝南说，之生，不用了，我知道的。

王之生抱住他父亲说，爹，您一定要去医院。

王朝南说，我有话说，之生，你不要去找我爷爷我爹爹了，还有金主任也不用去找了，人一死，所有的都一笔勾销了。王之生还没有完全领悟他父亲的话，王朝南又说，王冠土——王天鹏——皮箱——皮箱呀。

老张突然哭了起来，而且越哭越伤感。王之生受到了强烈感染，老张都哭成这个样子了，作为儿子的自己难道无动于衷吗？这么一想，王之生的眼泪很快涌动了，而且一流不可收拾。王朝南不再说话，他艰难地呼吸着，仿佛正在痛苦中挣扎，挂着一脸的失落和迷茫。老张边哭边从床下拉出那只皮箱，王之生以为老张要打开皮箱，但老张只对着这只皮箱痛哭流涕，仿佛要死的不是王朝南，而是眼前这只深藏着王家历史的皮箱。

王之生的老婆说，老王，老张，你们不要哭了，人还没有走，你们就哭成这样了。老张的哭声明显轻了，但还在低声抽泣。王之生用手背揩了揩眼泪，用湿润的手拉起王朝南的手说，爹，您的皮箱在这里，您是不是想看看？

老张哭着说，老王，老人家不行了。

王之生听不到他父亲的呼吸了，王之生的老婆和老张也突然屏住了呼吸。王之生静静地捏紧自己手心里的这只手，这只手的热度慢慢地消退了。王之生郑重地把他父亲的手放到他的身边，他父亲看上去像在睡觉一样。现在，王之生站起来说，我爹——他走了。

老张的哭声又响了起来，王之生说，老张，你不要太伤心了，人生自古谁无死呀，这是一种解脱。老张很响地哭了几声，突然跪在王朝南前面叩了几个头，弄得他像一个孝子似的。

接下来，在王之生打开王朝南的皮箱前，老张说出了这样一件事。

大约一年多之前，老张在农村的一个儿子来城里看望过他，这个儿子在当地是一个好逸恶劳的人。老张不想他来，老张知道他来找自己就是为了钱。可儿子还是来了，而且过了一个夜。儿子走后，老张也没觉得有什么异样。后来有一天，老张的女儿打电话告诉他，弟弟上次到王朝南家里时，可能偷了值钱的东西，据说卖给别人有了钱，生活比我们都过得好了。当时，老张就差点要晕倒，静下来后想了想，儿子如果真偷了王家的东西，只有皮箱里的东西是值钱的好东西。老张很想偷偷打开王朝南床下的皮箱看看，最后老张没有这么做，老张宁愿让一种希望留在心里。

现在，老张的心情非常复杂，他哭泣着说，老人家呀，我对不起您。

王之生慢慢打开他父亲的这只皮箱，皮箱里没有王家的历史，只有厚厚的一叠报纸，这些报纸让这只皮箱变得厚实丰满。

王之生的老婆愤怒地说，老张，你还是人吗，你开口闭口说老人家如何的好，背后却在干这种见不得人的勾当。老张答不上话来，叫他怎么回答呢。王之生的老婆又说，老张，哭有什么用，这个事你准备怎么解决？

王之生把皮箱慢慢合上，看了看床上的爹说，不要吵了，让爹安心睡觉吧。

老张停止了哭泣，他用自己的手机拨通了他儿子的电话说，阿尾巴，老人家走了，他的皮箱打开了，现在我明白了，你说这个账怎么算？

老张的儿子阿尾巴说，老爹，不要给我有这么大的压力，你告诉姓王的，我们的上辈被姓王的资本家剥削了一生，你又做牛做马为资本家的儿子服务，这个账他们准备怎么算？

老张想不到儿子居然会这么说，他想骂儿子几句出出气，但他的儿子笑了起来又说，老爹，你不要怕，就说这是我说的。都什么年代了，谁怕谁呀。

阿尾巴的话从电话里跳出来，清晰地流进了王之生和他老婆的耳朵里。王之生的老婆脸孔发红，而且慢慢变了形。王之生非常冷静地伸出一只手，恰到好处拉住了老婆的手，然后轻轻说，安静，安静些吧。

老张的脸孔也发红了，他面对儿子的声音不知所措。阿尾巴先挂断了电话，老张愤怒地骂了一句，孽子。

11

王之生正在忙他父亲的后事，收藏品市场的王老板来了电话，说他的朋友回来了，问他什么时候过去。王之生愣了愣才想起有这个事，说，对不起，王老板，这个事到此为止了。

王老板没听清这个意思，说，哎，老王，什么到此为止了？

王之生想到这个王老板的热情，不忍心挫伤他的好心，说，我过几天联系你吧，现在有事忙不过来。

王老板说，你这么忙，只好听你的了。

王之生语气低沉地说，我爹死了。

王老板轻轻地说，哦，老王，你先忙吧。

处理完王朝南的后事，老张对王之生说，老王，老人家走了，我也该走了，那个事你说怎么办。

老张知道自己没有能力承担这个责任，但作为一个父亲他必须挺身而出。王之生看着一脸真诚的老张，发现老张看上去更老了，这让王之生有了一种愧疚，毕竟他是为照顾自己的父亲累的。王之生说，老张，健康活着是根本，别的都是身外之物。

老张握住王之生的手说，老王，我们是兄弟。我有这个儿子，也是你的不幸。

王之生说，你的儿子说得也有道理，现在我们谁也不欠谁了，重新做人吧。

老张握着王之生的手流出两行泪水，说，老王，你错了，你不能有这种想法，我欠你们王家的一直都在的。王之生叹息一声，他清晰地听到了自己的呼吸。老张又说，我走了，你们多保重。他走了几步回头挥了挥手，然后消失在王之生的视线里。

王之生回到他父亲住过的屋子，感觉王朝南还躺在床上，仿佛还能清晰听到他的呼吸，而且这种感觉比较真切。

王之生的手机响了，是那个"大头"打来的。"大头"说，喂，你是老王吗？

王之生说，我是王之生，你是谁？

"大头"说，你怎么不认识我了，我是"大头"呀，王天鹏的东西你到底要不要了？王之生现在已经想到了"大头"的热情和慷慨，他说，师傅，不好意思，这几天我很忙。

"大头"说，哎呀，你不要推三说四了，我不是早就和你说过，只要你是正宗的王天鹏的孙子，我不要一分钱就把王天鹏的信函送给你，我不骗你。

王之生听了非常感动，这种人恐怕是找不到第二个了。王之生说，你真是个好人，其实我爷爷的信函是我爹想要，不过他老人家早几天刚刚去世了。

"大头"沉默了几秒钟，说，老王，不管是你爹想要，还是你自己想要，我说过的话一定算数，你什么时候想要就打个电话给我吧。

接完电话，王之生想到了金主任的女儿金阿花，自己说过等有了证据，要去找这个人论理的。王之生又想到了他父亲临终前的话，人一死，所有的都一笔勾销了。想到这儿，王之生就笑了笑，然后抬眼看到墙上挂着的那张老照片，他开始盯着照片发呆。不过，现在屋子里非常的安静，因为照片上的人都去了另一个世界，包括他的父亲王朝南。

我们为钱都疯了

我从口袋里摸出一叠钱，这叠钱的手感非常丰满。我抽出一张皱巴巴的十元钞说，三瓶啤酒。小店低矮阴暗，老板娘是个四十多岁的胖女人，可她的一举一动还在"装嫩"。我感到一阵恶心，幸好胃里还没有吃进东西。老板娘低头拿啤酒时，偏偏又露出了皱巴巴的胸脯。我扭转头去看路上行走的美女，却看到一个头上披着一条脏毛巾的人，像个披头散发的野鬼正朝我扑过来。

我本能地躲闪了一下，赶紧大喝一声，你想干什么？

老板娘提醒我，钱，当心你手里的钱。老板娘的这个提醒合情合理，我刚想把钱塞回口袋，这个人趁扑过来的惯性，跪下来抱住了我的一条大腿。我只好捏紧钱，使劲弹蹬着这条不愉快的大腿。

这个人的双手很有力量，他的整个身子也如一桶胶水粘在了我的大腿上。我虚张声势地大喊大叫，马上吸引了不少路人来围观，他们都认定我碰到了一个"硬讨饭"的。老板娘又提醒我，给他几块钱吧，这种人警察来了也没有办法。我继续螳螂似的弹蹬着大腿说，放开，放开我，放开我给你钱。

这个人亲密地拥抱着我的大腿不放手，他突然哭起来说，你为什么要躲我，你有钱为什么要说没有。我求你了，求你救救我，再这样下去我要疯了。在场的人都想知道这个人究竟想干什么，老板娘热情地说，喂，我替你报警吧。

我一听到这个人的声音，立即像泄了气的皮球，连屁都没一个了。

我对老板娘说，算了吧，我们是熟人。我把钱放进口袋，用双手把这个人像亲人一样地扶起来。这个人的态度不再固执，他用头上的毛巾揩了揩脸上的泪水和汗水，终于抬起头来说，光辉，你有钱了。

我装出笑又从口袋里摸出那叠钱说，正大，这钱是公款呀。这个被我叫作正大的人说，放屁，难道公款不是钱吗。

老板娘开始不耐烦了，她催促我说，喂喂，你的啤酒要不要了？我头也不回挥挥手说，不要了。老板娘立即气得脸都皱巴巴了，她冲着我和正大嚷嚷，别站在这里了，影响我做生意，你们两个都有病呀。

我们没有心思理睬这个女人，但我们的脚还是条件反射地向前动了动。我边走边说，正大，正大你看看，就算这叠钱是我的，这点钱能算有钱了吗。正大把披在头上的脏毛巾扯了下来，露出他黑瘦的真面目。正大说，你总是有办法把自己的钱说成不是你的钱。

我讨好地拉起正大的手说，正大，我请你去吃饭。

正大推开我的手说，我不吃你的饭，我问你，你为什么要躲着我。我确实在躲避正大，他在我家门口就是喊破嗓门还不如狗叫，因为我家里二十四小时都没人。在正大面前，我不能承认我在躲避他。

我说，正大，我没有躲避你呀。你看我依然住在老地方，不是说跑得了和尚跑不了庙嘛。正大叹息一声，然后命令我说，来，光辉，我们坐下来好好谈谈。

正大边说边坐到肮脏的花坛边上。花坛里面有许多西瓜皮正在热烈地腐烂发酵，虫子围在上面又唱又跳。我被一阵阵臭气熏得头昏脑涨，但只能老老实实坐到正大的身旁。

在虫子喋喋不休的叫声里，正大摸出几块钱一包的烟说，光辉，你知道我为什么吸这种劣质烟吗？我接过正大递过来的烟说，以前你都抽二十多块钱一包的烟，现在……

正大打断了我的话，说，你知道就好，光辉，你说句良心话，你说我的钱来得容易吗？我吸着正大给我的烟，满嘴是蚊香的味道。我装出吸得津津有味的样子说，当然来之不易，谁不知道你正大的钱，都是辛辛苦苦挣来的。

正大吸着烟凝视着前方，沉默了一会儿说，十多年前，我是我们村的第一个"万元户"，我是先富起来的代表，我是多么的自豪和风光。我点头哈腰地说，是的，正大，你说得一点没错，那个时候，你的勤劳致富羡慕了多少人。

正大看了看我逃来逃去的笑说，我的钱是卖茶叶卖出来的，这个你最清楚不过了。早些年，你们在集体企业拿工资还享受劳保，我起早贪黑到山里收茶叶，又背着纤维袋吆喝在大上海数不清的里弄小巷，喊哑了嗓子走破了鞋。我的钱来得多么不容易，每片茶叶里都有我的血我的汗。

正大夹烟的手在微微颤抖，双眼也明显湿润了。我的心里非常难受，真的无地自容。我再次拉过正大的手说，正大，正大你不要再说了，我知道你在想什么，我也知道你想说什么。

正大扔掉我虚情假意的手，用手背揩了揩双眼说，光辉，你再说句良心话，我是不是把你当知心朋友的？如果不把你当知心朋友，我可以翻脸缠着你，也可以上法院告你。

听了正大的话，我的全身仿佛都有毛毛虫在爬。

几只虫子带着腐臭在我的脸面旁飞来飞去，弄得我亲手打了自己几个巴掌。我抚摸着受了委屈的脸说，正大，你是我的知心朋友，我心里非常感激你，只是我现在确实……

正大把烟扔到地上，用脚尖把半截烟拖来拖去地折磨，好像他和半截烟有刻骨仇恨。他说，光辉，你不要再说了，我也不多说了。现在我只问你一句话，你到底什么时候还我钱。

我是天不怕地不怕，就怕正大来讨债。我支支吾吾说，要过些日子，正大，过些日子我一定还你。

正大突然跳起来，一把抓住我的前胸大声说，光辉，你别再装傻了，我告诉你，我等不下去了。难道你要等我疯了再还钱吗。正大突然的动作打扰了一大群的虫子，它们惊慌地飞起来，弄出一阵刺耳的声响。我没有理由和勇气同正大发生冲突，正大又说，我再给你两个月的期限，这是最后一次了。

我吃惊地说，两个月？正大，你让我去哪儿弄那么多钱。正大缓缓放开了我，他的手像死了的知了从我的胸前脱落。正大盯着我坚定地说，两个月，不能再多了。我不管你哪儿去弄钱，去偷去抢我都不管，反正你得还我的钱。

我说，正大呀，我真的也走投无路，贵州那边现在还没有消息。

正大挥挥手一脸狰狞说，你少啰唆，我警告你，你再不接我的电话，再不还我的钱，当心我一把火烧了你全家，我是说得到做得到的人。

我吓得大热天的直哆嗦，还想说些什么，正大已经转身走了。

我和正大的这个事还得从头说起。

我有一个远房叔叔叫李柏松，他曾经担任过我们这里的副县长。我的这个柏松叔是个精明能干的人，当了三年副县长他就觉得再当下去没意思了。大约十多年前的春天，李柏松突然辞职"下海"了。

当我们获悉这个惊人的消息后，为李柏松的这个决定惋惜得几天几夜没睡好觉。

我爹唉声叹气地说，这个柏松是不是着了魔，好端端的官不当偏要去做生意。接着我爹又大为不满地说，就是真不想当这个官了，也得把我家光辉的工作弄好了再走，无论怎么说，我们是同宗是有亲戚关系的嘛。

那个时候，我们的企业正在酝酿转资，据说有大部分职工将被裁减回家。我爹几次三番要去找这个李柏松，都被我几次三番劝住了。我知道，这种事最好不要去麻烦当了官的亲戚，更何况我们和李柏松是远亲。

过了几年，听说李柏松在贵州开矿业公司发了大财，资产已经上千万。我爹刚刚平静下去的心，这会儿又风起潮涌了。他对我说，光辉，你去打听打听，柏松到底在干什么。他要是真的成了大老板，你可以理直气壮去找他帮忙了。这一年，我离开了工作十多年的单位。我爹为这个事失眠了几天几夜，虽然我也想到过这个柏松叔，但求人的事总是件麻烦的事。

现在，我爹听到李柏松的这个消息，居然每天都催促我和他联系联系，弄得我日子过得不像日子了。这事大约拖了几个月，我爹的日子过得也很不开心。这一天，我爹终于忍耐不下去了，他板着脸对我说，这日子没法过下去了，你不去找柏松，我去找柏松。

我怎么劝我爹他都不听，我爹打电话给几个远房兄弟，一心要打听李柏松的消息。不打听不知道，一打听居然得知李柏松刚巧最近要回家乡了，而且就要打电话来找我爹。我爹兴奋得脚没地方放了，还没高兴够，李柏松的电话果然来了。我爹听说电话里这个在说话的人，就是自己找来找去要找的李柏松，连说话都有些语无伦次了。

接完电话，我爹红光满面，呼吸像爬过山一样地上气不接下气，他哈哈笑着说，柏松就要回家乡来看望我们了。我对这个电话感到非常突然，一心想从我爹嘴里掏出些什么来，可我爹激动得什么都想不起来，他告诉我的始终只有一句话，光辉，柏松就要回家乡来看望我们了。

自从接到李柏松要回来的电话，我爹又天天睡不着觉，疲惫的脸上始终挂着傻笑。不到半个月，李柏松真的回来了，他告诉我爹晚上他要盛情宴请父老乡亲。

我爹接完电话，居然双眼发亮，激动得不断跑卫生间，嘴里唠叨着，我知道柏松是个说话算数的人。

李柏松其实只比我年长几岁，但辈分是我的长辈，我们已经有许多年没有见过面了。李柏松个子不高，双眼炯炯，说话直率。早年，他在乡镇任职的时候，我们每年在农村老家都要聚一聚。后来他到城里当副县长，我们的感觉是他仿佛失踪了。我爹每次看到电视里的柏松，都会由衷地感叹，做人做到这个份上，该知足了。

我爹像新媳妇上轿，足足准备了一下午。太阳西沉的时候，我爹说，光辉，你和月娟陪我一起去吧，也好和柏松热络热络。

我看了看表才五点钟，我说，爹，还早呢，过一会儿再去吧。

我老婆月娟更是一脸的沉闷，她走进房间说，你们去，我不想去。月娟和我的关系不是很贴心，主要原因是我爹住在我家里，现在我没有了工作也是一个新生的原因。我爹非常不满意，大声斥责我，你以为你是什么人，别给脸不要脸。柏松有这片好心，我们有什么理由辜负他。

我耐心解释说，爹，我不是说不愿意去，这么早去了坐在饭店也没意思。我爹打断了我的话，看着房间里的月娟说，早点去有什么不好，也好叙叙旧，我们正好有事请你柏松叔帮忙呢。

月娟干脆把房门关上了，我爹的脸色立即发红，马上又有了一层悲哀。他的声音明显软弱无力起来，光辉，走，我们走吧。

到李柏松住的宾馆，我看到我爹在见到李柏松的瞬间，脸上的肌肉突然兴奋地跳了起来，接着激动地抱住李柏松说，柏松弟，我们有好多年没见面了呀。李柏松拍了拍我爹的肩头说，是呀，大哥，你老多了，要多保重。

我爹的双眼一下子湿润了，李柏松是个什么世面都见过的人物，一看我爹控制不住自己了，他马上和我打招呼，哎哟，这不是光辉吗，你倒越活越精神了。我爹仿佛从梦中惊醒，连忙用手抹了几下脸说，光辉，光辉你怎么不叫柏松叔。

我觉得我爹的模样有点猥琐，他怎么能在这种场合把我当孩子看。

我笑了笑叫一声，柏松叔好。

李柏松晚上宴请的父老乡亲有三十多人，占了两个大包厢摆了四桌酒。李柏松没有在我们这个包厢，边上的那个包厢里有他的兄弟姐妹。我们这个包厢的两桌人，都是些面熟陌生的远亲，也有比较熟悉的，大家议论的焦点当然是李柏松的辉煌成就。

我爹明显有些坐立不安，喝过一瓶啤酒已经酒精上头了。我爹正好坐在门的背面，服务生每次拉开门来上菜，我爹都会迫不及待地扭转头去看，接着是一脸的茫然。我知道我爹心里有事，他非常想和李柏松坐在一起，然后把自己想了许多日子的话说给他听。我爹不断问我，光辉，你柏松叔到哪里去了？我说，柏松叔就在边上，他马上会过来的，你安安心心吃吧。我爹又不高兴了，说，你这是什么意思，我还不都是为了你。

我爹听到开门声又扭转身去看，这次他看到李柏松红光满面走进来了。我爹急忙站起来，差点被椅子绊倒。我拉住我爹说，你急什么急，柏松叔会一个一个敬过来的。

我爹没有理睬我，推开我的手拉住李柏松的手说，柏松弟，你来了，我有话想同你说说。我推了推我爹说，爹，现在柏松叔来敬酒，你不要拉着他，有话等会说。

李柏松笑着说，大哥，我敬你一杯。等会我们好好说说话，我这次回来确实有事要和你们说。

我爹一听身心都舒服了，他对我说，光辉，来，快给我倒满酒，我要和你柏松叔干一满杯。我爹嘴里这么说，手已经拿过酒瓶给自己倒满了一杯。李柏松不想让我爹喝完，我爹一抬手把一杯酒喝完了。

李柏松挨个敬过去，我爹一直站着，满脸通红地傻呵呵地笑。酒喝得差不多了，李柏松的一个弟弟过来通知，饭后他们兄弟辈的到李柏松住的房间碰个头，李柏松有重要的好事情告诉大家。我爹高兴得又跑了几趟卫生间，然后扯拉着裤头说，光辉，你先回去，我会把你的事和柏松说的，我相信这个忙柏松一定会帮。

我一个人先回到家，月娟劈头就说，你爹是不是老年痴呆了。月娟是个坚持自己观点的女人，对的她理直气壮地坚持，错的她头也不回地依然要坚持。我和月娟搞对象时，她是镇上的姑娘，而且城里有房子。我是从乡下来的，又在一个大集体企业混饭吃。月娟的父母有N个理由对我不满意，当时我非常的苦闷。好在月娟死活不愿和我分手，不知是什么东西让我们如此有缘分。我努力用我的勤劳感动月娟的父母，某一天，月娟的父母突然转变了对我的看法，他们对我的评价是，农村来的孩子肯吃苦好过日子。月娟成了我的老婆后对我说，这是她在父母面前扬言要自杀的结果。

我对生气的月娟说，你要多理解我爹，他都是为了我们好。

月娟一听我又站在我爹一边，新旧怨恨一齐涌上了心头，她说，他是为我们好吗？为我们好他就要回到农村老家去，不要老是烦我们。

我心平气和地说，月娟，你是知道的，我娘过世得早，我爹一个人做爹做娘把我们兄妹俩拉扯大，他的一生也不容易呀。

月娟说，你每次都要说这个事，我已经听厌听烦了。我问你，你爹到底要住到什么时候才走？我知道自己再说下去没有多少意义，所以我不再说什么，点燃一支烟开了电视。月娟又说，如果你爹想住在城里，你告诉他去卖了乡下的房子，再掏腰包添一点买个小套。我听了笑出声来说，你以为乡下的房子是别墅呀，能卖几个钱。

我一笑月娟就哭了，她边哭边说，你这个没良心的，我都是为了你、为了这个家，你还取笑我，这日子没法过了。

我说，是我错，你是对的。

月娟哭起来难收住了，她历数我的无能和我的罪状，结婚这么多年，她这一招我已经领教得熟门熟路。我给月娟一块湿毛巾和一杯开水，边看电视边等我爹回家。等月娟的哭声像毛毛雨了，我突然想到要把李柏松留下我爹他们的事告诉她。月娟听了我说的话，果然拿过湿毛巾揩揩脸说，你真以为这个李柏松会有什么好事情吗？他有权有势当县太爷的时候，我们一点点的油都揩不到。现在他远在贵州了，难道会来分钱不成。

我想了想认真地说，李柏松现在是大老板，只要他存心帮我们，还不是一句话的事。月娟听了我的话受到了一点触动，我和月娟猜谜一样猜着我爹回来会有什么结果。

晚上十点多我爹回来了，他关上门就兴高采烈地宣布，我们也要做老板了。我们只听说别人做老板，从来没有想过自己也会做老板，我爹的这句话说得我和月娟差点想不起我爹是谁了。

我爹红光满面拉着我说，光辉，爹把这个事说给你听，你一定也要兴奋得睡不着了。来来，月娟，坐下来我们商量商量。

我们三个坐到客厅的旧沙发上，我说，爹，你不会是喝多了。我爹笑着说，你柏松叔早几年在贵州那边开矿发了财，现在他想再弄几个矿开采开采。他说——他说要做大做强，就是多赚钱赚大钱。

我爹又神秘兮兮地说，这次他的投资你们知道是多少吗？

我爹盯着我看看，又盯着月娟看看，我们摇了摇头说，我们猜不出来。大概几百万吧。我爹是个十足的老农民，读了二年小学辍学了，从来没有出过远门，一生只到过一次上海两次杭州。以前说到上万的钱，他都要愣上半天。我猜这么大的数目，估计会吓得他半死。没想到我爹腾地从沙发上跳了起来说，几百万？这点钱算个鸟，光辉，这次柏松叔要投资一个亿。我的妈呀，真是想都不敢想，可柏松弟就是敢想敢做。

我爹看到我和月娟吃惊得流口水了，连忙再坐下来说，现在柏松他已经在贵州那边贷款五千万，自己再投入三千万，有家大公司出资一千万，还有一千万他说留给我们亲亲眷眷投资。我爹仿佛完全换了一个人，扳着手指如数家珍，一个手指就代表了一千万。

我听得心跳如马跑，这个李柏松真是个魔鬼，短短几小时就把我爹这个老顽固的脑袋洗了。

我小心翼翼地说，爹，现在是市场经济，谁不想赚钱呀，问题是我们哪来这么多钱。我以为我爹会被钱吓倒，这种事以前经常碰到，为几千块钱的事我爹也要几天几夜睡不着。

我爹胸有成竹地说，光辉，你放心，刚才为这个事差点争了起来，兄弟们都想多投资些钱。柏松明明白白告诉大家，他不缺钱，他是想让兄弟们一起致富，开矿赚钱是一本万利的事。他当时投五百万开了一个小矿，现在值多少，现在已经值五千万以上了。啊啊，真是天无绝人之路呀。

我觉得柏松叔在吹牛，说，爹，这个事可不是小事，是关系到钱的大事，如果弄不好——

我爹打断我的话说，光辉，你的思想难道比我还保守吗？这么好的机遇再不抓住，你这一生都不会再有机会了。我爹又说，柏松给我们每家一个限额，五十万元，投资入股，三年还本，前途无量呀。月娟听得头都大了，她疑惑地说，爹，我们哪来五十万元呀，万一上当受骗，人都做不成了。

我爹明显不高兴了，他从口袋里摸出一张协议书说，你看，这是什么，这是协议书，上面要签字盖章，然后去办合法手续，他跑都跑不掉。我们没钱就是借也要去借，柏松要骗也不会骗到这么多兄弟的头上。

我想想爹说得也有道理，投入五十万元，三年就能还本，这么高的回报率谁都挡不住诱惑。只是这钱的问题却是个大难题，到哪里去借钱是当务之急。这个事可以说是我们一生中碰到的最重要的事，我爹、我和月娟一夜都没睡好。我和月娟少不了为此争执几句，毕竟可以争的细节太多了。

天快亮的时候，我和月娟的思想基本统一了，这个机遇确实要抓住，钱自己出一点，我爹肯定也要出一点，再想办法去借一点。另外，这个事既然决定办了，不能让我爹告诉我妹。我妹大学毕业在上海工作，又找了个公务员结婚在上海安了家，收入很不错。如果这个事告诉她，她肯定要投资，那我们怎么办？

天亮了，起床意味着要面对现实。我打开房门，发现我爹已经坐在客厅里了，估计抽了不少烟。我爹说，光辉，你想好了？

我说，想得差不多了，不过钱怎么办呢？

我爹拍拍沙发说，你坐下来，我把我想了一晚上的结果告诉你。

我想先放掉憋着的尿，但我爹的眼光里满是急切的期待。我在我爹身边坐下来说，爹，你是不是有什么好办法了。

我爹把手里的烟拧灭了说，光辉，我想把这个事告诉你妹，你妹一定有钱的。我一听从沙发上弹了起来，连忙摇着手说，爹，这个事不能同妹妹说。我爹吃惊地说，为什么？

我说，这个事毕竟也是有风险的，我们已经参与了，我不想再让妹妹冒这个风险。我爹沉默了一会，可能觉得我的话有道理，他说，好吧，不说就不说，可钱到哪里去借呢？

我说，爹，我和月娟商量过了，我们把下岗的钱和别的钱都取出来，大约有个七八万元。我和月娟没有孩子也不想领养了，这些钱放着也是闲钱，拿出来投资吧。我爹的眼睛亮了亮，但很快黯然了。我爹说，我节约了一辈子，才攒了两万多块钱。以前我觉得这些钱是个很大的数目，现在看看算不了什么，就是凑在一起也不过十万块，缺口还大着呢。

我和我爹不说话了，只是那种诱惑依然非常的强烈，三年五十万的回报率，这是做梦都要笑醒的好事。我说，除了向别人借没有办法，即便是一分半或者二分的利息，也有利可图。我爹没有说话，我又说，要么不借，要借得向一个人借，免得让太多的人知道。

我爹突然从沙发上站起来，一把拉过我说，光辉，我想起来了，你不是有个好朋友，以前是卖茶叶的老板，叫什么李正大，他不是很有钱吗。这个人小时候就住在我们的村东头，他爹叫李土根，在围垦海涂时被台风卷走了。

我爹像发现了新大陆，立即喜形于色了。这确实是个好主意，其实我昨天晚上也想到了。我和正大交往快二十年了，我们是高中的同寝室同学，都是从农村来的，毕业后我们考不上大学，都进了县城的一家大集体企业工作。过了几年，改革开放搞市场经济了，正大眼红耳热，他不想在这个前途渺茫的企业继续干下去，就跟着别人去卖茶叶。那个时候，只要有勇气有经营头脑，赚钱还是比较容易的。没几年工夫，正大就成了万元户。又过了几年，他在城里买了一百五十多平方米的新房子，和农村的老婆离婚，娶了城里的姑娘做媳妇。

我和正大交往这么多年，交情也算深厚的。我知道正大的弱点，就是目光短浅了些，属于"小富即安"这类人，另外还比较贪小便宜。有一次，他告诉我借给一个亲戚十万元钱，一年后那个亲戚给了他一万元利息，他高兴得几次三番说要请我客。最后请是请我了，但一共只花了三十多块钱，烟还是我买的。所以我分析，如果开个一分半利息的价，借个三四十万估计没问题。现在股市正处在"熊市"，银行利息也很低，做笔坐收渔利的"买卖"，正大何乐而不为呢。当然，我没有和我爹一样喜形于色，我假装吃惊地说，向李正大借钱？

我爹立即说，是呀，对他来说，借给我们越多他越有利可图，你想想，如果一分半的利息，几十万元一年的利息也很可观了。

我说，爹，你说得有道理，等会我就去找正大试试吧。我爹笑呵呵了，打了个呵欠说，我困了，我要再去睡一会儿。

我去找正大的时候，我爹睡得正香甜，鼾声非常雄壮嘹亮，传递着他心灵深处的向往和痛快。

我悄悄出了门，在关上门的瞬间，脑袋里突然闪过一个奇怪的念头，如果我借到钱回家，我爹还睡得如此香甜，那么投资这个事一定能成。

正大和我住在一条街上，相距不过三里地。以前我有事没事爱往正大家跑，多的时候几乎每天都要去报到，弄得月娟很不高兴，怀疑我和正大老婆赵丫头搞上了。正大家所在的这个小区，在我们县城属于一流。这里有四幢小高层，整个县城总共才八幢。正大家在十楼，有三个我家那么大。我和正大在一起的话也不是特别多，两个人不说话就看电视，电视看厌了，站起来趴到阳光灿烂的窗台上，饶有兴致地观望路上的车水马龙。看的次数多了，我的感觉居然越来越好，最高档的小车，最有钱的老板，最有权的官，在我的眼光里都变得这么渺小了。我不知道正大是怎么想的，但我敢肯定他的感觉一定比我要爽。

趴在正大家的窗台上看大街，成了我和正大一种默契的爱好。后来正大望着大街经常对我这么说，光辉，住高楼好，你看住高楼的感觉真好。大约三个多月前的一天下午，我和正大的这种美好感觉，被正大老婆赵丫头抹杀了。正大自从有了钱后，基本没有了开拓创新的思想，坐在家里游手好闲享起了清福。后来玩股票的人越来越多，正大心里痒痒了，转出一部分钱也玩起了股票。正大一向不喜欢出头露脸，干脆买了台电脑在家里玩股票。我一般都是下午三点以后或者晚上去的。晚上趴在窗台上看夜景，感觉比白天还要好。唯一的不好就是晚上要听赵丫头的唠叨。

那天我也是三点多去的，正大给我泡了一杯茶说，哎哟，多可惜呀。你这个人就是胆子小，成不了大事。现在行情这么好，为什么不玩玩股票，我告诉你这叫不玩不知道一玩放不掉，而且收益绝对比你去找个工作干好。

我不好意思地说，我没钱。

正大说，没钱，我借你，要多少？

我摇摇头说，我不玩了，玩慌了。以前我老婆有一万多块在股市玩，早两年亏得只剩了三千多元，肉疼得我们好长日子睡不着觉。

正大听了我的话哈哈笑，看上去要笑得断了气。正大笑得我莫名其妙，最后揩着笑出来的眼泪说，一万多块，哈哈，一万多块。我不知道说什么了，正大也不笑不说了，我们趴在窗台上，望着大街各想各的心事。

赵丫头回来了，她一看我们两个的傻样，生气地说，有什么好看的，想看漂亮女人是不是。

我笑着说，嫂子回来了，我还以为早着呢。

正大用手碰了我一下说，别理她，她越来越烦了，这几天股票亏了，她天天都在发脾气，昨天晚上我和她刚刚吵了架，烦得我差点吐血。

正大和赵丫头的关系其实也不是那么巩固，我经常跑正大家，与赵丫头这个女人也熟悉了，我觉得赵丫头这个女人确实不是省油的灯。我连忙溜之大吉，赵丫头特地送我出门，还送了我几句话，光辉，你以后没事不要打扰我家正大了，他最近昏了头，做来做去都做臭事。

我听到正大在大声说，有你这种态度说话的吗，光辉是我的好朋友。

我进了电梯听不清他们在说什么，但赵丫头的声音肯定比正大响。自从那次之后，我没有去过正大家，正大打来过两个电话，问我为什么不过去了，是不是对赵丫头有了看法。我说，没有的，怎么会有看法呢，这几天我比较忙。正大后来说，你别骗我，我知道你不想来的原因。

为了赶时间，我骑了自行车，一蹬两蹬马上到了正大家的楼下。停好自行车，我突然想到一个问题，用什么理由向正大借这么多钱。这么一想，我犹豫了，在楼下像热锅上的蚂蚁。我想不到自己居然有这么笨，这么笨的人能成大事吗。

我突然听到有一个遥远的声音在叫我的名字，四周看了看没有什么人。正当我感到茫然时，这种声音再次从天而降，我终于恍然大悟，抬起头来看到了正大趴在窗台上的身影。

正大的声音变得清晰了，光辉，光辉我知道你会来的。不知道为什么，我有种非常亲切的感觉，正大的呼唤让我的鼻子发酸，还差点流下了眼泪。

我走出电梯就听到了正大的声音，我估计正大会在门口热情迎接我。我蹦蹦跳跳往正大家跑，突然发现正大和赵丫头都在门口。我还没来得及受宠若惊，听到赵丫头愤怒地说，你为什么不敢去讨，你的钱是偷来的还是抢来的。我告诉你，你再不去讨，我和你没完没了。

赵丫头连看都不看一眼站在门口的我，一只手指着正大的鼻子说话，另一只手用力推了一把半开的门。门贴着我的脸"嘭"一声关上了，惊出我一身冷汗。正大马上又开了门说，你烦什么你，赵丫头，你有完没完，我的钱我做主。正大边说边拉住我说，光辉，来来，进来坐。

赵丫头的愤怒在加剧，脸红耳赤得似乎就想动手了。我进也不是退也不是，想来想去觉得自己的运气实在太差了。

正大说，好了，赵丫头，你不要再闹了。我明天去讨行了吧，今天光辉来了，我得和他说说话。正大露出一副忍气吞声的样子，赵丫头马上见好就收，她说，你不要觉得我烦，我是为了我们这个家。像老张这种人，他是存心想赖债，你看他今天说明天，明天说后天，后来到了他又会说明天。

正大说，是的是的，赵丫头，你说得句句有道理。

估计赵丫头听了心情暖和起来了，她笑着说，光辉，你坐呀，站着做啥呢。

正大给我泡了一杯茶说，光辉，你这么长时间不来，我天天在盼你来呀。

我看了一眼在一旁喂鱼的赵丫头，只好把要说的话卡在喉头，说，我和你是老朋友，我想来就来不想来就不来，随意就好。

赵丫头喂完鱼，盯着鱼缸里的鱼，说，老朋友里有好朋友也有坏朋友，就说这个老朋友老张，去年点头哈腰向我们借了五万块钱，说好半年还的，你看都一年多了还不想还。

正大瞪了她一眼说，你说这些干啥，又不是光辉欠你的钱，不要打扰我们的好心情。我被正大说得脸腾地红了，有了做贼心虚的感觉。赵丫头也瞪了正大一眼，说，你想到哪里去了，我说给光辉听听，请他评评理。光辉是你的老朋友，我怎么能把他当外人。

正大说，你说你说，真烦，行了吧。

赵丫头懒得去和正大论理,她又对我说,光辉,你给评评理。老张赖着不还钱,正大就是拉不下面子,打几个电话算是催过了。这种事你不逼得紧一点,谁还愿意还你钱呀。

我心不在焉地说,是的,是的,你说得对。

赵丫头的感觉是我坚决站在她这一边,她又说,就是打电话去催,也不是这么个催法,直截了当地说,还钱,抓紧还我钱。既然老张不仁,你正大就大胆不义,所以你要天天后半夜打电话给老张,告诉他你天天夜里都在失眠。

正大说,你真是乱弹琴,这么做只能把事情越搞越糟糕。

赵丫头的气又上来了,她拍了一下茶几说,你现在的事情搞得还不够糟糕吗,我看你这钱怎么讨回来。正大和赵丫头的"战火"重新燃起来,我不知道说了几句什么话,所有心思都在为自己思考问题。在这种形势下,如何向正大借钱。

正大突然摔破了手里的杯子,看来是真的发脾气了,他拉起我就走,光辉,我们到外面去坐。正大的手势很有力量,轻松把我拉进了电梯。我听到赵丫头清晰的骂声,正大——你这个王八蛋,你不把钱讨回来,我天天和你没完,我要和你离婚。

正大无可奈何地说,你都看到了吧,这个女人经常这样,简直是个神经病。

我劝正大说,气头上没好话的,理解了就没事了。

正大冷笑着说,理解?这种女人身上找得到"理解"吗,真是笑话。

正大拉我进了一家两层木结构的小茶馆,里面光线暗淡但人不少。我感受到有些好奇。都是些什么人,这么早就坐在茶馆了。正大熟门熟路带我来到一个角落,这儿有一个小木窗,望出去有一条小河和一个长满杂草的土堆,像一条青蛇盘着一坨牛粪。

我们要了一壶"龙井茶",正大先和我说赵丫头这个人,他说赵丫头在床上不像女人，床下却很像是女人。我笑了，笑得喷出嘴里的茶水。后来正大又说到了借钱不想还的老张，再后来又说到了种种家庭的矛盾。说来说去，我就是说不出口借钱的事，胸口像压着一块石头，露出了愁眉苦脸的恶笑。

正大想和我交流心情，这样或许能疏通我们沉闷的胸头。正大说了好些话，我却无动于衷，一心想着借钱的事。正大看出了我的异样说，光辉，你今天有什么心事？

我心虚地摇了摇头说，没事，没事的，正大，我没有心事。

正大叹息一声说，你没心事就好，要是真有心事不说给我听听，我们就不算好朋友。我被正大再次感动了，我觉得在正大面前，是不需要任何理由就能借到钱的。我看着正大，舌头还是在口腔里虚弱地颤抖。

正大的手机响了，他接听没几句，说话就像吵架了。我努力让自己平静下来，因为人一激动是办不成大事的。我听出来电话那头的人就是赵丫头。正大站起来又坐下，坐下又站起来，说，赵丫头，你怎么能这样说话。这钱是我的，我想借给谁就借给谁。看样子正大真的气昏了头，他一拳捶在桌子上，大声说，你放屁，我要把钱都借出去，气死你。

正大的举动刺激了在场的所有人，他们的目光都集中在我们心事重重的身上。不过我受到的刺激更加直接更加强烈，正大捶打在桌子上的拳头，仿佛打在我的胸头，把我的心事打碎了。我颤抖的舌头轻松吐出一句，正大，你把钱借给我吧。

正大正说得唾沫乱飞，他盯着我说，你说什么？把钱借给你，光辉，你要借钱？

我说，我来找你就是为了借钱。

正大一把拉住我的手说，哎哟，光辉呀光辉，我知道你有心事，你早说不就得了吗。我说，我说不出口。

正大故意冲着电话说，我不想和你说了，我把钱借出去了，你信也好不信也好。我说，正大，这种事你应该和赵丫头商量商量。

正大挂掉电话说，光辉，你不知道我和赵丫头之间的那些事。我把你看成我的兄弟，所以我要把钱借给你，其实这些日子我一直在考虑一个问题，就是要把手头还有的钱转移出去，我绝对不能让赵丫头占到便宜。

我一脸疑惑地说，你为什么要有这个想法？

正大摇摇头说，我心里明白，我和赵丫头是不会长久的，我不想让自己将来成为一个流落街头的穷光蛋。

我激动得语无伦次了，说，正大，我不是这个意思，我借钱——我不知道你有这个想法，我只是想借钱。正大，你的钱应该留给赵丫头，她是你老婆。

正大说，我不会给她的，该给她的都给她了。

我像白痴一样地想了想，说，你不给赵丫头，你肯定要给儿子的。正大看着我没有说话，突然他一把抱住我哭了起来，说，光辉，你不知道，我儿子不是我亲生的。这真是太突然了，这么多年了，我从来没有想到过正大的儿子不是正大亲生的。

我拍了拍正大的肩头说，正大，儿子不是你亲生的也是你养的呀。

正大马上揩掉泪水说，不说这个了，光辉，我今天说的都不算话，算我放屁吧。正大喝一口茶又说，你真的要借钱，不骗我吧。

我说，真的，我有急用。我说不出有急用的理由，脸一下子红起来，说话声音可能也有些失真。正大说，你要借多少？

我小心翼翼地说，三四十万，行吗？

正大说，行，当然行。我刚好还有这笔钱，你都拿去吧。我对这个结果非常突然，我甚至记不清要借三十万还是四十万。我连忙说，我三十万够了，借三年，一分半的利息。这次正大感到突然了，他吃惊地说,光辉,你在说什么,有这么高的利息,你会不会搞错呀?

我想了想说,我没有搞错,利息就这个数,存银行还有利息呢。不过,不过我想起来了,最好能借我四十万,行吗?

正大对我的说法虽然感到意外,但他还是答应借我四十万。

正大爽快答应借钱给我,仿佛给我插上了雄心勃勃的翅膀。这就是说三年以后,我也有几十万元了。我没有把这个想法说出来,因为生活少不了偷着乐。正大没问我借钱去干什么,不管他是忘了问还是不想问,我就装傻作呆一字不提。我们谈妥四十万块三天内到位,我说了许多个谢谢,说得正大感到我这个人也变得很烦了。

我刚把钥匙插入锁里,门被我爹打开了,他一脸期待地说,光辉,钱借到了吗?我一看到站在我面前的我爹,立即想起出门时的那个奇怪念头。我茫然地看着我爹说,爹,你睡够了?

我爹说,都什么时候了,你一出门我就起来了,心一直提着。我爹跟在我身后又说,我什么事都没做,就坐着等你。我甚至和自己打了个赌,你两小时内能回来,钱一定借到了;如果过了两小时回来,我想——我想——

我的心突然震动了一下,我爹怎么也会有这种念头。我打断了我爹吞吞吐吐的话头,说,你什么乱七八糟的想法,这和借钱没有关系。

我爹笑了,说,哎,钱借到了没有?

我还在想那个自己的念头,如果我和我爹一样也打了个赌,无疑我输了。我不敢再想下去,我说,借到了,四十万,三天内给我。

我爹突然孩子似的跳了起来,接着又用陌生的眼光看着我说,哎哟,光辉呀,真没想到,你比我能干多了。我做你爹这么多年,第一次发现你有这么能干。

我和我爹度日如年地等了两天，终于等到了正大的电话，正大要我把我的银行卡号告诉他，他要马上把钱打进去。我激动得叫我爹帮我去找银行卡，我爹一听钱要打进我的账户，也激动得怎么也找不到该找的银行卡了。我爹把所有可以找的地方都搞了个底朝天，嘴里不停地安慰我，快了快了，马上找到了。我觉得我爹真是老得不中用了，我只好对正大说，我找到银行卡后再打电话给他。

我挂了电话马上找到了银行卡，银行卡就在我的口袋里，这几天我和银行卡形影不离。我爹埋怨我，你昏了头，银行卡在自己的身上，叫我怎么找得到。快快，给那个正大打电话。

我这一生从来没有过这么多钱，当然我爹也没有，所以我们为此激动为此兴奋是应该的。我颠三倒四地报了三遍账号，最后又核对了三遍，总算把它们在电话两头都排列一致了。我在报数字的时候，我爹几次三番凑近我，抢着和我报数字。我真想一脚把他踢开去，可他是我爹我不能这么做，我只用手轻轻推了一下蹲在我身边的我爹。想不到我爹像个稻草人，立即倒在了地上，并且来了个仰面朝天。

我大吃一惊，惊慌地扔了电话去扶我爹。我爹非常不满地朝我喊了声，你干什么你，快接电话。我爹边说边挣扎着爬起来，没事没事，你快谢谢正大。这么多钱，你亲爹亲娘也没有呀。

我诚心诚意感谢正大，一再表示也代表了我爹的感谢。正大不想听我喋喋不休的废话。我突然想到应该写个借条，说，我要写个借条给你，我这就去你家里写。正大说，今天你不用过来了，借条以后有机会补上就行了。

我说，这样不行，借条一定要写的。我固执地坚持自己的想法，正大在我的多次要求下，不是勉强同意了，而是非常不耐烦地说，光辉，你脑子有毛病了吧，叫你以后写你就以后写，你太不把我当好朋友了。我被正大的声音吓了一跳，正大又说，你要听我的。如果我们不是好朋友，我肯定不会借给你钱的。

我一脸惊慌说不出话了。我爹大难临头似的看着我也说不出话，只有正大的声音在电话里孤独地回荡。

我终于有气无力地说，正大，你千万别生气，我听你的。打完电话，我爹还是不说话，这让我感到非常奇怪。我说，爹，你怎么了？

我爹痛苦地说，光辉，我的腰骨不行了。我帮我爹动了动身子，我爹的感觉确实不太好。我和我爹联手检验了不少时辰，结果是我爹的腰骨可能在跌倒时扭伤了。我陪我爹去医院看腰骨，虽然这个事想起来有些懊恼，但想到筹措的钱已经到位，我们的心里还是喜气洋洋的。

医生说我爹的腰骨扭伤了，除了吃药，要做一星期推拿。我爹说，药给我配了，推拿暂时不做，因为没时间每天去医院，这几天有重要的事情要做。医生对我爹说，老人家，有什么事比自己的身体更重要的呢。我爹笑着说，医生，别的都听你的，这个事请你听我的，我要做的这个事，是我一生中最重要的事。

第二天，我爹的腰骨似乎好多了，他亲自把他的钱，我的钱和借的钱都集中到一张银行卡上，然后满怀憧憬地对我说，光辉，我们下午可以找你柏松叔了。

我爹给李柏松打电话，说下午要去找他。李柏松说，这几天他都很忙，下午三点他在宾馆等我们。

下午两点，我爹等不下去了，他对我说，光辉，我们走吧。我爹把那张集五十万元之巨的银行卡交给我说，这卡你拿着，你爹老了，拿着这么多钱心里太紧张。我们来到宾馆才两点半，我爹又说，我们带着这么多钱不安全，还是尽快交给你柏松叔吧。

李柏松对提前找他的我们多少有点突然，他的房间里很安静，笔记本电脑开着，页面显示的是股市行情，个股大多数是绿色的。

我爹亲热地叫了声"柏松弟",李柏松说,你们这么早来了。

我爹笑着说,带着这么多钱路上不安全。

李柏松淡淡地说,大哥,我明天一早要走了,正想打个电话告诉你。

我爹一听脚都软了,一屁股坐到床上,说,你要走了,怎么不早点告诉我呢。

李柏松笑了笑说,大哥,你这几天都没有消息,我想你或许不想投资了,如果我打电话给你,你一定以为我在逼你投资。我不想这么做。

我爹大惊失色地说,哎哟,柏松弟,你差点误了我的大事。我怎么会不想投资呢,你看我把钱都带来了。光辉,快把银行卡给你柏松叔。

李柏松说,不要急,不要急,只要你们自愿,我一定会全力帮助你们,都是自家兄弟呀。

我从口袋里掏出那张看上去轻飘飘的银行卡说,柏松叔,钱都在卡上了。

李柏松说,你们爷俩呀,怎么把我看成了银行呢。

我和我爹一头雾水地说,怎么了?李柏松说,你们的银行卡给我有什么用,我给你们我的账号,你们拿了你们的银行卡,到银行去把钱打到我的账号上,然后把进账的凭证拿给我。

我爹恍然大悟,他对我说,光辉,你快去银行,把钱打到你柏松叔的账号上。

我拿了李柏松的账号,匆匆找银行转钱去了。我爹和李柏松坐着闲聊。

李柏松坐在电脑前看股票,我爹坐在李柏松后面看着柏松的后脑勺说话。我很快回来了,股市收盘了,李柏松呆呆地坐着没有说话。我爹见我走进房间,有种大功告成的兴奋,他说,好了,柏松弟，光辉把钱打给你了。

李柏松站起来，接过我给他的银行进账单，从皮包里取出几张盖着红印的纸说，来来，我们签个投资协议，里面都写得清清楚楚，这是以后获利或者打官司的依据。

我爹马上说，柏松弟，这个协议不用签了，自己人打什么官司。

李柏松说，这是法律手续，凡是投资的人都签了。

我对我爹说，爹，别人签了我们也签吧，柏松叔说了，这是法律手续。

我爹不好意思地看看我又看看李柏松，就是不叫我看看协议上面写了些什么。我伸手去拿协议，我爹捏着笔打了一下我的手，说，你干什么你，难道你还不相信你柏松叔。

我脸红耳赤地说，爹，我不是这个意思，我只是看看协议的内容，看过了心里就明白了。

李柏松一把拿过协议说，光辉说得有道理，哪有签了字不知道协议内容的，我们可不是黄世仁和杨白劳的那种关系，我们的投资协议是在公平、公开和公正的前提下签订的。大哥，这是法律手续，不管是什么人，都要按照法律的规定办事。

我爹笑着说，柏松弟，这些大道理我不懂，我没文化，我只认准你是我的兄弟。既然你说这个协议重要，光辉你就看看吧，看完了我签字。我从头至尾看了两遍，似乎看不出有让人不放心或者怀疑的地方。协议书是打印好的，甲方落款是李柏松在贵州注册的公司，法定代表人就是李柏松。

我爹焦急地问我，光辉，你看完了吗？

我说，看完了。

我爹也没问我协议内容写了些什么，马上从我手里拿过协议书摊在桌子上，非常准确流畅地签上他的大名。这几个字或许是我爹一生写得最像字的字，我爹自己也非常的满意，他说，柏松弟，好了，我们等着你成功的好消息。

李柏松收起协议书说，大哥，你放心，我不会让你们失望的。

我爹又激动了，拉住李柏松的手说，我相信你，我们相信你。

我和我爹走出宾馆的大门，我发现我爹的双眼又有些湿润了，他用手背揩了几次眼睛，仿佛成了一个多愁善感的小女子。我装作没有看到，其实我的心情也非常复杂，说不出是一种什么样的感觉，有点像做了一个绝处逢生的梦，想喊但无论如何喊不出声音来。

生活看起来是一成不变的，其实生活每天都在变化。

自从交了投资款之后，我爹脸上的笑容基本消失了，而他的腰伤也总是不见好转。这让我们的生活有了看不出的细微变化，我爹经常若有所思地呆坐着，摆出一副失魂落魄的姿势。我几次劝我爹去医院推拿，我爹说，会好的，不推拿也会好的。我知道我爹是心疼钱，活着最大的幸福就是不要生病，特别是上了一定年纪的人。如果进了医院，那就不能把钱当钱看，而且心灵和肉体都要受煎熬。我爹以前做过村里的治保员，人际关系也可以，所以现在村里给他每月一百块的养老金，但生病吃药住院都得自掏腰包。

我爹这次豁出老命要投资李柏松的公司，完全是一种想改变命运的拼搏。拼搏和改革一样都有风险，我爹想把机遇的成果留给我，而把风险留给他自己，可现实或许会恰恰相反。我爹和我的心已经牢牢系在打到李柏松账户上的五十万元钱身上了，这是我们的全部希望。

半年终于等过去了，第一年分红的结果是我们能否安心的关键。生活在变化的还有正大，借了正大的钱半年了，我只去过他家一次，那次我目睹了正大和赵丫头在吵架。我偷偷摸摸把写好的借条塞给正大，正大随手把借条弄成一团塞进了裤袋。我一直在担心，这张借条会不会落到赵丫头的手里。

这天傍晚，正大突然打给我电话说，晚上想约我说说话。我听到正大的声音吓了一跳，仿佛这个正大从阴曹地府回来了，我吃惊地喊了声"你是正大"。几个月来，我努力不去想正大，想正大借给我的四十万元钱。现在，正大出现了，而且要约我说说话，这让我心里的紧张像潮水一样涨了起来。

我爹听到了我的惊叫，他从房里走出来，心事重重地说，怎么了，正大找你了？我说，没事，他想晚上找我聚一聚。

我爹叹息一声，一声不响地回了房。我爹的腰伤有了好转，但总是恢复不到以前的状态，我爹安慰自己说，老了，人体的零件也老化了。

晚上我去找正大，出门的时候我爹一再关照我，有事不要瞒着他。

正大家里很安静，正大说这些日子他都和赵丫头吵架，她带着儿子回娘家有半个月了。我非常担心正大会提到我借钱的事。这么久我没提到这个事，如果再不提到恐怕真要忘记了。

正大和我趴在窗台上说他和赵丫头的尖锐矛盾，听起来都是些鸡毛蒜皮的小事。我的内心诚惶诚恐，但我始终装出若无其事。正大说着说着说到了那个借了五万元至今不还的老张，他气愤地说，老张他太那个了，简直不要脸了嘛，说好半年还的钱，至今快两年了。

我心虚得不敢看正大，我看着窗外说，老张怎么能没有诚心。

正大说，就是嘛。早几天我去打听了，听说老张炒股亏得一塌糊涂。

我的心跳加速了，我想到李柏松那天在宾馆里的笔记本电脑，电脑上是密密麻麻的股票。我的眼光始终远眺前方，嘴里含糊其辞地哼哼了几句。

正大又说，现在想起来，赵丫头的有些话还是有道理的。

我摸不透正大找我来的真正目的，但我猜测一定与我借的钱有关。我觉得我应该主动说这个事，早说早主动，否则我会非常被动。我说，正大，正大我借的钱——就是那笔四十万。

正大突然神经质地打断了我的话，说，你说什么？光辉。

我把目光收回来，说，正大，你借给我的钱我去投资了，三年可以全部收回投资。话一说出口，我居然有了一种自豪的感觉。

正大说，三年可以收回投资，光辉，你不会在做白日梦吧。正大张了张嘴说不下去了，不知是惊呆了还是吓傻了，总之正大听了我的话目瞪口呆了。

这个时候，赵丫头进来了，我和正大都愣了愣。赵丫头把门关上，换了皮鞋，然后走到正大面前说，你这么做还是个人吗？

正大理直气壮地说，我怎么了，赵丫头，你不要再烦我了。

赵丫头突然冲过来扭住正大嚷嚷起来，你不是人，你把钱都弄到哪去了。你说，你说呀，你不说我和你没完没了。

正大边挣扎边说，什么钱不钱的，你一天到晚钱、钱、钱，有你这种女人吗。赵丫头紧紧扭住正大不放，说，你还想赖，告诉你，我已经查清楚了，你还有四十多万私房钱。你说这钱到哪里去了，你说不说。

正大和赵丫头开始进行摔跤比赛，从客厅战到房间，再从房间战到客厅。在赵丫头一声声尖叫中，正大的脸面变得越来越丰富多彩。正大像猪一样号叫着，赵丫头，你这个臭女人，我要像卖茶叶那样把你卖掉。

我看得心惊肉跳，结结巴巴说，赵丫头，有话——好好说，打架是打不出结果的。

赵丫头愤怒地说，你少管闲事，你还是早点走吧。

正大和赵丫头的衣冠都不整了，两败俱伤地喘着粗气。我突然不打自招地说，好了，你们好了，这个钱借给我了。

赵丫头再次跳了起来，她突然出手打了正大一个耳光，说，你这个王八蛋，还说没有呢，人家光辉都招了你还不招。

我没想到事态因我而扩大了，更没想到的是，挨了一记耳光的正大的眼光和脸面一起红了，他毫不犹豫地冲上前也给了我一耳光，并恶狠狠推着我说，你疯了，看你傻乎乎的德性，我会借钱给你吗，有钱也不会借给你这种人，你以为你是谁呀，给我滚出去。

我被打得眼花缭乱，正大用力推了我几下，门嘭的一声响，我像一只垃圾袋飞到了门外。突然之间似乎所有的人都疯了，我摸着火辣辣的脸孔站在门外。正大和赵丫头的打斗成了我看不见的战场，过了一会儿，我渐渐清醒过来了。这个事确实是我的错，由于我的嘴臭，导致了正大有私房钱被证实了。我不敢久留此地，连忙灰溜溜逃回家。

我爹坐在客厅等我，他一看到我就发现了问题，这足以证明我爹没有老眼昏花。我爹站起来吃惊地说，怎么了，你的脸怎么了？

我说，什么怎么了，没事。

我爹生气地说，还说没事，你去看看自己的脸。我对着镜子看了看，居然发现自己的脸很不好看，五道手指印清晰留在脸上。我爹跟过来说，谁打你了？

我说，正大夫妻吵架，我想劝劝架，结果挨了一个耳光。

我爹用怀疑的眼光盯着我说，吵架，为了钱的事？我老老实实回答说，是的，不过不是为了我借钱的事。

我爹沉默了，接着他一声叹息。

那件事发生之后，我非常害怕正大来找我，如果正大要还钱了怎么办？大约过了两星期，正大真的来找我了。他敲开我家门的时候，我张着我的臭嘴说不出话了。正大的脸色像落叶，被人踩过了似的。正大对我的惊讶无动于衷，他站在我面前也没有说话。我爹比我要沉着清醒得多，他大声招呼正大，快进来坐，正大，你是稀客。

我连忙也说，正大，快来呀。我以为正大会把我约出去说话，不料正大毫不犹豫地进门来了。

我爹马上去泡了一杯茶，请正大在客厅里坐。我想了想坐在客厅说话不方便，就把正大带进了我的房间。我爹马上领会了我的意思，主动走进自己的房间，还顺手关上了门。

正大说，光辉，那天的事我不是故意的，我实在控制不住自己了。你不要放在心上，我给你赔罪。

我说，你不要这么说，这是我的错，我不应该承认这个借钱的事。那天我确实昏了头。正大看着我，似乎想看出我说话的真实性。我低下头又说，正大，这个事我也想过了，我想当着赵丫头的面说说清楚。

正大说，你和赵丫头有什么可说的。我今天来就是要和你统一思想，无论赵丫头怎么弄，我们绝对不能让她弄出钱来。记住，我说没借钱给你，你要说没借过我的钱。

我当然坚决拥护，说，你放心，我记住了！

正大和我统一思想后，我把情况通报给了我爹。我是当作喜事说给我爹听的，说的时候我还有些手舞足蹈。我爹听说是我自己在赵丫头面前暴露了借钱的事，郁闷得差点要像驴一样在地上打滚。我说尽了宽心的话，总算暂时把我爹的心情安抚平静。

一连几天，我和我爹都过得提心吊胆，时刻准备赵丫头上门讨债。这一天终于来到了，赵丫头虽然没有上门，但看样子足够有麻烦了。

夜里十一点多，我正进入美妙轻松的梦乡，电话突然响了。月娟吓得从床上跳起来，接着惊慌地抱住了我。当我弄明白这是电话在响时，我已经听到我爹在大声说话了。我们家里的电话是同线，两个房间加客厅都有话机。我挣脱了月娟也接起电话，听到我爹在说，深更半夜的，你有没有毛病呀。

电话那头是个女人的声音，你才有病，我找李光辉，你是不是李光辉？

我和我爹几乎是同时说，你是谁？

那个女人弄不明白怎么会突然冒出两个男人的声音，但她还是不屈不挠地说，我是赵丫头，我找李光辉说话。

我和我爹都不说话了，赵丫头又说，怎么不说话了，李光辉，我问你一句，你到底借了正大多少钱？

我听到我爹丝丝响的喘息，如果我再不说话，我爹就要说了。我说，我没有借正大的钱。

赵丫头耐心引导我说，你老实告诉我，我和你没关系。

我说，真的没有。

赵丫头想了想说，你告诉我，我不会说出去的。我只要心里有个数，这样才能阻止正大转移我们共同的财产。

我爹已经坚持不住了，他大声说，光辉，不要和她啰唆了，搁了电话吧。我听到非常坚决的"咔嚓"声，我爹把他手里的电话挂了。

我和赵丫头个对个说话，我说，赵丫头，我真的没有借正大的钱，没有借怎么能说借了呢。我爹站在房门外说，光辉，你怎么又在和这个女人啰唆了，我不是把电话挂断了吗？

我说，爹，你忘了家里的电话是同线的。

赵丫头对我的不老实终于发怒了，她说，你不要给脸不要脸，李光辉，我和你也没完没了。赵丫头自己挂断了电话，我对我爹说，爹，你睡吧，我是在和月娟说话呢。

第二天夜里，还是十一点多，赵丫头的电话又打过来了。我和我爹同时手忙脚乱接起电话，说，喂，你谁呀？

赵丫头精神饱满地说，我是赵丫头，我问你到底借了正大多少钱？

我和我爹都愣了愣，接着我爹先说了，你这个赵丫头，神经病呀，半夜三更的，吵死人了。我爹说完就挂了自己手里的电话，我说，你怎么听不进我的话，我没有借正大的钱。你想想，我为什么要借正大的钱呢。

赵丫头说，你是不见棺材不落泪，我有办法让你自己说出来的。

赵丫头没有过多纠缠我们，但她的电话足以让我们全家兴奋到后半夜。我和我爹都上了趟厕所，我爹还喝了几口水，接着关了灯上床继续睡。大约过了一个多小时，电话突然又响了起来，我们来之不易的安静再次被打破。电话只响了一响，我们等来的是烦躁寂寞。我想这一定是赵丫头搞的鬼，睁着眼躺在床上想，她这个办法也对付过那个借钱的老张。想着想着，慢慢地闭上了双眼。

电话铃声突然又响了响，我和月娟都从床上弹了起来，打开灯已经听到我爹在骂娘了，妈个×，一定是这个赵丫头，不得好死的臭婆娘。我看了看表，正好凌晨三点。这个时候起床显然太早了。我爹在门口喊我，光辉，把电话线拔了吧，我已经把我房间和客厅里的电话线拔了。

我说，我知道了，我边说边把床头柜上的电话线拔掉。拔掉电话线，电话不会响了。睡是睡不着了，我和月娟开始做爱，做着做着听到我爹走动的声响，接着想到了许多的不愉快，我们的做爱失败了。

我家从来没有拔掉过电话线，所以拔掉后忘记了。有两天家里的电话没动静，谁也不记得电话不通了。等到我爹想起来要给一个远房兄弟打电话，这才发现电话线拔掉后没有插上去。我爹一边骂赵丫头，一边把三个电话都接通了。我爹经常给他的远房兄弟打电话，当然这些远房兄弟都是和我们一样在李柏松那里有投资的。他们有事没事通通电话，目的是想打听投资的事，只是谁也没有听到贵州那边有什么消息。

我爹白天用了电话，夜里赵丫头就打来了电话。我爹躺在床上含糊其辞地骂了几句，他不想再接夜里的电话了。我接起来一听是赵丫头，她说，我是赵丫头，你到底借了正大多少钱？

我讨厌赵丫头，我确实借了正大的钱，不是借你赵丫头的钱。我说，赵丫头，你烦不烦。

赵丫头啪地挂断了电话，我看了看表，夜里十一点半。这个赵丫头不想让别人睡觉，难道自己也不想睡了。我刚躺下去，电话又响了。我再次爬起来，电话继续响了响。我伸手提起话筒，只是没有去接听，把刚提起来的话筒放到了床头柜上。我偷偷笑了，我想我要让你赵丫头多花电话费，几个来回后，房间里安静了。我等了十多分钟，接着安安心心睡了。其实，我高兴得太早了，我和赵丫头的"斗争"才刚刚开始。后半夜三点左右，赵丫头的电话又打过来了，这次赵丫头是连续给我打电话，十分钟打一次。打得我想接起来骂她几句，可我刚刚提起话筒，赵丫头已经挂了电话。最后我只好再把电话线拔掉了。

赵丫头的这种办法很快让我感到了疲惫，我爹几次三番要我打电话给正大，让他管管这个臭婆娘。我忍无可忍了，打通正大的手机，说，正大，有个事我想和你说一说，就是赵丫头最近经常半夜三更打我家的电话。

正大吃惊地说，有这种事，她敢这么做。

我说，真的，她天天在这么做。你和她睡在一张床上，难道会不知道。

正大说，我们分居几个月了，我知道她会像疯狗一样咬来咬去。你有没有说向我借钱的事？

我说，她用这种方式逼我说，可我不会说的。

正大想了想说，光辉，你们换个电话号码吧，这样赵丫头就打不通你家的电话了。我恍然大悟地笑了起来，说，哎哟，正大你真有才，你不说我还想不到呢。

接完电话，我马上把这个主意告诉了我爹，我爹完全赞成这么做。我当即赶到电信营业厅，申请了一个新号码，并再三要求下午马上给我开通。

晚上开始，我们的家里又恢复了以前的安静，我想赵丫头一定失望得眼泪汪汪了。夜里一点多，我上了一趟厕所，听到我爹的鼾声响亮得如同唱歌。我和月娟觉得机会有了，就放心大胆地干起来，似乎要把所有的压抑都发泄掉。

日子平静地过了几个月，年底很快要到了，我和我爹的期待也跟着日子奔跑。我爹开始隔三岔五打电话给他的远房兄弟们，他的远房兄弟们也隔三岔五给我爹打电话。他们的话题从不涉及李柏松和投资在李柏松那儿的钱，他们谈的是最近身体如何如何了，农村老家发生了什么新鲜事，还有各自孩子们的一些事。这种家庭琐事的交流得不到他们真正想要的结果，其实所有投资的人心里都明白，根据和李柏松签订的协议，投资满一年开始分红利，而且三年能收回全部的投资。

等待总是漫长的。那天我在银行排队缴水费，现在银行人满为患的一个重要原因是，缴水费、电费、气费等等的人太多。有钱的人可以开个账户，打入几千元钱让电信公司、电力公司、自来水公司、煤气公司等自己去扣，这样收钱的和付钱的都觉得很方便。问题是有钱人总是少数，多数人是有时间没钱，所以经常排队缴各种费用没觉得辛苦委屈。当时我已经排了十多分钟队，前面还有三个人。我爹突然打手机要我马上回去，听口气家里出了什么大事。

我骑着一辆破车，以十万火急的心态赶回家。推开家门，我爹喜气洋洋迎接我说，光辉，有好消息，你柏松叔就要回来了。我听了确实也欢天喜地，心情一下子放飞了。我抹着头上的汗说，这个消息可靠吗？

我爹无可辩驳地说，当然可靠，十分可靠。

我和我爹还没兴奋够，电话又轻轻松松响了，我爹接起来听了听，脸色更加灿烂了。我爹接完电话说，你看，又有人告诉我这个好消息了，你还有什么好怀疑的。

我说，这一天我们等了整整一年。

我爹想了想说，我应该给你乡下的招法叔打个电话，他可能消息不够灵，我让他也高兴高兴。我爹刚想伸手拿电话，电话又响了起来。我爹先看了看我，然后再接电话，他仿佛在对我说，你看，一定又有人来通报好消息了。

这一次我爹想错了，打来电话的是正大。

正大和我有些日子没联系了，他这个时候打电话找我让我心里七上八下的。我从我爹手里接过电话说，正大，你找我有什么事吗？

正大的声音有气无力，他低低地说，光辉，你知道吗？我炒股亏大了，亏得一塌糊涂。我的心怦怦乱跳，跳得我一阵晕头转向。我看了看走进房间的我爹低低地说，我不知道，你亏了多少？

正大说，不得了，亏呆了，有三十万，我的所有老底被一扫光了，你说我该怎么办？

我的脸色一定难看了，但我努力让自己若无其事。我小心翼翼地说，亏了这么多，你都没办法，我有什么办法呢？

正大叹息一声说，再说吧，再说吧。

接完正大的电话，我的好心情立即被惊慌替换了，连喜忧参半的感觉都没有。我爹发现了我的变化，说，正大和你说了什么？我当然不能把这个提心吊胆的坏消息说给我爹听，我说正大没说什么，随便聊了几句。

我爹看着我说，你不要骗我，你是我儿子，我知道你在想什么。

我脱口而出地骗我爹，正大说他炒股赚了三十万，他要我保密。我爹的双眼发直了，脸上的肌肉也跳动了几下，看上去明显受到了刺激。我连忙又说，股市就是这样的，赚起来发呆，亏起来发疯。

我爹终于回过神来了，说，妈呀，能赚这么多呀。

我这么骗我爹心里非常不好受，但不这么骗我爹，他知道了真相一定会比我更难受。

想不到的事几天后的晚上再次发生了，这天晚上十点多，正大又打来电话找我。我爹这些日子特别乐意接电话，仿佛接电话是一种轻松和享受。虽然我爹接到的是正大的电话，但他的感觉还是属于阳光的。我爹大声叫我，光辉，正大来电话找你了。

我已经坐在床上，一边看电视一边想与钱有关的心事。我爹的叫声把我吓了一跳，我翻身下床说，你说什么，正大有电话？

我一接电话，果然听到了正大的声音，光辉，我是正大，我炒股亏了三十万。我把嘴巴贴在话筒上悄悄说，这个事你已经说过了。正大说，不可能的，我没有同任何人说过，这又不是光彩的事。我想了想，觉得正大不可能没说过，他一定同我说过的。我说，你真的说过了，你还问我怎么办呢。

正大沉默了一会说，我问你有什么用，再说吧。

接完正大的电话，我的感觉是不但今夜不得安宁，而且会有更长久的不安宁。

我的感觉还是正确的，正大真的隔三岔五给我打电话了，内容就是告诉我他炒股亏了三十万，并且每次都要问我怎么办？我说这个事你说过了，他死活不相信，坚持说他没有同任何人说过。后来我想了想，突然想到可能正大的脑子出了问题。这么一想，我的各种想法有一箩筐了。要是正大真的脑子出了问题，他怎么还记得我家的电话号码。他要是连号码都记得起来，肯定记得我欠他四十万这个数字。

我觉得，我的内心有肮脏冒出来了，我希望正大变成一个没有记忆的疯子。

春节快到了，天下起了雪。第一天下的雪当天融化了，地上流淌着污浊的冷水；第二天下的雪只融化了一半，雪下面积起一层薄冰；第三天下的雪覆盖在积雪和冰冷的地面上，慢慢地这个世界变得银白了，像个一脸沧桑的白发老翁。

这一天，我爹站在窗口若有所思，他经常以这种方式，焦急等待着李柏松的消息。其实，我已经有了李柏松的消息。有人打来电话通知我爹，叫他晚上去李柏松住的宾馆，他已经回来了。

这个电话我爹没能接到，因为我家的电话线昨天夜里又拔掉了。这次拔掉电话线不是怕赵丫头继续打来电话，而是怕正大打来电话。现在的正大和以前的赵丫头一样，经常深更半夜打电话给我。我们对此深恶痛绝，又说服不了正大，只好故伎重演把电话线拔掉。

由于我家的电话几次打不进来，他们打通了我的手机，然后把这个十万火急的好消息告诉我。当时我正骑着自行车在街上，因为风大又穿着厚衣服，手机铃声根本听不到。骑到一个十字路口，遇到了红灯，我突然被感应了一下，觉得手机可能响过了，一看真有三个未接来电。这是同一个号码打过来的，说明找我一定有事。我连忙回拨过去，想不到有了好消息。打完电话，我激动得双脚软绵绵的，一路上几次差点摔倒在雪地上。

我刚进家门手机又响了，难道又有人来通知这个好消息。我来不及把第一个好消息告诉我爹，欢欣鼓舞地接起了这个电话。只是那边的声音一响，我立即成了一个哑巴。

正大说，你是光辉吗？你家的电话为什么老是打不进，不会是你不想接我的电话了吧。我的嘴里像婴儿学语似的咿咿呀呀响了几声，正大又说，喂喂，你听到我的话了吗？我是正大，我炒股亏了三十万。

我的舌头突然兴奋了，说，哦，亏得这么多呀，怎么办？

正大不吭声，我也不吭声，两个人仿佛在比拼耐心。我们沉默了一会儿，非常默契地各自把电话挂掉。我愣着不知道该做什么，脑子一片空白。我爹奇怪地看着我说，刚才谁给你打电话了？

我总算像我自己了，我连忙把好消息奉献给我爹。我爹以为我在说梦话，拉住我的手说，你说什么？柏松已经回来了，你是怎么知道的。我耐心解释我得到这个好消息的全过程，我爹恍然大悟地笑起来，像一只轻快的小鸟在屋子里飞来飞去。我爹心满意足地说，我知道柏松应该回来了，年关临近，那些该办的事也该办了。

我知道我爹说这话的意思，就是年里面李柏松应该分配这一年的红利了。我爹感到一阵舒畅，推开窗户说，哎呀，雪停了，明天一定会有太阳了。

我确实感到天边明亮起来了，我爹走过来塞给我十块钱，说，光辉，你去买两瓶"加饭酒"，晚上我要喝酒。

晚上喝过酒后，我和我爹去宾馆找李柏松，我们没有骑车。因为刚刚融化开来的雪结冰了，路面也变得滑溜溜的。我爹的脚步踏实有力，他脸色红润精神饱满地对我说，你说我们拿到红利怎么办？我爹身上散发出阵阵酒香，他的身子成了一坛醇香的好酒。

我说，什么怎么办，有钱就好办。

我爹笑眯眯地说，那当然，那是当然的。

李柏松的房间里已经济济一堂了，十多个人坐的坐，站的站，热烈的气氛和外面的冰天雪地是两个截然不同的世界。

我爹推开门大声说，哎呀，我来迟了，不好意思呀。

李柏松从床上跳起来迎接我们，他亲切地拉住我爹的手，说，大哥，不好意思的是我，要你们大冷天的出来找我。

我爹哈哈大笑，这种笑完完全全是发自内心的。我爹说，柏松弟，你可不能怎么说，你这么说，我这张老脸就红了。我爹边说边用手指了指自己红彤彤的脸，李柏松拍拍我爹热烘烘的手背说，原来我想早点回来，可那边实在脱不开身，公司形势一片大好呀。

在场的人听了更加兴奋，仿佛个个成了发财的大老板。我爹受宠若惊地说，柏松弟，你是个大忙人呀。

李柏松拉我爹坐在床上，说，坐下来，你坐下来，大家找个地方坐下来。人都到齐了，我先把要说的事情说了，然后我们可以好好叙叙。李柏松站起来又说，年底特别的忙，我明天还要赶回去，想请你们吃一顿团圆饭，也只能等到年外安排了。

房间里非常安静，李柏松拎过一只大旅行箱说，大家一定都在等分红了，所以我无论如何年底前要赶回来。房间里一阵躁动，李柏松打开旅行箱说，我报到谁，谁来签字领钱。李柏松摸出一张上面有名字金额的纸，清清嗓子说，李阿法。

我爹激动地站起来说，哎，哎，来了。我爹的手明显在颤抖，他看也没看就在李柏松指着的地方签了名字。李柏松从旅行箱里取出花花绿绿的一只塑料袋说，每个投资者的分红都是一样的，你们先领了钱，然后我把分红的事再说一说。好，下一个，李小毛。

我爹捧着这袋钱走到我身边，我感觉这袋钱肯定不会上十万，虽然我爹捧着的姿势是沉甸甸的，但袋里的钱告诉我们它的轻飘飘。我爹用胳膊碰了碰我说，光辉，来，打开看看到底有多少？

边上有人说，咦，怎么只有四万块钱。

我爹一听这话，还不等我有什么反映，三下五除二就把钱掏了出来。我爹扔了手里的塑料袋说，真的只有四万块，柏松弟，这是怎么回事？我们的心也一下子提了起来，所有热切的期待瞬间融化了。

李柏松不慌不忙做完该做的事,说,大家不要心急,都坐下来听我说。这个事是这样的,上个月公司又投资了一个风险小利润高的大项目,所以投资者的红利先分配一部分,剩余的明年六月底前一次付清。

我爹忍不住打断李柏松的话说,柏松弟,你说的这个投资可要看准呀。

李柏松笑着说,你们尽管放心,包在我李柏松的身上。我们都是自己人,你们的利益就是我的利益。接着李柏松又高瞻远瞩地分析了投资的大好前景,他鼓励在座的兄弟们可以再投资,因为明年公司的利润将成倍增长。

大家的失落渐渐被李柏松的话溶解了一部分,但热情没能及时恢复,没有人主动提出要再投资。有人要走了,我爹也说要走。他拣起自己扔掉的塑料袋,郑重其事地把四刀钱放进去,再排列整齐交给我说,光辉,我们走吧,我的腰这几天又疼痛了。

李柏松送我们到电梯口,他从口袋里摸出一千块钱塞进我爹手里,说,大哥,我没时间去看望你,你多保重。我爹的手本能地缩回去,看着李柏松说不出话来。我说,柏松叔,你的心意我们领了,这钱——

李柏松拉过我爹的手,把钱塞过去说,光辉,你的话见外了,我和你爹是兄弟。李柏松边说边把我们推进电梯,我爹在电梯门关上的瞬间,突然热泪盈眶了。我有种莫名其妙的感觉,但我清楚这绝对不是情到深处的触动。

回家的路上,我爹一言不发,我说了些无关紧要的话,我爹还是一言不发。回到家我爹说话了,他认真地说,你把这些钱给正大吧,不要拖到年外。我疑惑地看着我爹说,这些钱都给正大?我爹没有再理睬我,他走进了自己的房间。

我把拿了四万块红利的事和月娟说了,然后又把我爹说要把这些钱都给正大的事也说了。月娟听了仿佛呛了几口水，吃惊地盯着我说不出话来。我又说，李柏松承诺，明年六月底前一次性付清剩余的红利。

月娟说，你爹他是老发昏了，你不至于和你爹一样糊涂吧。李柏松的这些鬼话你们相信了，还有这些钱都给正大我们怎么办，我们整整盼了一年呀。我说不出话了，月娟又说，给正大两万，我们留下两万。

我说，这——这行吗？

月娟说，有什么行不行的，两万必须留下，明天我和你爹去说。

我和月娟刚刚睡下，电话突然响了，我想去接，月娟拦住我的手说，不要接，一定是正大打来的。

我说，不接他会不停地打，还是接了吧，反正多多少少要给他钱了。月娟不再坚持，我接起电话，果然是正大打来的。不过这次他没有老调重弹，而是说出了一件更意外的事，他和赵丫头正式分手了。正大理直气壮地说，不离不行了，离了对双方都有好处。房子儿子归赵丫头，给我五万块两个月内走人。

我替正大着急，我说正大呀，你真傻，没了房子你怎么办。五万块钱有什么用，你应该多分一点。

正大轻松地说，我才不傻呢，你想想，我在你那里还有四十万，这钱足够了。我听了心突突地跳，我装腔作势地说，对对，正大你真聪明。你说到钱的事，我正想找你，什么时候你有空，我把利息给你送过去。

正大笑着说，你明天过来吧，我正好也有事找你。

这个晚上我怎么睡都睡不着，想来想去想太多了。

早上，我洗完脸，抬头发现镜子里的人有些老态。这个人一脸憔悴，眼睛四周浮肿，头发凌乱干燥，总之这个人不像是我。我愣着照镜子的时候，我爹的咳嗽声震天响了。我想把月娟的建议告诉我爹，如果我们或多或少留一点，这样过年或许会更有过头。我把自己马马虎虎修饰好，推开我爹的房门说，爹，有个事我想和你商量商量。

我爹咳了几声说，说吧，什么事？

我说，月娟的意思是，昨天拿到的红利我们应该留一半，因为马上要过年了。我准备听我爹的呵斥，但我爹动了动身子说，钱是你借的，这个事你们看着办。

我把我爹的话说给月娟听，月娟笑着说，你把钱拿来。我把昨天拿来的钱交给坐在被窝里的月娟，她伸手从袋里摸出所有的钱，挑了两刀票面较新的放进枕头下面，把另两刀扔进袋子说，光辉，你对正大说，利息先付他一部分，明年六月底前再一次付清。

我说，我知道了。

出发前，我吸了两根烟，希望想出一个拖欠利息的有力理由。这时，正大又打电话催我了，他说，光辉，今天我老早醒了，一夜没睡好觉。你在哪里，我在等你了。我连忙拿过钱袋，手里的感觉轻飘飘。我说，我马上来了。

正大也有些老态了，看上去像个老南瓜。朝南的窗口洒满了阳光，感觉非常的温暖。正大坐在沙发上没动，我也只好坐到他的身边，看上去我们是亲密无间的。我的屁股下面有冷丝丝袭来，这么寒冷的天气也不放沙发垫子。我想问正大和赵丫头离婚的事，但想了想问这种事很没意思。

我拿出钱说，正大，这是利息，第一年的利息。

正大接过钱看了看钱，又看了看我说，怎么只有这些，才两万块，你不是说有一分半的利息吗？我的脸红了，像做了一次贼。正大又说，光辉，你是知道的，现在我很需要钱，没钱什么事都办不了。

我一阵惊慌，像心脏病发作了。我结结巴巴地说，正大——正大这个事是这样的，我正想和你商量商量，就是——就是利息先付一部分，另外的明年六月底前一次付清。

正大把手里的钱放在茶几上，说，光辉，我们是多年的好朋友，也算情同手足了，你的事就是我自己的事。这些年来，我的生活发生了翻天覆地的变化，特别是今年发生了许多想不到的事。炒股亏了这么多钱，赵丫头他妈的和我离婚了，还有我的身体也不大好，最近老是失眠做噩梦。唉，我真的要疯了。

我皮笑肉不笑地说，正大，这些事我都知道。你是我的兄弟，你不是我的兄弟不会借这么多钱给我的。正大走到窗口，阳光照在他的身上，我看到一种灿烂的回光。

我也走到窗前，现在我们两个人的位置恢复到了看风景的状态，这种状态让我们有了对话的欲望。冬天阳光下的世界一片灿烂，正大用陶醉的眼光望着远处说，过了这个年我就要从这里搬出去了，真不知道我会到哪里去安身？或许我会像十多年前一样，租住到阴冷潮湿的旧屋里。正大说这话一点也不像在说他自己，脸上居然挂着一丝微笑。

我的脸色和眼神都有些悲哀，我不知道如何安慰正大，我叹息一声说，唉，真是想不到呀。正大，我能帮你什么呢？

正大缓缓转过头来看着我说，利息的事，你说咋办就咋办。我借你的钱，你能不能尽快还我。

我不吭声了，像傻了一样眼睛翻白，大冷天的还出了汗。正大目睹了我受刺激的惨状，依然平静地说，我也是没有办法，你那儿的钱是我的全部，是我余生的寄托。

正大的话说得我心酸，我喃喃着说，我知道了，过了这个年我想办法还你。

正大说，我借钱给你，你是我的好朋友；我要还钱，你同样是我的好朋友。光辉，我给你三个月时间。我已经说了无数次，我自己真的需要钱。

我不敢看正大，我望着远方哆嗦得厉害。正大要说的话已经说完了，他一声不响地用手碰了碰我的胳膊，我一看正大递给我一根烟。我接过烟点燃，吸氧一样吸了起来。烟灰活蹦乱跳扑进了冬天寒冷的空气里，我含含糊糊地说，哦，三个月，三个月呀。

春节过得淡而无味，我想不好正大要还钱的事怎么和我爹说。元宵节也很快过了，我决定要把这个事告诉我爹了。我爹听说正大要还钱，嘴突然合不拢了，还流了许多口水。我吓得连忙惊叫"爹爹爹"，我爹终于动了动嘴巴说，你慌什么，你爹断气还早呢。

我笑了笑说，爹，我们不可能再借到那么多的钱，只有把投资的钱还回来了。我爹说，正大也不为我们想想，想到要还就要还，这不是逼人发疯吗？

我说，爹，正大和赵丫头离婚了，儿子和房子都归了赵丫头，他马上要搬出去租房了，所以他也需要钱。

我爹叹息几声说，哎呀，你说这钱怎么向柏松要呢？我知道我爹担心现在要李柏松还钱，承诺六月底付清的红利会打"水漂"。

因为没有别的办法，我爹同意向李柏松要钱。我爹不想自己和李柏松说，他说他说不出口，要我自己找李柏松还钱。我没有马上找李柏松，我想等到正月以后再找李柏松，新年新月的要人家还钱确实不好意思。正大不是这么想的，正大天天给我打电话，每次都问我，钱准备好了吗？

我说，你放心，我想办法在阴历三月底之前还给你。

正月过去了，我想我该向李柏松讨钱了。这天正大又打来电话，他突然小声说，光辉，我问你个事，我是不应该问的，这么长时间我从来没有问过你。

我说，正大，你问吧，什么事？

正大说，我想问问你，我借给你的钱去哪儿了？

我说，不瞒你说，我去投资了，一个远亲在贵州开矿山，前几年发了财。

正大吃惊地说，什么，你说什么，你的钱投资给远亲开矿山去了。正大的吃惊异乎寻常，他仿佛听到了我光辉的死讯。我说，怎么了，我的远亲曾经是我们县的副县长，他辞了官职自己到贵州创业去了。我突然想到了又说，对了，正大，这个事我以前同你说过了。

正大突然在电话里哭了起来，哎呀，我的钱，我的钱要"泡汤"了。光辉，你什么时候同我说过了，当初你这么说，我怎么可能借你这么多钱。正大又哭了几声说，你真是一头蠢猪，你借了我的钱，怎么不和我说清楚去投资的。

正大的电话吱吱地在响，似乎马上就要粉身碎骨。我说，正大，你有话好好说，你这样又哭又闹，我听不清你在说什么。

正大劈劈啪啪地弄了几下，说，早几年，我有一个远亲，也说在贵州包了个小煤矿，天花乱坠说赚钱像拣稻草。说得我的几个亲戚心里痒痒，后来每个人投资了几十万，结果他妈的人跑掉了，至今杳无音信。光辉，你投资的钱是我的，我可没其他钱了，你是要逼我发疯呀。

我听得一泡尿憋不住了，有种要尿裤子的感觉。我说，没有这种事，我柏松叔不是那种人，他绝对是个有能力有诚信的人。去年底他还回来过一次，给我们每户投资者四万块红利。

正大立即嚷嚷，光辉，你真是蠢猪，有四万怎么只给了我两万呢。

我郁闷得打了自己一嘴巴，这真是一张挨打的臭嘴。我连忙说，我和我妹投资了一百万，一百万拿了四万红利，五十万只分到两万，我不骗你。

正大只顾哭了，边哭边说，我的钱，我的钱，我的钱呀。

接完正大的电话，我心急火燎地找李柏松的名片，可是翻遍角角落落也没找到。我只好去问我爹，我爹想了想，从箱子里摸出一只盒子，打开取出一张李柏松的名片。我拿着这张名片，闻到了一股新钞票的沁香。我说，我要打电话找柏松叔了，正大这几天催得很紧。

我爹看上去老了许多，他的忧愁爬在脸上不肯走。我爹说，你话要说得客气些，老实说清楚这钱是借的，现在别人要还钱了，我们也没有办法。他给了我们机会，是我们自己没有这个福分。

我不敢把正大的话说出来，我衷心希望正大说的话永远不可能是真的，即使他的经历是真的，但我们的李柏松绝对不可能和他所说的那样。

我说，我知道了，爹，您放心吧。我不想让我爹听到我和李柏松的对话，而且我心里对要到钱一点没底。我专门跑到一条小河边，这里没有人只有几条小鱼在混浊的河水里欢欣鼓舞。虽然春天到了，但初春的风依然冷得刺骨。我站在河边摸出李柏松的名片，看到"李柏松"三个有力的大字，我仿佛看到了李柏松春风得意的身影。

我用手机拨打李柏松的手机，为了把这件事办得漂亮顺利，也不在乎几块钱手机的话费。手机和手机很快接通了，除了"嘟嘟"的长音，里里外外都是我慌乱的心跳声。我连续打了三次，李柏松的手机都无人接听。我把冻得发麻的手插进口袋，我不能马上离开，或许李柏松看到未接来电会打过来，这样我也可以省下话费。我呆呆地站在河边，手机总是不声不响，大约等了十多分钟，感觉已经过了一个漫长的冬夜。我不能等下去了，摸出名片拨打上面印着的两个座机。电话马上接通了，也没人接听，这让我非常失望和懊恼。我不可能继续做没有结果的事，只好垂头丧气地回家。我爹也出去了，这几天他都要出去散散心，把烦恼丢在离家不远处的小荒山上。

我心神不宁地随手翻看一张晚报，眼光落在招聘栏上来回奔跑。我准备今年要找个工作，我的身体一直不太好，得过肝炎，下岗让我名正言顺可以在家休养。近年来，自我感觉好多了，这完全是心里对投资充满了希望。现在我想到的是，我不可能年纪轻轻在家里待上一辈子。有几个小区的物业管理在招聘保安，我把报纸翻的哗哗响，经过细心核实我都符合招聘的条件。我觉得当面应聘没被录用就如被打耳光，还不如先打个电话摸清情况，等对方有了意向，再上门应聘。

我给一个离家不远的物业公司打电话，把自己稍加包装推介出去，对方模棱两可地说，欢迎应聘，不过要当面看过人才能决定。我说，我明后天上门应聘。

打完电话，马上又想到了要找李柏松的事，我想，如果明天李柏松还没有回音，我只能通过我爹的远房兄弟去找他了。我正在这么想，家里的电话响了。我害怕接电话，万一是正大打来的，他一定会没完没了催我还钱。电话不停地响着，我终于没了耐心接起来。

这个电话不是正大打的，是我爹的远房兄弟李六一打来的。六一叔口齿不清地问我爹在不在，我听了半天才听明白他是六一叔。我说，我爹现在不在家。

六一叔更加焦急了，说话语无伦次颠三倒四，说，你爹不在家，你爹不在家去了哪儿。六一叔打了几个喷嚏又说，你去找他，我有天大的事找你爹。

我的心里原来已经藏着惊慌，六一叔这么一说我更加惊慌了。我说，六一叔，有什么事你告诉我吧，我爹刚刚出去。

六一叔说，不行，不行，我要亲口告诉你爹，这么大的事我不能告诉你。

我急了，恳求说，六一叔，我爹一时找不到，你告诉我，我保证他回来了马上转告他，你尽管放心。

六一叔只能接受这个现实，他一再关照我，这个大事务必转告我爹，千万不要忘记。我的额头上冒出了冷汗，憋着气静等六一叔说出大事。不料"啪嗒"一声响，电话挂断了。我大呼小叫一阵，确认电话是被六一叔挂断的。我想打过去问个明白，电话又响了。

电话是六一叔的儿子阿根打的，阿根有气无力地说，刚才我爹突然胸闷了，不好意思。我说了几句慰问的话，问阿根到底发生了什么大事。阿根说，李柏松找不到了，我们已经找他半个月了。我像被人掐住了脖子，胸口也气闷难受了。我努力让自己清醒，我说，你们怎么知道李柏松找不到了？阿根说，是这样的，我们想再投资一点钱，家里商量决定后找李柏松，结果找了这么多日子也找不到他。我听到电话里传来六一叔古怪的喊声，柏松，你是王八蛋，你不是人。边上声音很嘈杂，似乎有许多人在劝说六一叔。

我的头颅里仿佛开着一列火车，震得我心惊肉跳。我说，阿根哥，我刚刚给李柏松打了手机和电话，都打不通没人接，我也有急事找他。

阿根说，打电话有什么用，我们通过在贵州的老乡也去找过他了，去找的人说李柏松的公司已经人去楼空。

我眼前一黑差点倒在地上，难道正大说的那种事也落到了我们头上。我结结巴巴地说，那——那怎么办呢？我又听到六一叔呼天抢地的哭嚎，阿根大约掉头说了几句什么，接着对我说，光辉，现在我们要商量去贵州找李柏松，你赶紧告诉你爹，晚上我们到大樟树下集合商量对策。

我搞不清电话是怎么打完的，感觉天在旋转地在抖动了。电话又热热闹闹响起来，我坐在地上浑身乏力，一点没有接电话的欲望，眼看着电话铃声渐渐死亡。我爹回家看到我坐在地上，急得要拨急救中心的电话。我顽强地坐起来，仿佛做完一个惊心动魄的噩梦，脑子还迟钝迷糊着。我看到我爹，鼻子一酸说，爹呀，李柏松找不到了。六一叔来电话，晚上要商量去贵州的事。我爹以为我发高烧说胡话，摸摸我的额头又摸摸我的手，他摸到了一手的冷汗。

我爹开始哆嗦了，哆嗦后站不住了。我爹也坐到了地上，我用力拉我爹坐到凳子上。我爹喘着粗气说，光辉，你给我拨通六一家的电话。

我拨通电话交给我爹，我爹和六一叔通话了。我爹先是平静地说着话，接着郁闷地嗯嗯哎哎，最后竟然对着电话哽咽了。

我站在我爹旁边，可我不知道该说什么。我听到电话那边也传来了哭声，这是一种通讯时代的抱头痛哭。渐渐地我爹平静了，最后挂断了电话。我爹揩了揩脸上的泪水说，光辉，晚上你去吧，贵州也你去吧，你爹老了不中用了。

准备了半个月，我们决定动身去贵州找李柏松。这支队伍由十一个人组成，这些人总共投资李柏松公司有五百多万元。我们个个垂头丧气，像一支出殡的队伍。当我疲惫地踏上贵州的土地时，接到了月娟打来的电话，她哭哭啼啼告诉我两件雪上加霜的事，一是我爹病倒了，高烧不退，满口胡话；二是正大上门讨钱了，来了两个晚上。我说我知道了，办完事马上赶回家。

我们一行马不停蹄匆匆赶往李柏松的公司，来贵州之前我们弄清了有关线路，万众一心做好准备工作。赶到我们要找的地方，我们个个都傻呆了。这个地方果然人去楼空，像个倒败寺堂。我们乱头苍蝇一样问来问去，也问不出一个结果。有意志脆弱的，开始哭了起来。我们又打李柏松的手机，可是已经停机了。

我们虽然人多，但人多有什么用，我们成了一群流浪的人。

我接到了正大的电话，正大坚持说我在躲避他，我说我在外地有急事。正大嗞嗞弄着鼻涕说，别骗我了，你爹有病你怎么可能出远门呢？

我不想把这痛心的事透露给正大，免得正大听了更加痛心。他一定要逼我到走投无路，我也只好实话实说，我说，我在贵州讨钱，讨回钱才能还你的钱。我告诉你，你不要去我家纠缠我爹我老婆了，这是我和你两个人的事。正大被我说得没了声音，我抓住机遇又说，现在要找的人找不到了，人去楼空了。

正大突然哭了起来，说，光辉呀光辉，你还是个人吗，你在糟蹋我的血汗钱、我的救命钱、我的养老钱。

我说，正大，你的心情我理解，问题是我们投资的那个李柏松找不到了。

正大说，这种人你们是找不到的，我不是同你说过了，他们是骗钱的。你不会去找人民政府吗，这个事人民政府不管谁管。

我被正大的哭喊声弄得烦了，我不再理睬正大，像垃圾一样把他的电话扔掉了。

我拍了拍手掌说，喂喂，同志们，我们走投无路了，我们找人民政府去。大家议论了一会儿，也议论不出更好的思路。有几个当地人好奇地看着急得像猴子一样的我们，他们根本听不懂我们说的方言。我走上前问一个中年人，人民政府在哪里？

中年人神秘地说，你们想去告状？

我点点头说，是的，我们要去告状。

中年人看了看我们这些人，和边上另几个中年人嘀咕了几句他们的方言，说，我们送你们去，每个人十元钱。

我说，十元就十元，总共一百一十块钱，要快点。

一个中年人跑步去了前面的村庄，一会儿传来一阵突突的响声，一辆东倒西歪的拖拉机，夹着一团飞扬的尘土开到我们面前。中年人手一招大声说，大伙儿上车吧。哎，谁付钱。好好，你坐到驾驶室来。我爬进灰蒙蒙的驾驶室，和这个热心的中年人坐在一起。拖拉机艰难地行走在简陋的土路上，车斗里坐着的人像炒豆一样跳来跳去。大约四十分钟后，中年人把拖拉机开进了城。一会儿，他指着一幢楼说，你看，这就是县政府了。

我说，在这里停下，我给你钱。

中年人一副服务到家的姿态，他认真地说，不要下去，他们不会让你们进去的，我直接闯进去，这样他们没办法了。

我慌忙说，不能闯，人民政府怎么能随便闯呢，我们还是下来吧。

中年人非常遗憾地说，你不相信我的话，不闯是进不去的，你去试试吧。

我们跳下拖拉机都有种晕头转向的感觉，几个保安紧张地交头接耳，自动门很快缓缓关上了。从政府大楼里又匆忙跑出七、八个保安，看样子是紧急召集来的。我们稀里糊涂地走到门卫旁，问已经虎视眈眈的保安，县长在吗？

一群保安用身体挡住狭小的通道，其中一个挥挥手说，不在，县长不在，你们走吧。

我们多数人都不会说普通话，只有我和阿根能说几句方言式的普通话。我对保安说，我们是从浙江来的，找县长有急事。保安完全不相信我们的鬼话，推推搡搡要把我们驱散。

我们又渴又饿，带来的点心和矿泉水都没了。我们的情绪有点激动，有人开始往不高的自动门上爬，保安恼羞成怒赶过来想动手动脚，但我们的人数比他们多，嗓门比他们更高。保安紧张了，满头大汗地打求救电话。一会儿，警笛响了，几辆警车赶到，生龙活虎地跳下来十多个警察。警察有什么可怕的，我们没做贼做强盗，更没做杀人放火的坏事。

警察冲上来扭住了我们，县政府大楼前传来一阵阵杀猪般的嚎叫。警察警告我们不要乱闯政府大楼，无理取闹。有人马上吓得要尿裤子了，哆嗦着说，人生地不熟的，好汉不吃眼前亏呀。

我说，警察同志，我们不是无理取闹，我们是来找县长解决问题的。

我摸出李柏松和我们签的合同，指着下面的大红印章对一个为头的警察说，你看，我们是你们这个公司的投资者，现在这个公司人走楼空了，你说我们不找政府找谁去？

警察不屑一顾推开了我的合同，说，这种小事也敢来闯县政府，再不走我们要采取措施了。

阿根走上来说，这是你们这里的企业，你们政府部门要为我们做主。我们找不到这个企业的老板，你说我们的投资款怎么办？

这个警察不耐烦了，他推开阿根说，再啰唆，我拘留你。

我们千里迢迢赶过来，人没找到钱没着落，政府不帮我们解决问题，还把我们当成坏人要拘留。我们被激怒了，我大声说，我们不走，我们一定要找县长。

警察和保安联手强行把我们赶走，我和阿根商量后，马上通知每个人掏出合同举在胸前静坐。警察又是劝说又是威胁，我们视死如归坐在县政府大门外。警察当场召开碰头会商量对策，没想到的是，不远处又驶来三辆满载人的拖拉机，"嘭嘭嘭"的声音震耳欲聋。拖拉机直接开到自动门前，车还没停稳，哗啦啦从上面跳下几十个人。警察和保安都惊慌了，赶紧把边门也关上，还打电话请求增援。一会儿，警车又呼啸而至，这次不但有警察还来了二十多个武警。

我问新来的这批人，发现他们是李柏松公司的员工，他们说李老板欠了他们半年多的工资，说好过了年付清，现在李老板跑了。他们听了我们的情况介绍，大呼你们上当受骗了，说李老板去年在澳门赌场输的钱有几百万，而且炒股票也亏了几百万。

我们听得腿都软了，人人吓得成了呆头鹅。警察和武警想把我们都赶走，我们再次"万众一心"齐声高呼，我们要工资，还我们投资款，请政府为民做主。

我们的喊声惊动了整幢政府大楼，许多人都从窗口探出头，或许这里就有书记和县长。我们看到窗口那一颗颗头颅，仿佛看到了一个个希望，我们更加有力持久地高呼口号，让呼声一浪高过一浪。

有一个人从大楼里跑出来说，群众同志们，你们不要闹了，有事可以坐下来谈。我是县长的秘书，县长请你们推荐两位代表进来谈。我们和李柏松公司的员工各推荐一个，我是我们这边的代表。

县长在一个会议室接见了我们，我们不知道这个县长是正的还是副的，也不知道姓什么，我们只听别人在叫这个人"县长"。县长埋怨我们说，有什么事非要闹到县政府来吗？

我说，县长，我们不是无理取闹，我们确实有困难要请政府排忧解难。接着我把我们的情况从头到尾说了一遍。县长没有打断我的话，但县长不断地打呵欠，仿佛昨天晚上没睡觉。我说完后，县长的眼睛亮了亮，对另一个代表说，你说，你们为什么要到县政府来闹？

这个代表激动了，说，李柏松不是人，就算是人也是个骗子，他拖欠我们工资半年多了，再不发我们工资，我们要饿死了。他当着县长的面哭了。

县长一点表情也没有，这种情况县长见得太多了。县长的秘书惊慌了，急忙阻止这个人的哭闹，说，你这人，目无政府，哭闹到县长面前来了。

我们要说的都说完了，想哭也哭过了，心酸也酸过了。县长站起来语重心长地对我们说，有事你们不要闹，要相信党和政府。听说这个李柏松以前也是个县处级的干部，受党培养教育多年，他对我们地方经济发展是有过贡献的。问题是最近几年来，李柏松钱多了思想也变了，喜欢赌博，又在外面养女人。

我打断了县长的话，李柏松怎么能做这种事呢。

县长不满地扫了我一眼继续说，李柏松现在不是党员干部，所以他做了以前不敢做的事。如今债台高筑，逃之夭夭了。

这个李柏松公司的人听了县长的话差点昏过去，他边哭边高喊"李柏松，你这个断子绝孙的"。

县长说，这个事我知道了，拖欠工资的事我会请有关部门抓紧解决落实，你们还钱的事有点麻烦，但我会请公安部门先找到李柏松。

这个哭泣的代表马上不哭了，用揩过眼泪的手拉住县长的手说，谢谢县长，我们相信党和政府。

我说，县长，既然要找到李柏松处理这个事，那我们找个招待所住下来等着结果。

县长的手被他拉得很异样，仿佛被蛇咬住了似的。县长摆脱了这个人的手说，这个不行，你们先回去，找到李柏松该怎么处理就怎么处理，该法办就法办。

我说，我们不回去，问题不解决，我们不会回去，来一趟贵州多么不容易。

县长生气了，他盯了我一眼说，这个事就这样定了。我追上几步说，如果你们解决不了，我们就告到省城去、告到北京去。

我出来时，那帮员工已经跳上拖拉机兴高采烈地回去了。我把和县长的对话情况说给大家听，大家都支持我的观点，我们不走，我们天天要在这里静坐。这时，一个保安跑过来说，县长有指示，请你们留下电话，有消息政府会及时和你们沟通。我和阿根的手机号码留给了他，然后在县政府不远处找了个招待所住下，我们约定明天上午九点钟再去县政府门口静坐。

晚上，我和月娟通了电话，月娟告诉我，我爹吃了几颗药，病情有所好转。我说，正大有没有再来讨债？月娟说，今天还没来过，他就是来了我也不会开门。我说，你不要去理正大，只当门口有狗叫。月娟问我，事情办得怎么样了？我难过地说，事情难办，政府也找不到李柏松，他比死了还干净。月娟呀呀了几声，什么话也说不出来了。

第二天，我们的气色都灰不溜秋，像夜里在做贼。我们无精打采地来到县政府门口，保安老远把电动门关上了。我们坐在县政府大门口，手里拿着视为金钱的合同。警察和武警都没有来，只有几个保安陪着我们。保安看到我们很守规矩，更不像要冲击政府，渐渐地有了好奇心。他们开始想和我们搭几句话，既可打发他们的无聊时光，又可收获一些道听途说。我们懒得理睬他们，现在就是县长来了，如果不给我们处理问题，我们也不理他了。保安最后自己也觉得无趣，只好自己和自己去说笑。

又过了一天，我们越来越像一群流浪的人，傍晚精疲力竭收兵回到招待所，大家都不想多说话。我知道，虽然我们很有信心，但内心是虚弱的，因为谁都知道这个事我们耗不起。夜里经常能听到清晰的脚步声，还有撒尿的流水之声，我们谁也睡不好觉，眼睁睁地等待着没有结果的天明。

天刚刚放亮，我们的困乏渐渐上身，迷迷糊糊的时候，突然听到一阵敲门声，这种急促的声音把我们全惊醒了。我们匆忙打开门，发现有三个人在一间间敲打我们的房门。我露出脑袋推着门，用蹩脚的普通话说，你们要干什么？想不到他们用我们家乡的方言说，你们到这里来干什么？有事不会找当地政府解决呀，我们是你们当地政府派来接你们回去的。

我们目瞪口呆了，突然又有一种见到亲人的感觉。这几个人又说，我们是信访局的，现在我们带你们去当地政府联系。我们像学生见到了老师，连忙把他们迎进房间，然后刷牙洗脸。估计这些人是我们那儿信访局的，他们收到了这里政府的通报，说我们这些人在他们这儿闹事，更严重的是，我们这些人有可能要到北京去告状。

想不到，我们的行动惊动了两地政府，我们当地政府派人坐飞机赶来，他们要接我们回去，阻止我们影响安定团结的行动。

这些人由一个张副局长带队，现在张副局长又带我和阿根去县政府协商。到了县政府，那个县长没有再来，来了一个当地信访局的王局长。大家谈来谈去，总是谈不到我们想谈的问题上。为了能让我们心甘情愿跟着张副局长回去，王局长最后表态，他们会在半个月内找到李柏松，如果找不到就通知我们集体起诉李柏松。

这个答复虽然又是空话，但只能勉强同意了。我们心里明白，如果再坚持也是徒劳。张副局长和当地政府的人都很高兴，他们的难题总算破解了。当地政府的人要请我们在食堂里吃饭，张副局长马上派人替我们去买回家的火车票，还替我们买了住宿的"单"。

我回家后，把去贵州的情况对我爹说了，我爹长吁短叹，最后他说，我在这里住不下去了，我要回农村老家去住。我吃惊地看着我爹说，为什么要住到农村老家去，那儿没人照顾你呀。我爹无可奈何地说，我怕正大，我听到正大的名字就要发抖。我说不出话了，我爹这么做完全是为了躲债。

晚上，月娟听到这个消息很高兴，说这样也好，你爹住到农村去，我们索性住到我爹那儿去，我爹这些日子身体也不大好。我们去了既好照顾我爹，又好躲避正大。我的脸又红又烧，心里觉得很对不起正大，可这么做也是没有办法的办法。我想到了自己想去做保安的事，就和月娟说了。大约后半夜，突然响起了电话铃声，我和月娟都从床上弹起来。我刚想去接听，月娟愤怒地把电话线拔掉了，顺手还把电话机扔到床下。

第二天，我把我爹送到了农村老家，老屋打扫一阵后，又去买了生活日用品。我专门请邻居多照顾我爹，因为村子里多数姓李，排起来又有些沾亲带故，所以大家都客客气气的。我爹也说，光辉，你放心走吧，没事的。别忘了，那个事有消息了一定要告诉我。

我的农村老家，离县城才一个小时车程。我回到城里，看看时间还早，赶到那个小区去应聘保安。我找到小区的物业办公室说，我早几天电话和你们联系过，现在来当面应聘。办公室里坐着三四个人，对我都是爱理不理，有一句没一句地问他们想都不想的问题。

当听说我以前干过电工时，一个看上去是负责人的人对我感兴趣了，他站起来说，喂，你说什么，你以前做过电工，有电工证吗？

我说，当然有，我做过十多年的电工。

这个人满意地点点头说，电工好，你被录取了。

我也高兴了，想这么快就录取了，何不乘胜追击提个要求试试。我说，我想做夜班。这个负责人说，我们的要求是做24小时休息24小时，你是电工，小区电工的责任就是在夜里。做夜班的好处就是后半夜可以睡觉，白天可以不上班做自己想做的事，还有做夜班有补贴。这是我一个朋友同我说的，他也在一个小区物业当保安。

我说，什么时候可以上班？

负责人和当班保安排了排，说，你明天晚上六点可以上班了。

就这样，我再次有了工作。我家里整天没人了，正大打我的手机我不接听，打我家里的电话家里一个人也没有，即使上门去找我也人去楼空，我也来了个突然失踪。我是这么想的，等我把钱要回来了，我一定会找正大去还钱。

很快几个月过去，我不知道正大怎么样了，贵州方面也没有消息。期间我几次打电话给信访局的张副局长，他都满腔热情地安慰我，李光辉，你不要急，这种事不能急于求成，到时一定会有结果的。

我又打电话找阿根，阿根说，这些天我爹病重，是忧愁出来的恶病，正忙得团团转。

我也给几个远房叔伯打了电话，他们告诉我，这些日子过得快疯掉了。

我准备去找信访局张副局长，是他把我们领回来的，快半年过去了，怎么还没给我们一个说法。我正在越想越气愤的时候，我家邻居打电话给我说，最近几天，电力公司在你家门口贴了两次催缴电费通知，如果再不去缴清就要断电了，你赶快回家来看看。

我离家时关照过邻居，我们全家要离家一段时间，如果有重要的事请他打我的手机。邻居是个热心人，看到贴在我家门上的催缴电费通知，马上给我打了电话。其实，我每隔半个月，都会在深夜偷偷摸摸回家，这是一种有家不能归的感觉。我确实想回家，好几次躺在小区门卫简陋的木板床上做梦，梦到自己躺在家里温暖的床上。

我决定白天回家去，刚好领导昨天叫我到财务领了五百元钱，去配一批小区的灯泡灯管。这些日子，住户反映小区的路灯坏了不少，给住户晚上进出带来了麻烦。

我是下午四点左右回家的，看了看什么都好，只有一块去年冬天酱的肉在流油。肉油正在一点一滴地流下来，阳台上已经弥漫着一种异味。我把这块酱肉弄下来，拿到鼻子前闻了闻，觉得这种气味应该是成熟的肉香。我给月娟打电话，说，晚饭到自己家里吃。傍晚，月娟来了，烧饭炒菜蒸酱肉，屋子里流动着食物的香气，有家真好。

邻居发现我家里的声响，立即猛敲我家的门，边敲边喊"李光辉"。

我打开门，邻居说我还以为有贼了。我还没来得及感谢邻居，邻居又说，你知不知道，经常有个人来敲你家的门，越是没人敲得越狠。有几次，还是晚上来敲的。我知道这个人一定是正大，我对邻居说，你不要去理他。

邻居说，我不理他都难，你想想，他这么敲你家的门，敲得左邻右舍都不得安宁。这个人你认识的吧？

我说，我不认识。

邻居疑惑地说，你不认识呀，那你要当心了，这个人脑子肯定有毛病。

邻居走后，我有些心烦意乱，这种日子怎么过得下去呢？抽了一根烟，我出去买啤酒，准备以酒消愁。

想不到的是，刚到小店就被正大逮住了。

自从被正大逮住后，我把这个事说给我爹和月娟听了。我们有耳朵以来，从来没有听到过这种恐怖的警告。我和月娟老老实实回家住了，我爹不想回来，不想过"要被烧掉房子"的日子。

现在，凡是正大打来的电话，我都会老老实实接听。正大打给我的电话只说一句话，光辉，我的钱怎么样了？

我无可奈何地撒谎说，快了。

我决定去找信访局的张副局长，他热情接待了我，和我谈信访工作的重要性，谈安定团结的重要性，就是不谈贵州那边处理这个事的进展。我说尽了好话，张副局长继续不厌其烦地做我的思想工作。最后我几乎要哭了，还差点跪下来抱住他的大腿，我带着哭腔说，张局长，我求你了，这个事再不解决，肯定要出大事了。张副局长安慰我，这种事不能太急，要妥善处理。明天我们就会和贵州方面联系。

我对张副局长的话表示怀疑，所以我刺激他说，如果你们不尽快帮我们解决这个问题，我们真要上北京去告状，我们活不下去了。

过了几天，阿根打电话给我，说，他爹昨天夜里死了，是骂着李柏松断气的。我匆匆赶到乡下，把这个不幸的消息告诉我爹。我爹一定要去送六一哥，我和我爹又赶到阿根的家。

阿根家里哭声阵阵，我爹看到李六一枯瘦的遗体，眼泪和鼻涕一起流下来了。大家开始骂李柏松，把他骂了个狗血喷头。我爹也边哭边骂，骂到后来他拉起我的手，无比愧疚地说，光辉呀，这个事都是我害了你，爹有罪呀。

我心里虽然难受，但还是努力变换着各种笑脸安慰我爹。接着大家商量要再去一趟贵州，或者干脆直接上北京告状。

晚上，我爹回农村的班车没有了，我带我爹疲惫地回了家。月娟还没有回家，电话正在哇哇脆响，我接起电话，我爹也接起了他房间的电话，我说，你找谁？我爹赶紧也说，你是谁？

电话里的人说，我是李柏松。我和我爹当即都懵了，以为自己在做梦，或者像碰到了鬼。李柏松说，你是李光辉吗？我有话同你说，你听到了吗？

我爹扔了电话跑过来，用手碰了碰我悄悄说，说呀，光辉你说呀，他说他是李柏松。我惊得浑身抖动了几下说，我是光辉，你是柏松叔？

李柏松说，我当然是柏松，我又没有死，我不是柏松谁是柏松。

我爹紧张得牙齿在打架，他结结巴巴对我说，钱，钱钱，你快说钱。

我哈哈笑了几声，这种笑声我自己都听得害怕。我说，柏松叔，我们都在找你，我们——我们贵州都去过了。

李柏松大声说，你们真是乱弹琴，你们都是我的亲戚呀，可你们一点不给我面子，搞得我臭名昭著。

我说，柏松叔，这个事是这样的——

李柏松打断我的话说，光辉，你不要多说了，我李柏松不是你们想象的那种人。你是不是不想投资了，我听说你们的钱是借来的，是这样的吗？

我听了李柏松的话心潮起伏，鼻子马上发酸了。我说，是的，我是借来的钱,现在,借给我钱的那个人逼得我很凶,我再不还他钱,他要烧了我的全家,这种日子我们过得快要疯了。

李柏松叹息一声说,人生人生,人人都有一本难念的经呀。这样吧,光辉,你们的钱我先退还给你,我李柏松即使是个骗子,也决不骗自己人。

我激动得一口一个"谢谢,柏松叔",我爹在一旁像热锅上的蚂蚁,嘴里喋喋不休地说,他在说什么,他说什么了?

李柏松最后关照我,这个事不能和任何人说。

我说,柏松叔,我保证不说,我向你保证。

李柏松说,那你马上到火车站旁的"红星招待所"来,绝对不能告诉任何人,我明天一早就要走。

我接完电话,对我爹说,我去去就回来。

我爹拉着我不让走,一定要我说李柏松说了些什么,还问我出去是不是找李柏松?我明显感到他的手在颤抖。我安慰我爹说,爹,我是去找柏松叔的,找到他说几句话马上回来。我爹说,你不能放了他,放了他不可能再找到他了,我们赶快报警吧。

我说,我们不能这么做,李柏松毕竟是我们的亲戚。我去去就回,看他说些什么。爹,你不能和任何人说李柏松回来了。

我爹点点头,一脸茫然地看着我出门走了。

我很快找到这个红星招待所,在二楼一个昏暗的房间里,李柏松像一根褪去光泽的烂铁棒扔在床上。我提心吊胆叫了声"柏松叔"。李柏松站起来用手搓了搓脸皮,说,光辉,你坐吧。接着从床底下拖出两只黑色塑料袋,又说,你点点数,这里一共是五十四万。

我目瞪口呆看着两只黑色塑料袋,脑子一片空白了。李柏松催促我,光辉,光辉,你点点数呀!

我用颤抖的手打开塑料袋,把钱一刀一刀数过去。我说,柏松叔,不是五十万吗?怎么会有五十四万。

李柏松说，四万是利息。光辉，我不留你了，带这么多钱不安全，你赶快回家去吧。我从来没有拿过这么多现金，看看李柏松又看看手里的钱，我还想看看我自己，真是难以相信呀。

我把钱吊在自行车后车架上，看上去像两袋垃圾。我小心翼翼往家里赶，边骑车边东张西望，形迹与一个小偷没什么两样。

我一进家门，腿就软了。我爹打开两只塑料袋，一看这么多钱，马上脸抽起筋来，接着流了一大摊的口水。他的舌头大了，说话含糊不清，问我这么多钱的来龙去脉。我说是李柏松还的，又给了四万块的利息。

我爹激动得说不出话来，喘了几口大气后，开始痛哭流涕。好不容易把我爹弄平静了，正大的电话又来了。

我说要把钱还给他，正大死活不相信，又哭又闹又骂，他说再骗他真要对我下毒手了。我说，我不骗你，你马上来我家取钱。

过了一会儿，正大风风火火赶到了，把我家的门敲得像锣鼓一样响亮。我打开门，进来的正大头发胡子像茅草。他看到地上的两袋钱，眼睛要弹出来了，马上扑上去把它们统统倒在地上，接着又把它们扔回袋里。

我说，这是四十万，你拿去吧。

正大笑了，而且越笑越响亮。他拎起钱袋冲了出去，边奔跑边一路狂笑，这是我的钱，哈哈，这是我的钱。

我爹躺在床上不能动弹了，说话也含糊不清，他躺在床上又喊又叫，还用手拍打着床铺，大意是要我去追赶正大。我总算清醒过来，急忙去追赶正大。我边追边喊，正大，喂，正大你要去哪儿？等等我，我和你一起去。

我不敢说你要当心拎着的两袋钱，如果我这么一说，就公开告诉别人正大拎的是两袋钱。路上许多人都在看我们，甚至有人停下来在看热闹。我非常的惊慌，好在正大的这个样子，没有人会想到他手里拎的是现钞。

正大跑进一个小区，这里的房子已经老了，环境也脏乱差。正大跑到一幢旧楼前，边笑边摸出钥匙打开一间自行车棚，里面阴暗潮湿，还有一股酸溜溜的臭气。我满头大汗追上来，正大已经钻了进去，脚跟一蹬门嘭地关上了。我听到正大依然在欣喜若狂哈哈大笑，这个结果确实太突然太意外了。

我敲着门说，正大，正大你开门，我是光辉。正大没有理睬我，只顾一心一意地笑。我边敲门边喊了十多分钟，正大就是不开门，他的笑渐渐变成了哭，哭哭笑笑，笑笑哭哭，看来要没完没了。

我突然想到躺在床上的我爹，我得赶快送他去医院，我爹可能小中风了。我扔下正大赶回家去。天已经黑下来了，我心急火燎只顾埋头赶路，突然一头撞在一块路标牌上。我眼前一黑，什么感觉都没有了。

生命诗

俞哲人还没死,脸色已经像死人了。

大约一个星期之前,俞哲人被确诊为癌症晚期。这一天,是他四十年人生中最黑暗最倒霉的一天。

俞哲人的精神一下子崩溃了,这种事谁碰上谁崩溃。当时,俞哲人还想故作镇静,但他的脸色发白满头大汗,张着嘴说不出话,还瑟瑟发抖。这之前,俞哲人已经在多家医院检查多次了,他和所有人一样心存侥幸,他相信自己是胃不好,因为教书这个职业和喜好喝酒,他的胃已经不好多年了。想起来,有好几次俞哲人的胃有这样那样的难受感了,他就去药房买吗丁啉、健胃片什么的,一吃就灵。

这一次胃病发作,俞哲人也不当一回事,吃了几天药,发现胃还是难受,而且隐隐作痛。老婆杜鹃红说,我想不通,你有"医保",为什么不去医院检查

俞哲人说,医院又不是酒店,进去能痛快淋漓地喝酒,医院这种地方我怕进去出不来。

杜鹃红听了浑身不舒服，说，俞哲人，医院又不是火葬场，你今天不去看医生，我和你没完！

　　俞哲人举手投降，说，我听你的，行了吧。杜鹃红和俞哲人在同一所学校工作，杜鹃红是学校的会计，俞哲人是教高中语文的老师。他们同一年参加工作，进校不到一年恋爱了，交往两年多都觉得还算般配，就走上了结婚生子这条路。杜鹃红提出要陪俞哲人去医院，俞哲人说，又不是要死病，我自己会去的。俞哲人和杜鹃红说话历来百无禁忌，和在学校里循规蹈矩的俞哲人判若两人。杜鹃红听到一个"死"字，心头掠过一阵惊慌，她恨恨地说，狗嘴里吐不出象牙。

　　俞哲人先去一家社区医院，医生根据他说的给他配了一些胃药，病历本上写的是胃溃疡。俞哲人看看手里的药，笑一笑直接赶到学校上课去了。

　　过了几天，俞哲人感觉还是老样子，他的心里咯噔了一下，难道自己的胃真出了大问题？俞哲人没有告诉杜鹃红，悄悄去了另一家医院，他要求拍片做个检查，结果出来后，医生怀疑他是肝脏多发肿瘤，需要住院进一步复查。俞哲人的脑子突然短路了，他看着医生傻笑几声，就是没有说话。医生又说，你要放松，一般来说，病人一紧张病情就会加重。俞哲人梦醒般地说，医生，严重吗？医生说，现在我说不准，需要复查后确诊。

　　俞哲人有心事了，出了医院，他站在街头用手按左右腹部，这边按捺几下，又换到那边按捺几下。开始没有感觉，他按腹部像在按一个泄了一半气的皮球。按的次数多了，他的右腹部按出了疼痛感，而且越按越有疼感。俞哲人想，完了，一定是肝脏坏了。

　　俞哲人对杜鹃红说，真是乱弹琴，我去看胃病，医生居然怀疑我是肝脏多发肿瘤。听到俞哲人说到"肿瘤"，杜鹃红心里慌乱了，她说，有肿瘤肯定不是好事，你还是多发的，明天赶紧去大医院复查。

俞哲人装出平静的样子说，胃病我是不怕的，我有肝病没想到。

第二天，俞哲人在杜鹃红陪同下到市人民医院进一步检查，最后俞哲人被确诊为胃癌晚期，而且还肝转移。医生要求俞哲人马上住院手术，俞哲人哆嗦着说，手术能成功吗？

医生说，所有手术都是有风险的。

俞哲人的情绪突然失控了，这是他第一次控制不住自己，他大声嚷嚷，他妈的，凭什么，有人能活到八九十岁，甚至一百岁。凭什么，我——俞哲人只能活四十岁。公平吗？我以为生命应该是最大的公平，现在想想生命是最大的不公平。俞哲人像站在讲台上滔滔不绝说个没完，杜鹃红拉着他，哭天抹地地说，俞哲人，你是男人你要冷静，你不冷静叫我一个女人怎么能冷静。

晚上，痛不欲生的俞哲人脑袋一片空白，他把自己关在房间里偷偷哭，他甚至于想到要从13楼的家里往下跳，反正迟早总是死，还不如现在死个痛快。

天快亮的时候，哭了一夜的俞哲人自己都觉得哭烦了，他终于冷静下来要想些正事了，越想事越多，整整想了三天，他才想周全自己死前要做的五件大事。这五件大事是：

第一件是请朋友们喝酒。俞哲人是一个喜酒的人，这些年结交了一些投机的朋友加酒友。平时经常和他们吃吃喝喝，享受酒桌上的痛快淋漓。现在他要先走一步，请大家喝一次酒也算是一种告别。

第二件是一个人出去旅游。俞哲人是一个不喜欢游山玩水的人，他喜欢朋友们热热闹闹聚在一起喝酒。现在，他已经跑到人生的尽头，他想一个人出去走走。

第三件是找一个人。俞哲人要找的人叫季美儿，他想见到这个女人。她是俞哲人的高中女同学，也是他的初恋情人，他们两个差一点就要有情人成眷属。后来季美儿的父亲，一个固执的老男人，坚决反对女儿和俞哲人谈恋爱，理由是他看着这个俞哲人不顺眼，因为他的家庭一穷二白。

第四件是报复一个人。俞哲人觉得自己的胃癌是被一个叫胡沙伟的人气出来的，他们是同事也是竞争对手，两个人年龄、教龄和学历都差不多，同在一所重点高中教书。去年，俞哲人评"副高"和报市"青年拔尖人才"没成功，都是这个胡沙伟闹腾的结果。

第五件是撞车自杀。俞哲人想通了，与其被病魔折磨到奄奄一息而死，还不如自己选择死。俞哲人觉得死也要死得有价值，他想找一辆有钱人的高档车撞上去，死了也能赔个十万二十万，而且死得也痛快了。

俞哲人想好要做的五件事后，心里平静了许多。他对哭哭啼啼的杜鹃红说，我都不哭了，你也哭得差不多了。杜鹃红红肿着双眼说，你也不想想，你是我老公，你得了这种病，我不哭我还是人吗？俞哲人说，我一时半刻死不了，即使真要死，我也要做完五件事才能死。

杜鹃红以为俞哲人在宽宽她的心，边抹眼泪边说，你真是莫名其妙，还有心思想闲事。你说吧，要做哪五件事呢？

俞哲人认真地说，我说的是真话，你要支持我。我怕死，更怕痛苦地死，死前做自己想做的事，这样死得就充实。

杜鹃红说，俞哲人，你不能死，只要你不死，你做什么我都支持你。

俞哲人说，我想请朋友们喝酒。

杜鹃红以为听错了，俞哲人已经得了这种病，心里还在念念不忘喝酒。杜鹃红的悲伤再次涌上心头，她想，算了吧，他都这样了，还能说什么呢？杜鹃红说，你想请谁就谁吧。

俞哲人说，我想一个人去旅游。

杜鹃红说，你想去哪里玩就去哪里好了。

俞哲人停顿了一下说，我想找一个人。

杜鹃红说，你想找谁就找谁去吧。

俞哲人说，谢谢你，杜鹃红。杜鹃红揩着眼泪说，还有呢，你都说出来吧。只要你不去杀人放火——就是和女人——我也没意见。俞哲人当时确实也想到过做回嫖客，反正要死了，嫖一回就嫖一回吧。后来想了想，算了吧，做了一辈子好人，不想在死前变成了一个坏人。

俞哲人脸红了，仿佛被杜鹃红揭开了心底的肮脏。他说，看你说的，我是这种人吗？我就是死也要做个好死鬼。

杜鹃红说，你不要再说死了。

俞哲人说，我先做这三件事，做完就去住院动手术，另外两件事出院再说吧。我是这么想的。

俞哲人请了一大桌子朋友喝酒，算上他自己一共有十三个人，这些人都是他紧密型的朋友，平时也经常聚在一起喝酒聊天。俞哲人还有许多朋友，其中不乏喝酒的高手和精英，这次他不叫他们，如果都请到一起来就得好几桌，又不是请喝喜酒，没有必要动作搞得太大。

请这些朋友喝酒，俞哲人经过了深思熟虑，他把想得到的朋友名字一个个写在一张白纸上，很快这张白纸上的名字密密麻麻了。他没想到自己的朋友居然有这么多。面对这么多朋友的名字，俞哲人的心里温暖了，活着多好呀。

俞哲人把这次聚会安排在四星级的东亚大酒店。以前他们聚会都在小饭店或者农庄，聚为主吃次之，图个热闹快乐。这次朋友们都问，哲人，你安排在东亚呀，有喜事了吧，职称上了，还是股票上了？俞哲人一遍又一遍地重复说，没别的意思，就想朋友们聚一聚。

打完电话，俞哲人的感觉挺好的，耳朵和嘴巴似乎还不甘寂寞，想继续打电话。俞哲人把捏成一团的白纸再展开来，他看了看名单，想起了这些人的容貌举止，仿佛他们都站在自己的眼前，许多活着的感慨油然而生。这个时候，俞哲人突然蹦出一个大胆刺激的想法，就是邀请胡沙伟一起来喝酒，他要测试这个人的酒量和胆量。俞哲人的兴奋是一下子膨胀的，兴奋膨胀了，精神就焕发。

胡沙伟的办公室就在俞哲人的隔壁，他们的教师办公室里每间要坐六个人，里面拥挤、凌乱、昏暗，像一间堆积废纸的旧房子。胡沙伟一个人在办公室，低头弓着腰在批改作业，俞哲人走过去说，胡老师，你在忙呀。

胡沙伟抬头发现站在眼前的是俞哲人，他惊讶地说，俞老师，你有事？他们两个很少单独说话，基本上属于面熟的陌生人。

俞哲人拉过一把椅子在胡沙伟对面坐下来说，胡老师，我想请你喝酒？

胡沙伟说，你说什么？他的脸皮绷得紧紧的，涂抹着一脸的警惕。

俞哲人信心满满地说，胡老师，你别紧张，我说我想请你喝酒。你想想，我们同事这么多年，从来没有坐在一起喝过酒，说不过去呀，也是遗憾呀。

胡沙伟脸红了，俞哲人心里想，这种人也会脸红，人啊人。胡沙伟说，俞老师，你说得对，我来请你吧。

俞哲人笑得舒心，他站起来挥一下手说，下次你请我吧，明天晚上东亚大酒店不见不散。

晚上，俞哲人还在为自己出其不意的决定感到兴奋，他对杜鹃红说，明天晚上我请朋友们喝酒。杜鹃红说，你想做什么我都支持你，但你的病不能拖延，我不能眼看你——早点住院治疗吧！杜鹃红说不下去了，这几天她都泡在网上，查阅了大量有关癌症的资料。

俞哲人说，今天说高兴的事，不谈生病的事。

杜鹃红说，你都这样了，还会有什么高兴的事，你不抓紧时间住院手术，这是在耗命。

病生在俞哲人身上，他心里当然最清楚，癌症晚期，胃和肝都在烂了，无论怎么治疗都是人财两空的结果。俞哲人不想纠缠在这个悲痛的事上，他说，你知道我明天请客请到了谁？

杜鹃红唏嘘一下说，还会有谁，都是你的那几个酒肉朋友。

俞哲人说，你想不到吧，我请了胡沙伟。

杜鹃红惊讶地看着俞哲人，以为他在说胡话。俞哲人说，我不骗你，真的请到了胡沙伟。

杜鹃红说，你病得疯了吧，把你的死对头当朋友了，还要请他喝酒。

俞哲人说，冤家宜解不宜结，这是古人说的。

杜鹃红说，你请人喝酒我同意，你自己不能喝酒，你再喝酒我坚决反对。

俞哲人说，我保证只喝一点点。

第二天傍晚，是个春寒料峭的周末，太阳懒洋洋地坠落西天。俞哲人提前到酒店点好菜，然后坐等朋友们前来喝酒。第一个到的是胡沙伟，他推开包厢的门，发现俞哲人一个人坐着在发呆。胡沙伟站在门口愣住了，进退两难地看着他。俞哲人抬头看到站在门口的胡沙伟，说，啊，胡老师，你来了，来，坐我边上。

胡沙伟坐到俞哲人的右手边，说，俞老师，你客气，我就来了。

俞哲人说，我们这么多年的老同事，居然还是第一次一起喝酒，我惭愧呀。胡沙伟听了这话，心里暖洋洋了，他觉得俞哲人会把他当竞争对手，或者干脆对他恨之入骨。胡沙伟一直在猜测俞哲人为什么要请他喝酒？这是友好的信号还是一个阴谋。现在，俞哲人都这么说了，胡沙伟还有什么好怀疑好纠结的呢。胡沙伟说，俞老师，你是个男人，我还有什么好说的呢。

客人们都来了，都是喝酒的男人，坐满一桌子。俞哲人的感觉挺舒心，他大声说，服务员——上菜——上酒。兄弟们看得起我俞哲人的话，每个人都要喝酒，白酒——红酒——黄酒——啤酒——自己选。我告诉你们，就是死了也要喝！气氛很快被酒精点燃了，第一轮敬酒在热菜还没上之前开始。俞哲人是不能喝酒的，今天他就是死了也要喝，把只喝一点点的保证扔掉了。

酒喝多，话就多，大家七嘴八舌地说俞哲人是不是发达了，有一个叫张胖子的老同学和俞哲人的关系"铁"了二十多年，他盯住俞哲人不放，一定要他说出请客的目的。坐在右边的胡沙伟看不下去了，他挺身而出说，这位兄弟，你的话跑偏了吧。俞老师今天开心，请大家喝酒只是图个开心。你有意思吗你？

俞哲人很快喝多了，他突然抱住胡沙伟说，胡沙伟，我没想到，你是我兄弟，以前你干的那些勾当，我都知道，但是，现在——已经过去了，我不在乎了。

胡沙伟也喝了不少酒，而且他喝的是白酒，感觉已经喝到热血沸腾的境界。他贴着俞哲人的耳朵悄悄说，俞老师，你这个人什么都好，就是心眼小，你怎么能怀疑我干的是勾当呢。呸，你错了，我也是一个男人。

张胖子拉开胡沙伟说，这位兄弟，你喝得不多话太多了。他又拉住俞哲人说，哲人，你抱着一个大男人想干啥，你想抱初恋情人了吧？有个朋友敲着桌子说，是呀，是呀，哲人，季美儿呢——啊——你应该把季美儿叫过来，大家来个一醉方休。

在俞哲人的朋友圈子里，基本上都知道他的初恋故事。以前喝酒喝到一定程度，也有人会揭开俞哲人的初恋故事，这个故事仿佛成了酒桌上的一道美味佳肴。以前俞哲人都会平静地说，你们还提这种爱情故事，俗——俗不可耐。然后，就嘻嘻哈哈地傻笑。今天俞哲人听到有人说季美儿，酒醒了一半，他大声说，谁说谁去叫！

胡沙伟大声喊，喂——喂喂——你们说的季美儿——是哪一个季美儿？没有人理睬胡沙伟，他们集合起来的声音远远超过了胡沙伟的声音。过了一会儿，吵闹声平息下来了，张胖子的声音露了出来，他说，哲人，我们这里没人和季美儿联系，要叫还是你自己叫吧。

俞哲人说，既然你们提到季美儿，我实话告诉你们，我真想见见她，二十年没见面，我——我——。他突然哽咽了，接着眼泪流到酒杯中，所有人都呆若木鸡，他们没想到这一次俞哲人会如此投入。

这个时候，胡沙伟摇摇晃晃地站起来抱住俞哲人说，俞老师——兄弟——别哭，哈，别哭呢，我知道这个季美儿在哪里。

张胖子说，好呀，季美儿来了，来——干杯，为俞哲人和他的初恋情人见面——干杯。

俞哲人又喝了一杯，他还想摸酒瓶，有人按住他的手说差不多了。俞哲人说，胡老师，你别逗我了，你要逗我也不要在这里逗，听到了吗？

胡沙伟突然哭了起来，他说，看你说的，我怎么会逗你，告诉你，这个季美儿我真的认识，她——她曾经和我有远亲，你不信？那就算我没说吧。

俞哲人拉住胡沙伟说，你说——你说——季美儿在哪里？说不出来了吧，看我揍你。俞哲人一只手抹脸上的泪水，另一只手真的扔了一拳头过去。胡沙伟摇摇晃晃的身体跌倒在地上，他含糊不清地说，打——该打，我该打。张胖子拉住俞哲人说，哲人——俞哲人，好了，你们都醉了，散了吧。

俞哲人把胡沙伟拉起来说，谁说散了，一个都不许走！

胡沙伟的嘴角流出一串脏沫，像阴沟里流出的污秽。他低着头只顾自己说，俞——哲人，我不骗你，季美儿是我一个远房表兄的前妻，现在——他们早就离婚了，哈哈——哈。胡沙伟说完号啕大哭，像死了亲爹娘。

俞哲人说，算了，你想哭就哭个痛快。我们——今天开心，我们就在残羹剩菜前唱首歌吧！俞哲人扯开嗓子满怀深情地唱了一首《为了谁》，唱着唱着，他醉后熟睡了。后来，俞哲人说到这一天的事，说，如果能这样死去挺省心省事的。

俞哲人天不亮就醒了，感觉头死沉死沉的，好像死了一回。他轻轻爬下床，到客厅喝了几大杯白开水，醒来舌头腻住了，厚厚的，没有一点味觉。喝了白开水，俞哲人想起了昨晚请朋友喝酒的事，也想起了胡沙伟说认识季美儿的事，他半信半疑的，仿佛做了一个梦。

突然，他听到了哭声，这是和他睡在一张床上的杜鹃红在哭，自从俞哲人被确诊为癌症后，杜鹃红经常在梦中哭醒。刚才不是睡得好好的，怎么又哭醒了？俞哲人说。我怎么能不哭，碰到你这种不负责任的男人，我白天黑夜都哭不够。你命苦，我的命更苦。杜鹃红压抑地哭着，哭出了一副苦命相。

俞哲人刚刚清醒过来，这会儿又被哭哭啼啼的声音搅糊涂了。他说，你这是什么话，我哪里不负责任了？啊！

杜鹃红说，你是真糊涂还是假糊涂，你想你已经这样了，喝酒还往死里喝，天下有你这样的男人吗？说到喝酒，俞哲人又想起了昨晚请朋友喝酒的事，他说，开心就好呀，难道你不想让我活得开心？杜鹃红说，你看你说的话，我不和你说了！

早上醒来，俞哲人精神气爽的，没有癌症晚期的痛苦烦忧，他甚至于怀疑医院是不是搞错了。俞哲人用手按了按右侧腹部，疼痛感马上就按出来了。要不要死成全尸？这个事俞哲人很纠结，许多癌症患者动了多次手术，一次一次割掉身上的肉，有的还割错了，最后肉割得差不多，人也死掉了。他在心里骂，医生都是王八蛋，死人医不活，活人医死了。

俞哲人不动声色地到了学校，看到胡沙伟已经在岗了，他正在埋头备课。俞哲人不想去问他季美儿的事，如果昨晚真是酒话，酒醒后说过的话一定全忘了。俞哲人走过胡沙伟办公室窗口放慢了脚步，一直走进自己的办公室，也没人叫他。俞哲人有些失落，胡沙伟的话是十足的酒话，他感到被胡沙伟调戏了。

办公室里只有俞哲人一个人，他觉得孤零零坐着很寂寞，在这个大办公室，以前上班基本上也是俞哲人第一个到，那时他喜欢早到，早到的十几分钟清静自在。俞哲人没有心情备课，反正上午只有两节课，对他来说这是张张嘴的事，如何尽快找到季美儿？这才是棘手的难题。俞哲人拿来一张白纸，准备罗列几条可能找到季美儿的路径，他相信这个女人一定能找到。

胡沙伟走过来时，俞哲人还在低头沉思，二十年前的季美儿亭亭玉立站在远处，看得见摸不着。胡沙伟说，俞老师，谢谢你！

俞哲人抬头说，胡老师，你莫名其妙呀，什么谢谢？

胡沙伟走上前说，你是个心胸开阔的男人，我服你！

俞哲人猜测胡沙伟说的一定是昨晚请他喝酒的事，他既然还记得这些事，他也不会忘记季美儿的事。俞哲人说，胡老师，你这么说，我脸红了。

胡沙伟像老朋友一样拍了拍俞哲人的手背，从口袋里摸出一张小纸条，说，俞老师，这是你要的。他把纸条塞进俞哲人的手掌，然后匆匆忙忙走了。

俞哲人捏紧胡沙伟给他的小纸条，感觉就像捏着一份重要的情报。别的老师也来了，大家都在做上课前的准备。俞哲人低头悄悄展开手里的纸条，上面有一个手机号码。俞哲人感到一阵燥热，他拎起桌子上的水杯喝了一大口,想这个号码应该是季美儿的。

两节课稀里糊涂上完后,俞哲人看着纸上的手机号码发呆,这个号码的那头是他的初恋情人季美儿吗?俞哲人准备在午后给季美儿打电话,这个时候是休息时间,他和杜鹃红都在学校食堂吃饭,然后杜鹃红会抓紧时间回家做些家务,他可以选择这个时间在校内或校外打电话。

现在,俞哲人调整好了杂乱无章的心态,望着午后温暖的阳光,摸出手机开始拨号。俞哲人突然涌起二十年前的情感,那年,季美儿为反抗父母到海南后,他们还有书信和电话联系,这种在离别中思念的生活,大约持续了一年。俞哲人印象最深刻的一次是那年夏天,他站在一个公用磁卡电话旁,约定给季美儿打电话,那个固定电话的号码是季美儿提前来信告诉他的。这个电话打了一个多小时,期间还下起雷阵雨,俞哲人被雨水淋个透彻,成了一只标准的"落汤鸡"。他抹着雨水和泪水坚守在电话机旁,直到磁卡里的钱打完为止。

如果生命中有刻骨铭心,俞哲人认定这就是他的刻骨铭心。

手机接通后,里面果真传来一个女人的声音,这个声音是陌生而遥远的,喂,哪位呀?女人的语气有些漫不经心,似乎在一边做事一边接手机。

俞哲人镇定一下自己的心慌,说,请问你是——季美儿吗?

电话那头静默了二三秒钟,接听电话的女人不想急于说话,她要继续听俞哲人说下去。俞哲人等了等又说,你是季美儿吗?我是俞哲人,你还记得我吗?电话里的女人似乎啊了一声,啊得有些压抑,但俞哲人听到了,他又说,季美儿,我想见你,二十年了,我一直都想见你。其实,俞哲人只说了一半真话,他确实很想见季美儿,这是真的,但如果没有患癌症这个意外,他想把这个心愿带进棺材。

女人轻言细语地说，你真是俞哲人吗？现在骗子太多，什么样的骗子都有，我被电话骗子骗好几回了。

俞哲人激动了，女人的声音越来越熟悉，他说，你是季美儿，我听出来了，我要见你。你在哪里？

女人似乎唏嘘了一下，不过很快字正腔圆地说，我是季美儿，但我不想见到俞哲人。俞哲人怕她搁电话，急忙说，美美，你听我说，我想见你是有原因的。俞哲人已经进入了二十年前的状态，他的美美也活灵活现在眼前了。

季美儿说，俞哲人，我不想见到你，都过去了，我已经把你忘掉了。

俞哲人有些绝望，他大声说，我想见你——我得了癌症，活不长了。

季美儿说，俞哲人，你这种谎言太老套，我这半生骗我的男人已经够多了，我不想见你。

俞哲人几乎是喊叫着，为什么——我不骗你，我要死了，就要死了。

季美儿说，我不是以前的季美儿，你也不是以前的俞哲人。

二十年前，季美儿几次三番写信邀俞哲人一起到海南创业，言下之意是两个人私奔算了。如果俞哲人同意私奔去海南，他们肯定会在一起。当时，在父母和熟人眼里，十九岁的季美儿是一个冒天下之大不韪的女孩子，有人说，这个女孩子心比天高命比纸薄。俞哲人的形象是一个好学上进的年轻人，他考进了一所师范专科学校中文科，他的人生目标是将来毕业做个老师，然后和季美儿结婚生子，所以他劝季美儿回来。

午后的阳光懒洋洋起来，俞哲人的身心也懒洋洋了，他坐在一个花坛边上回味季美儿说过的话，爱是要付出代价的，他确实没有为爱付出代价，所以现在季美儿不想见到他是对的。

手机响的时候，俞哲人正走在去教室的路上，他的心随着来电声跳跃，难道是季美儿回心转意了？俞哲人迅速按下接听键，打给他电话的不是季美儿，是杜鹃红，她焦急地说，喂，俞哲人，你中午去哪里了？

俞哲人说，怎么了？我不是在学校吗。

杜鹃红好像压低声音说，我去你办公室看了三次，你都不在。我有事找你，你到行政楼门口来。

俞哲人说，我要上课去，下课我过去找你。

俞哲人要上的课文是白居易的《琵琶行》，对于这首诗他烂熟于心，可以一口气背到底。现在，他想到白居易的另一首诗《长恨歌》，"在天愿作比翼鸟，在地愿为连理枝。天长地久有时尽，此恨绵绵无绝期。"这堂课上得非常成功，因为俞哲人第一次把自己和季美儿掺和到唐玄宗和杨贵妃的爱情里，虽然他不是唐玄宗，季美儿也不是杨贵妃，但他确实把自己的初恋推移到了千年之前。

下课铃声响了，师生们都还沉醉在白居易笔下的意境里。杜鹃红已经等在行政楼的一角，俞哲人拿着书慢腾腾走过来。

杜鹃红惊讶地说，俞哲人，你在学生面前也哭鼻子了？

俞哲人说，没有呀，我怎么会在课堂上哭。自从俞哲人被查出患上癌症，他和杜鹃红统一了思想，就是在住院手术之前，暂时不向外面说，包括双方的父母。

杜鹃红说，还说没有，眼角上还挂着泪水呢。俞哲人赶紧自己用手又揩了揩，他想到上课时的情景，也想到自己或许情不自禁地流过了泪。

俞哲人说，哦。这是泪水吗？没了，你说事吧。

杜鹃红说，我联系了上海的一家大医院。她只说了一句话，似乎说不下去了，眼睛也红了。俞哲人居然在学校行政楼前，第一次旁若无人地拉起杜鹃红的手说，我听你的，你不要哭，要哭我们回家去哭吧。

俞哲人和杜鹃红一起走进校长办公室，所有的话都是俞哲人说的。校长难以置信站在面前的俞哲人已经癌症晚期，除了脸色暗淡无光，其他的和以前的俞哲人没有什么区别。

校长看了几遍俞哲人给他的病情诊断书，说，俞老师，这么大的事，你为什么不早点说呢？赶快去医院，有什么困难尽管提出来。

俞哲人说，校长，困难暂时没有。

俞哲人胃癌晚期的消息传遍了校园。胡沙伟是跌跌撞撞进来的，他一看到俞哲人就哭了，仿佛他见到的这个俞哲人已经是个死人。胡沙伟说，俞老师，你——你——我惭愧呀。俞哲人怀疑自己把胡沙伟设定为报复的对象是一个错误，他觉得他要报复的人应该是季美儿，她是一个无情无义的女人，甚至连普通的同情心也没有。

胡沙伟见俞哲人没有反应，干脆一把抱住他痛哭，俞哲人拍拍胡沙伟的后背说，胡老师，胡老师——我死不了。

胡沙伟说，听说你明天就要去上海，我陪你去吧。我——我没有想到你——你这样了，那天喝酒——唉，你怎么还能喝酒呢。

俞哲人没想到这个胡沙伟如此讲义气，简直就是自家兄弟，他为自己以前对他的误判感到惭愧。俞哲人说，胡老师，你是我的好兄弟，我惭愧，我真的惭愧呀。

两个人痛哭流涕地拥抱在一起，似乎正在进行一场生死离别。胡老师说，你有什么事要我做，尽管吩咐。

俞哲人确实想到一件事，就是季美儿不想见他的事，反正要死了，还有什么事不敢做不敢说的呢。俞哲人悄悄说，胡老师，有件事我本来不想说，既然我们是兄弟，我就告诉你吧，季美儿不想见我。你别说，先听我说，我说我得了癌症，活不长了，想见到她。她说我的谎言太老套。胡老师，你说这个女人还是一个女人吗？

胡老师说，你为什么一定要见她呢？她有什么好见的？难道你不见她就死不了吗？你真是的，管管自己吧。胡沙伟说得义愤填膺，脸色也发红了。

这个时候，校长匆匆赶到了，他一把拉开胡沙伟说，胡老师，你像什么样子，你看看，师生们都在笑话你们。胡沙伟抬头发现，办公室里的同事都站在他们边上，门外和窗口站满学生，场面像一堂师生们喜闻乐见的讲座。

胡沙伟说，校长，我和俞哲人是同事加兄弟，你们不伤心我没意见，但我怎么能不伤心，我不伤心我不是人！

校长的脸色难看了，他没有训斥胡沙伟，如果他在师生面前训斥胡沙伟，他这个校长就显得不人道了。校长对俞哲人说，俞老师，你和杜老师早点回家准备去上海吧，记得要及时汇报病情。

俞哲人没有理睬校长的官腔，他拉起胡沙伟的手说，如果你是我兄弟，你要支持我见她。胡沙伟感觉俞哲人的手在颤抖，仿佛在说，胡老师，我求你了。

胡沙伟说，好吧，等你活着回来再说吧。俞哲人笑着说，你是我的好兄弟。

俞哲人和杜鹃红回家后收拾行囊，然后杜鹃红说要去银行取点钱买点外出的必需品。现在的俞哲人一切听从杜鹃红安排，他觉得自己的命从此不再属于自己了。

杜鹃红出门后，俞哲人又想到了季美儿，他想给她一个机会，经过几个小时的反思，他希望这个女人能回心转意。俞哲人打通季美儿的手机前，他猜测她会拒绝接听，但手机顺利接通了，这反而让俞哲人又有些慌张。俞哲人说，美美，我明天去上海，目的就是死马当活马医。

季美儿说，哦，你还想说什么？

俞哲人说，如果我能活着回来，我想见你。俞哲人说得痛心疾首，眼泪也涌出来了，他想要打动季美儿，首先要打动自己，现在他已经被自己打动了。

季美儿好像还是没感觉，也没到打动她的程度，她冷静地说，俞哲人，不管你现在怎么样，将来怎么样？我和你都没有关系，所以我们没有必要见面，我说的你懂的，你多保重吧。

俞哲人一个人哭了几声，然后擦干泪水想，季美儿，你真是个绝情的女人！

半个月后，俞哲人和杜鹃红从上海回来了，他们跑遍上海的大医院，见过几个名医专家，结论是俞哲人没有手术的机会，多数名医专家说，如果身体吃得消，你回去做化疗试试。只有一个老态龙钟的专家说，化疗是受苦烧钱，收效微乎其微，还不如回家想做什么就做什么、想吃什么就吃什么？言下之意就是回家等死去吧。

以前俞哲人不会把自己和癌症联系在一起，对他来说，癌症是遥远的，是天外来客。这一次，癌症找到了俞哲人，送给他一张"死刑"的判决书。

俞哲人从上海回来后，经常会想到，如果死前太痛苦，他一定会选择自杀。这是他决定要做的最后一件事，做不到撞车自杀，他会从楼上跳下去，他相信自己一定会这样做。

俞哲人已经在腹痛了，他确定不了到底痛在哪个部位，想到胃在痛，胃就痛；想到肝在痛，肝就痛；想到五脏六腑痛，五脏六腑就痛。这种疼痛就像有一把小刀在体内不紧不慢地游走，刀走的时候疼痛难受，刀停下来就感觉到舒服。俞哲人相信这是癌细胞在扩张，这些癌细胞像成群结队的蝗虫，铺天盖地湮没了他的所有器官。

癌症改变了俞哲人和杜鹃红的生活，这是他们人生的一个转折点。杜鹃红坚持要俞哲人化疗，就是倾家荡产也要医下去。俞哲人则选择了放弃，他说放弃是自己最后的尊严，人就是死也要死得有尊严。两个人为这个事争论不休。

俞哲人想一个人出去旅游，还想报复季美儿。他想不好先出去旅游还是先实施报复，先出去旅游可以说走就走，至于报复季美儿就有难处了，她的人也找不到，报复她谈何容易。

俞哲人觉得忘记癌症想这些事对身体有好处，至少不会像别的患者身心从此垮掉了。当然，杜鹃红不会和俞哲人想的一模一样，她坚决要求俞哲人做化疗，她哭着说，你想想，你不做任何治疗，别人就会说俞哲人的老婆不是人，只要钱不要老公的性命。俞哲人理解杜鹃红的处境，但他还是想做自己想做的事，或许这是属于他的最后决定。

俞哲人坚持上班，他的行动让所有人都捉摸不定，都这样了还来上班？俞哲人说，我现在的状态和以前差不多，一时半会死不了。校长害怕俞哲人会死在学校里，到时家属吵闹着要把他弄个工伤或者因公殉职什么的，麻烦就大了。他几次找俞哲人推心置腹地谈话，目的只有一个，要么去住院治疗，要么回家养病，千万别再坐在学校里。

校长的意见和杜鹃红的高度一致，白天校长找俞哲人谈话，晚上杜鹃红做俞哲人的思想工作。俞哲人对校长说，校长，你放心吧，我不会死在讲台上，我也不会死在学校。校长一脸茫然地看着俞哲人，他甚至于胆战心惊起来，这个俞哲人在玩命吗？

校长给教务处下达指示，俞哲人老师下星期开始可以上班不上课。对于校长的这个决定，俞哲人没有意见，这样他有足够的时间去做他想做的事。在同事中，似乎只有胡沙伟明确表示反对俞哲人放弃治疗的决定，他说这种病一定要接受规范治疗，就是要化疗。不管效果如何，都要去试一试。然后，罗列了一些胃癌患者的存活实例。

俞哲人说，横竖都是死，我不想拿薄命去试，现在我只想做我想做的事。胡沙伟反复强调做化疗的重要性，说你可以边化疗边做你想做的事。俞哲人说，你说的我都懂，但我现在不想做化疗，等想做了再做吧。

胡沙伟想说等你想做已经晚了，但他不能说出口，他这么说就不是贴心的朋友。胡沙伟说，俞哲人，你有什么你想做的事？

俞哲人说，我已经说过无数次了，我想见季美儿，现在我活着回来了，我想见季美儿。

胡沙伟说，我真想不明白，这个女人，你们已经散了二十年，现在还有什么好见的呢。

俞哲人也觉得自己有些可笑，人生都走到边缘了，还一心想着这些陈年烂事。但俞哲人这么多年心里都有个她，他说，胡老师，是你让我和季美儿联系上的，所以你要让我在死之前见到她，这也是你为朋友要做的事。俞哲人说出这些话后，心里突然踏实了。胡沙伟点头说，好吧，你这个人我服了。

第二天下午，胡沙伟通知俞哲人，季美儿晚上想见他。

这是俞哲人和季美儿二十年后的再次见面，他们面对面坐在一家茶室里，双方都觉得对方是一个陌生人。季美儿说，你的情况我听说了，我心痛，也遗憾。俞哲人看着这个女人，她高雅不失时尚，一脸的精明和沉稳，在她身上已经找不到二十年前的影子。

俞哲人说，感谢你能来见我。

季美儿说，我来见你不是因为你想见我，我是来给你推荐一个名中医的，听说这个名中医能妙手回春，我希望你能试一试。

季美儿从坤包里掏出一张纸，摊开来递给俞哲人，这是地址和联系方式，祝你好运。俞哲人接过这张纸，看到上面是一行阿拉伯数字，下面是一家名字叫"德泽堂"的中医馆详细地址。

俞哲人抬起头时，发现季美儿已经走掉了。俞哲人又看了看这张纸，发现这两行字是熟悉的，因为这两行字，他找到了二十年前他和一个叫季美儿的女孩书信恋爱的感觉。

俞哲人决定先去妙手回春的名中医那里试试，他如果不去，似乎对不起二十年前的季美儿。

"德泽堂"中医馆是一家私人诊所，挂着的锦旗已经把诊所的墙壁染红了。一个白发老中医详细查看俞哲人的病历本和检查化验资料，他说，你没化疗？

俞哲人说，已经这种程度了，不想折腾，顺其自然吧。

老中医说，既然如此，何必再来诊所呢？

俞哲人说，老人家，你的意思呢？我听你的。

老中医说，你这种病，只看中医只吃中药是没有用的，中药配合化疗，或许会有一些作用。

俞哲人想有多少癌症患者都是被化疗弄死的，但还是有这么多患者愿意化疗，现在他明白了，从某种意义上说，其实化疗不是在为患者化疗，而是在为医院、医生和医学化疗，当然，也在为关心病情的亲朋好友化疗。

俞哲人说，老人家，有没有不配合化疗的中药呢？

老中医犹豫了一下说，你是熟人介绍过来的，所以我实话实说，这种中药是有的，是我们的祖传偏方，但吃了后成功和失败都有可能，你愿意试一试吗？

俞哲人是被判"死刑"的人，而且他现在就是来试试的。他说，我当然愿意，你能说得详细点吗？

老中医拿出一本厚实的笔记本，封面已经泛黄发暗，像他的一张老脸。他翻开来说，你看，这些都是试过这种偏方的患者，少数患者试成功了，多数患者试与没试一个样，另有少数患者试失败了。

俞哲人说，你说的试成功和试失败的意思是：试成功，就是病医好了；试失败，就是病人医死了。老中医的脸色转阴暗了，他随手合上笔记本说，你是一个聪明人，我想你能悟出我说的意思。对了，我怎么觉得你像个刨根问底的记者。俞哲人说，你误会了，我不是嚼舌头的记者，我是货真价实的癌症患者。

老中医说，其实我也不怕什么记者，我是依法行医。你既然想弄个明白，那我就说个明白。试成功，就是癌症基本好了，也有可能啥病也没了，和你说的差不多；试失败，我不说前你已经说了几句，不过不一定是病人死了，病人还是活着的，只是病情更复杂了。现在，你听明白我说的了吗。

俞哲人说，我不怕，我想试一试。

老中医的目光咄咄逼人，他把纸笔放在俞哲人眼前说，口说无凭，你要立下是自己愿意试偏方的字据。俞哲人镇定自若地立下字据，说，接下来，我该怎么办了？

老中医去另一间屋子拎来一大袋包好的中药，说，这里面是十帖中药，一天一帖，一帖煎二次分上下午吃。先吃三十帖，一个疗程，吃完后看看效果再说。俞哲人从小怕吃苦涩的中药，没想到现在一吃就要吃三十天。他想，如果真能治好胃癌，就是天天吃中药也心甘情愿。

俞哲人说，一切听从你的安排。老中医笑了笑说，这样就好，到我这里来的所有患者，开始都是带着疑问来的，所以你有疑问有想法也正常。

俞哲人说，你是名医你见识多。他准备伸手拿药，想到钱还没付，又说，这药多少钱？老中医拉过桌子上的一把算盘，噼里啪啦地拨弄几下说，每帖388元，你是朋友介绍的，收你300元，十帖三千元，一个疗程三十帖，一共是九千元。先收你十帖的钱，三千元。

俞哲人的心蹦了一下，说，我——我没带这么多钱，我去银行取钱再来拿药。老中医说，请便吧。俞哲人出来只带了两千元钱，他的概念是中药不会太贵,没想到名医的偏方也是偏贵的。俞哲人取钱拿药后,老中医说,你没做过化疗,就不知道化疗的贵,一般来说,一个疗程的化疗要两万元以上,而且效果也难说,你心里掂量掂量就舒服了。

俞哲人是吃中药第三天开始化疗的,这是杜鹃红要求他这么做,一个疗程的化疗,估计费用在二到三万元之间,这和"德泽堂"中医馆的老中医估价差不多。那天,俞哲人和杜鹃红到医院后,医生听说俞哲人在吃中药,斩钉截铁地说,吃中药是无法抑制肿瘤的,基本没有什么作用,我们不推荐癌症患者吃中药。

俞哲人解释说,我吃的不是一般的中药,我在吃偏方。

医生笑了,说,你想吃就吃,不过真的没用,我不骗你。现在,俞哲人像换了一个人,中医和西医开始在他的身体上结合了。

一个疗程的化疗和中医完成后,俞哲人仍处在一种不死不活的状态,他觉得自己属于老中医说的"多数患者"的范畴,就是试与没试一个样。俞哲人继续吃中药做化疗,这是所有癌症患者的"必修课"。

俞哲人想出去旅游,他把这个想法告诉了胡沙伟,胡沙伟说,旅游也是治疗的一种手段,因为心情好,病情就会稳定。你出去最好杜鹃红一起去,旅途有个人照顾。

俞哲人摇摇头说,我一个人去。

胡沙伟说,你是病人,怎么能一个人出去。俞哲人经常在反思,自从他的病情公开后,除了亲人很少有人关心他,就连他认为和自己最有情谊的朋友,那些他在临死前都想到要请他们喝酒的朋友,只有张胖子和另外一位朋友结伴来看望过他一次,其他的朋友都装聋作哑地消失殆尽了。所以这个胡沙伟是他的真朋友。

俞哲人说,胡老师,不瞒你说,中了这一个字的癌病,我迟早死定了，所以我死之前我想做五件事。

胡沙伟惊讶地说，俞老师，我没想到，你是一个另类。你说说你想做哪五件事？俞哲人心满意足地笑了，他说，胡老师，我另类也好，我败类也好，你都是我的朋友，所以我要把这五件事说给你听听。你是第一个知道我有这种想法的人，不过，在我死之前，你不能对任何人说，包括校长。

胡沙伟也笑了，说，俞老师，你看你这心态，独一无二呀。

俞哲人说，别逗我了，你老是逗我开心。说正经的吧，我要做的第一件事早就做了，就是请朋友们喝一次酒，如果你没忘记，那一次你也来了哦。

胡沙伟啊了一声说，俞老师——俞哲人，你他妈的，真想得出来，太有新意了，当时，我们都以为你请我们就是喝一次酒而已。嗯——好，还有呢？

俞哲人想说，叫你胡沙伟来喝酒是临时想到的，本来你是定在报复这件事上的，但现在胡沙伟是朋友了，再说这些已经没有意思。

俞哲人说，我要做的第二件事是一个人出去旅游，就是我现在同你说的。

胡沙伟饶有兴趣地盯着俞哲人说，还有呢？

俞哲人说，我要做的第三件事是找一个人，这件事是你替我牵线搭桥的，我见到了我的初恋情人季美儿，只是她已经不像从前的那个季美儿，我后悔见到她。

胡沙伟的嘴巴张了张，像缺氧了在努力吸气，他说，你别提这个女人了，是你自己非要搬起石头砸自己的脚，我知道你见她不会有好结果。

俞哲人嘴巴里是这么说，但心里的季美儿还是活着的，他说，胡老师，你的话真够臭。季美儿又没惹你，她只不过是你远房表兄的前妻，你酸溜溜的什么意思？

胡沙伟突然捶胸顿足地说，俞哲人，如果不是你癌症晚期了，如果你不是我的好朋友，如果不是你死心塌地要见这个女人，我懒得惹你这档子烂事。我——我——她，季美儿不是我远房表兄的前妻，她是我的前妻。六年前我们离了婚，然后我们又各自结婚了。

俞哲人要做的五件事还没说完，胡沙伟的嘴里居然冒出这样一件惊天动地的事，他的思维一团糟，感觉像是做了一个噩梦。俞哲人难以忍受自己的初恋情人是胡沙伟前妻这个事实，他不想再看到这个胡沙伟了。

在学校的操场上，俞哲人万念俱灰地拨通季美儿的手机，他说，季美儿，我做梦也没有想到，你是胡沙伟的前妻。

季美儿说，你真是莫名其妙，这和你没有半根毛的关系，你还是安心养病吧。

俞哲人说，你为什么那天没有说你是胡沙伟的前妻。

季美儿说，笑话，我为什么要和你说这个事，我是关心你，是为你的病来见你的。

俞哲人忍无可忍了，他大声说，去你妈的关心我，你在骗我，胡沙伟也在骗我，你们没一个好人。这是你们的一个阴谋，就是想我早点死。

季美儿说，俞哲人，冲动是魔鬼，你都这样了还要冲动，这对你来说是雪上加霜。

俞哲人咬牙切齿地说，我不想见你了，季美儿，你是个没有同情心的女人。我瞎了眼，我活该。

做了两个疗程化疗的俞哲人，头发脱光了，脸又黄又肿，照照镜子，痛苦挂在这个人的脸上，这个模样他自己都不愿意看了。人越到快死的时候越怕死，俞哲人开始有这种煎熬，难道真的在等死了？

俞哲人准备一个人出去旅游，哪怕死在外面，也比痛苦地死在亲人面前好。

杜鹃红反对俞哲人一个人出去，她说，俞哲人，你必须继续化疗，就是倾家荡产也要治疗。

俞哲人说，我先出去散散心，回来再商量这个事，行吗？

杜鹃红坚决地说，俞哲人，你休想，天底下有你这种人吗？俞哲人觉得杜鹃红是真的忍无可忍，这个女人确实也承受得太多了，他说，我们都要息怒，你看这样好不好，我去"德泽堂"中医馆抓十天"偏方"，然后熬好后我带出去旅游，保证七天内回来，这样行了吧？

俞哲人在杜鹃红的陪伴下到"德泽堂"中医馆，老中医查看了俞哲人的脉搏、气色和舌苔后说，不瞒你说，我的偏方对你的病没有多少作用。杜鹃红说，名医，你一定要救救我老公，他只有四十岁呀。杜鹃红哭得泪如雨下，俞哲人说，我还没死呢，等我死了你再痛痛快快哭吧。

老中医慢条斯理地劝慰这对夫妻，他说，生死在天，富贵在命。病人的心情可以理解，病人家属的心情也可以理解，所以你们双方要理解对方。我的偏方一个疗程没有明显效果，我劝你们不用再花冤枉钱。俞哲人说，你的意思是，我只能在家等死了？

老中医想了想说，你愿意当"小白鼠"吗？俞哲人和杜鹃红都莫名其妙地看着老中医，不知他葫芦里卖的是什么药。老中医开怀大笑起来，说，你们放心，我不是让病人真的当"小白鼠"，病人还是病人，只不过是像"小白鼠"一样试试抗肿瘤的新药，如果运气好，不用花钱就能药到病除。

俞哲人说，你是说让我去做新药的试验？

杜鹃红说，万一吃新药吃出了意外怎么办？

老中医说，我有一个亲戚在人民医院肿瘤科，在他那里登记试药的人很多，如果你愿意，我介绍你去试药，这就是死马当活马医，医活的例子也有，当然——也有试验失败的。

俞哲人想，既然自己已经被判"死刑"，有机会试一试新药也是一种贡献。他说，我愿意。老中医给俞哲人写了个条子说，你去找这个人，他姓徐，他会给你安排好。你见到他，就会知道，有些抗癌新药要托关系才能试到药。

俞哲人拿着老中医的字条去医院做"小白鼠"，他找到肿瘤科的徐医生，他是主任医生，是肿瘤专家，也是癌症患者心目中的权威人物。

徐医生个子不高，笑容可掬，敦厚好说话，感觉不是一个坑人的坏医生。徐医生翻来覆去看了几遍俞哲人的病历，看得比给他的钱还认真仔细，他看完后说，你做化疗没效果了？

俞哲人说，做了几个疗程，开始感觉有效果，后来做了像没做一样。徐医生，你说我还能活多久？

徐医生看了看眼前这个唠叨的患者，说，你能活多久，我能活多久，上帝说了算。我劝你先不要想这种谁也说不准的事，我们首先要治病救人。你配合我，我也配合你，好不好呀？

俞哲人听得舒心，说，徐医生，你说的就是我想的。

徐医生挂着微笑说，这样就好，病人就像是我们医院的孩子，医生就是你们的家教和保姆。我告诉你，现在想试药的患者比较多，你是我爹介绍来的，我给你优先吧。俞哲人发现这个徐医生确实像那个老中医，原来他们父子都是名医。俞哲人和杜鹃红都说，我们感谢你，也感谢老中医——你爹，你们都是大好人。

徐医生给俞哲人夫妇讲了有关试药的基本情况和基本要求，概括起来有以下四点：一是试药是免费的，二是试药能拿试药费，三是试药死了有补助，四是试药就是试命。

接下来，徐医生带俞哲人夫妇到试药室，这里已经有二男一女了，他们也是来试药的。徐医生说，刚刚有一只深圳产的抗肿瘤新药，试药全免费，十天一个疗程，一个疗程给你们两千元的试药费，最多试四个疗程。你们听明白了吗？二男一女三个试药者异口同声地说，徐医生，我们听明白了。

俞哲人动了动嘴巴，说了句自己也听不清楚的"我知道了"。他确实感到有些突然，但这是现实。杜鹃红拉住俞哲人的胳膊悄悄说，这个事——怎么能拿命试呢？你有几条命，只有一条。

俞哲人笑笑说，我们的命是有病的命，是短命的命。拿这种命试，对人类有贡献！

徐医生给每个试药者一份表，二男一女拿出随身带来的笔，熟练地在上面签了字，俞哲人不知所措地看着这张表，这是一份《试药知情同意书》。那个女的走过来说，你是新来的？签吧，还犹豫什么，反正签与不签都是死，还不如签了试一试。

这个女人不到五十岁，瘦长憔悴，一看就是个病人。她叫张淑雪，是从农村来的，被确诊为肺癌晚期，医生说只能活半年了。张淑雪说家里没钱做不起化疗，后来加入了试药的队伍，她已经试了好几次新药，现在多活了一年多。

俞哲人说，你的意思是，你的试药有效果？张淑雪说，反正还没死，这就是效果。你想通点吧，我们这类人，多活一天都是赚的。俞哲人说，来，笔借我一下。他拿起笔龙飞凤舞地签下自己的名字，然后对杜鹃红说，你听到这位大姐说的了吧，多活一天都是赚的。

其他两个男的，也多次试过新药。一个叫莫强，六十多岁，一脸络腮胡子，看上去还能打死老虎，他是肝癌晚期；另一个叫周期长，年纪和俞哲人差不多，也是胃癌晚期。他一脸的萎靡不振，枯瘦得像一具人体标本。俞哲人和他们三人都是这只新药在这家医院的第一批试药者，也是癌症患者中的勇敢者。他们三个人很快和俞哲人一见如故，他们像亲人一样相互祝福和祈祷。

临别前，俞哲人和他们交换手机号码和家庭住址，他们心里都明白，每一次试药都是一次冒险的试命，说不定哪一天他们中间就会少了谁。俞哲人说，我明天要去旅游，一个人看北京天安门，还有故宫和长城。莫强、周期长和张淑雪都过来和俞哲人握手，祝他玩得开心。

莫强笑着说，我说俞哲人呀，一个疗程十天后，我们这几个人一定要见面，一个都不能少哦。张淑雪躲在一边偷偷流泪，周期长有气无力地说，张淑雪，我看你每次都要哭，你是哭你自己，还是哭我们大家。张淑雪挂着眼泪打一下周期长说，我哭你！

俞哲人可以带着药一个人出去了，他参加一个北京游的团队，时间是五天，这是杜鹃红安排的。杜鹃红说，你不参加团队，我必须陪你去。俞哲人只想一个人出去，这是他想做的一件事，所以他参加了团队。

到北京的第一天，俞哲人接到了莫强的电话，莫强说，俞哲人，我活到六十多岁，简直就是白活了，我没去过北京。"文革"时期，我已经爬上去北京的火车，我爸妈像发疯一样赶到把我拖下车。从此，北京成了我眼里的水中月。

俞哲人说，那你也来呀，或者下次我们一起来。

莫强说，只能想想了，心里有一种念想也挺幸福的，你说呢？

俞哲人说，莫强，你的心态真好，其实像我们这种人的心态一定要好，否则怎么活下去呢？电话那头传来哗哗的摩擦声，还有轻松的笑声，莫强说，我都死过两回了，说不定这一次死了就真死了。我在搓麻将，你听到了吧，玩得开心就好呀。

俞哲人说，你说得太好了，我们都一样，活得开心就好。

俞哲人的心情不错，他刚刚在故宫门口排队入场，人群像成群结队的蚂蚁。他一点也不觉得累，他觉得自己热血沸腾，从来没有这么尽情地释放过自我。

回来的前一天，俞哲人登上了雄伟的长城，虽然有点疲惫，但心潮澎湃，人也有些飘飘然。他想，人活着就是这样，活得舒服了，什么事都懒得做了；人活到屈指可数的时候，什么事都想做想试了。

　　俞哲人在长城上放眼远眺，陶醉在祖国的大好河山中，他把所有烦恼和不安都统统扔掉了。手机是在这个时候响起来的，这是手机第三次响了，前两次俞哲人都没有听到，他太投入太忘我了。俞哲人手忙脚乱地从口袋中挖出手机，他以为是杜鹃红的电话，她每天至少给他打三个电话，上午、下午和晚上各一个，还有不定期的电话。

　　俞哲人接通电话，对方没有回话，但有咝咝的声响。他以为长城上风大，就蹲下来贴着城墙根大声说，喂，是老婆吗？这里风太大，我说你放心吧，我好好的。手机里的咝咝声变成了嘤嘤的哭声，而且越听越清晰了，这个人不是杜鹃红，她是张淑雪。她说，你是俞哲人吗？我是张淑雪，就是上次在试药时碰到过的，你还记得我吗？

　　俞哲人心惊胆战地说，你是张淑雪，当然记得的，你——你——你在哭？张淑雪说，俞哲人，那天你听到的吧，周期长说我每次都要哭，我说在哭他，我只说了他这一句。我——我——他怎么就当真了？

　　俞哲人听到张淑雪又哭了起来，就为一句玩笑的话，有什么大不了的。他说，喂喂，张淑雪，你真是的，何必呢，说了就说了吧。

　　张淑雪说，你不知道，昨天晚上周期长的情况突变了，变得比六月天还快，他突然就恶心呕吐，电话也没力气打了，这次我真的在为他哭。

　　俞哲人的心提了起来，像要被大风吹跑了。他说，怎么会这样呢，有没有送医院？张淑雪说，送什么医院，我们这种人本来就是被医院拒之门外的。

张淑雪在电话里为周期长哭了好几分钟,她哭得差不多了又说,我上午去看望周期长,他说,他记着十天后我们要见面的,说好一个都不能少。俞哲人说,我明天回来了。

在北京的最后一个晚上,俞哲人决定给周期长打个电话,他们年龄差不多,又都是胃癌晚期,是有缘的难兄难弟。

俞哲人跑到房间外面拨打周期长的手机,手机接通了,好像不是周期长在接听。俞哲人说,请问周期长在吗?手机里传过来的声音模糊而混沌,既像说话声又像是女人的哭声,俞哲人又说,我是俞哲人,我是周期长的朋友,你听到了吗?手机断线了,俞哲人的心情跌进了深谷。

俞哲人是根据地址去找周期长的,路上他接到了莫强的电话,他说,俞哲人,你回来了吗?我和张淑雪已经在周期长家了,就缺你一个。俞哲人疑惑地说,你们已经在周期长家了?莫强沉痛地说,周期长走了,今天凌晨。

俞哲人跌跌撞撞冲进周期长的家,这个他只见过一面的患难兄弟已经躺在硬板上。周期长的脸色像蜡像,嘴巴上盖了一层厚厚的白纱布,估计他的嘴巴是张着的,虽然说不出话,但还是被盖住了。俞哲人毕恭毕敬地向周期长遗体三鞠躬,抬头发现嘴唇上有几点湿漉漉的水,他用舌头舔了舔,又涩又咸,这是几滴泪水。

张淑雪哭哭啼啼地说,俞哲人,你看到了吧,我在哭他,我在为他哭。

周期长的老婆说,你们不要哭了,期长走前有话对我说,他叫你们不要哭他,你们要平平静静地送他。这一生,虽然短了点,但他自己说知足了。

俞哲人拉住周淑雪的手说,不哭了,我们都要好好地活着。

第一个疗程试药结束后,俞哲人和莫强、张淑雪又见面了。

徐医生给他们做认真的检查，然后发放第二个疗程的药。徐医生说，你们的情况还算稳定，这说明周期长只是个意外，如果你们想退出可以提出来。许多试药者的心情都矛盾复杂，既怕死又不怕死。

莫强说，徐医生，我们继续试下去吧。

俞哲人也说，试得次数越多，说明我们的效果越好，徐医生，是这样的吧。

徐医生说，原则上是这样的。

俞哲人看到有个女人走进来，她很年轻，大约三十多岁，容貌姣好。徐医生抬头看到她说，你是王彩娟吧，来，你从今天开始试药。女人身边的男人说，谢谢徐医生，你的大恩大德我们永远不忘！

这个王彩娟是咽喉癌，也是晚期，她说话困难，吃东西也困难，活得痛不欲生。她托关系找到徐医生，心甘情愿来做试药的"小白鼠"。

领到一个疗程的药后，俞哲人他们就和新来的王彩娟亲如兄弟姐妹了，王彩娟因为是咽喉癌晚期，她基本上说不出话，而且发音含糊不准。王彩娟的男人说，我家彩娟人好命苦，老天没长眼，得了这种病。

俞哲人说，到这里来的人都一样，能活一天就要快乐一天。

王彩娟的男人说，你们都是好人，我是乡下捕鱼的，下次我给你们带些我自己捕来的野生河鱼。

他们在门口告别，张淑雪这次没有哭，也没有说话，眼睛红红的站在几步外，莫强说，我们十天后再见吧。

俞哲人笑笑说，一个都不能少哦，张淑雪——你听到了吧。

张淑雪说，我是乌鸦嘴，我不说话。

王彩娟的男人说，有事打我的手机，刚才给你们的号码就是我的。

第二个试药疗程又过去了，俞哲人和莫强、张淑雪、王彩娟夫妇一个不少见了面，他们都有机会进入下一轮的试药。领到第三个疗程的试药后，他们又可以期待十天后一个不少的见面。

这一次，张淑雪的情绪有点烦躁，她又哭了，说，我知道下次我见不到你们了，这几天我的感觉不大好，你们不要责怪我，我不哭任何一个人，我只哭我自己。

莫强说，你看你，发什么神经呀。你的心态就是不稳定，一会儿想通乐观，一会儿又痛不欲生，是不是？

俞哲人说，是呀，心态好了，活着才开心。

张淑雪说，我是乡下人，心态不心态我管不着，我的感觉心里挺难过的。

最后一个疗程试药时，俞哲人又和他们见面了。莫强笑着说，张淑雪，你哭不出来了吧，我们都还活着，你再哭就没意义了。

张淑雪说，我不哭别人，也不哭自己，我不会在你们面前再哭了。

王彩娟说话困难，她只是微笑，传递内心的某种快乐。现在，不死不活是他们几个试药者的结果，俞哲人说，团结就是力量，我们一起再等十天。

就在这个十天里出了事，莫强死了。

俞哲人第一个接到莫强的死讯，他不知道这个电话是谁打给他的。这天俞哲人浑身疼痛，忍不住吃了止痛片，接下来他接到了这个电话。俞哲人接到莫强的死讯失声痛哭，杜鹃红陪着他哭了一阵，然后一起去找莫强的家。

莫强的老婆哭得披头散发，感觉莫强和她是一对恩爱的老夫妻。她的眼睛红肿发亮，估计哭得够狠的。她说莫强半夜里突然疼痛难忍，在地上边喊边打滚，她还听到莫强体内噗地响了一声，像一个熟透的西瓜裂了口。莫强的老婆猜测，莫强体内的这一声响，是他的病肝脏爆裂了，癌细胞都跑了出来。

莫强没有送医院，送医院也没用，他就这样死了。

莫强的死脸还像活人，他安静地躺在板床上，看不出他的体内爆裂过。俞哲人说，莫强呀，你怎么说话不算数呢？俞哲人离开莫强家前，张淑雪还没有到，他给她打电话，张淑雪说，我在路上哭，哭够了会进来的，我不想在莫强面前哭，我哭他，他会骂我的。

俞哲人找到徐医生说，徐医生，我们愿意做"小白鼠"的人，是不是生来就是小白鼠的命？徐医生手里起死回生的人不少，这是他从医生涯的辉煌。当然，他是一个肿瘤专家，也是一个拿别人的命和死神打交道的人，也免不了这样那样的意外或者意料之外的结果发生。

徐医生说，俞哲人，你的心情我理解，其实所有试药者的心情都一样。为什么试药期间会死人？这是因为挑选试药的都是癌症晚期病人，也就是——实话实说是死到临头的人。说白了，试药就是在试命，我在这里要再次强调这层意思。你们拿自己的命试药，我的理解是一种默默地奉献。

俞哲人说，徐医生，我发现医生讲课比我们在学校教书的要深刻。

半个月后，俞哲人和张淑雪又参加新一轮的试药。俞哲人是试第二只新药，张淑雪已经试到第五只新药。这次试药有六个人，除了俞哲人和张淑雪，还有四个看上去都超过六十岁了。他们没有莫强那样的活跃开朗，他们的脸上死气沉沉。俞哲人只和张淑雪继续联系，他觉得联系的人越多，看到的死人也会越多。

张淑雪说，我拿自己的命试药，就是为了活命，多活一天算一天。

俞哲人说，其实人都一样，活一天算一天，没病的也要死。我们病人拿自己的命在试药，没病的拿自己的命在试别的，试什么最后都一个样。

张淑雪笑了，说，看你说的，没病多好，没病我这会儿会坐在家里看电视，到吃饭的时候给老公儿子做菜烧饭，我还会出去串门聊天。晚饭后我也会出去散步，原来是田畈的地方，现在挤满了密密麻麻的高楼大厦，比我们以前种的庄稼还多，每天看到挺头晕的。还有，原来的河道像一条水沟，水里浮着垃圾什么的，恶心。

俞哲人说，农村城市化了，这是好事，你从村民变市民了。

张淑雪说，好什么好，我才不稀罕这市民呢？没有田了，心里空荡荡的。

俞哲人脱口而出，当然，环境污染后，癌症也多了，我们都是受害者。

张淑雪往地上啐了一口痰，说，如果我还是农民，如果我还有田，我就不会得这个肺癌。我不抽烟，我老公也不抽烟，我怎么可能得这个要死病。俞哲人想走了，他不想和张淑雪再纠缠在这个事上，他要做的事还有很多。

俞哲人说，都是命呀。

张淑雪跟在俞哲人身后说，小俞，我问你个事，你试药以来梦多吗？我经常做梦，还梦见我妈，我妈早死了，她的身体很好。有一天，有个人上气不接下气地找到我说，你妈被大货车撞死了。那年，我妈是我现在这个年龄，都二十多年了，我还经常梦到她老人家。

俞哲人说，这是你妈在关心你。

张淑雪忍不住又哭了，她说，小俞，我不是在哭你，我也不哭我自己，我在哭我死去的妈。俞哲人想到了自己的妈，自从他被确诊为癌症晚期，他妈几乎天天在为他哭。俞哲人心里很难受，就和张淑雪匆匆告别说自己有事去了。

俞哲人是第二个试药疗程中出现情况的,这次试药也是四个疗程,但每个疗程有十五天。也就是说,俞哲人在第二次试药的半个月后,他的疼痛加重了,每天晚上只能睡两三个小时,多数时间他都在和疼痛协商。现在的疼痛和以前的疼痛有所不同,现在的疼痛好像有跳跃性,就是疼痛不会停留在某一个器官,疼痛起来一张一缩,像有一只无情的手拿捏着俞哲人的命在把玩。

天亮的时候,仿佛折腾一夜的疼痛也累了。俞哲人的身体慢慢松弛开来,五脏六腑却依然蜷缩着。俞哲人咬紧牙关坚持每天去学校,他越是感觉不行了越是想去学校,为什么非得他俞哲人早死?俞哲人想不通,他不能这样不声不响地死掉。杜鹃红恳求他在家里休息,俞哲人说在家里会死得更快。

俞哲人到学校刚坐下,校长打来电话请他去一趟。校长隔三岔五会请他去聊聊,问问病情也会安慰安慰他,然后不忘劝说俞哲人不用来上班了。

俞哲人说,马上放暑假了,我能坚持的。俞哲人的表情和口气都像不死在学校决不罢休,校长既害怕又无可奈何,说,那你就坚持呗。

俞哲人笑了笑说,校长,没事我走了。

走出行政楼,初夏的风热烘烘的,吹得人们的毛细管都发情了。俞哲人没有这种感觉,他的身体有些僵硬,皮肤凉飕飕的。俞哲人觉得自己已经是一具僵尸了,死神正在向他热情招手,仿佛在说,俞哲人,是我过来带你走,还是你过来我们一起走?俞哲人想,死神,你离我远点,我还有许多事没做完。

这个时候,俞哲人看到胡沙伟精神焕发地迎面走过来。自从俞哲人知道胡沙伟是季美儿的前夫后,他不想再理睬这个男人了,他觉得理睬他是自己的屈辱。现在,俞哲人看到胡沙伟,居然又想到季美儿是胡沙伟的前妻。人之将死,其心也善,现在的俞哲人给自己下了这样的一个定义。

胡沙伟也看到了俞哲人,这之前,胡沙伟几次想和俞哲人说话,想说一些他和季美儿的事,也想听一些俞哲人和季美儿的事。每次,俞哲人都虎着脸对他视而不见,像一截木头轰隆隆地滚了过去。

胡沙伟放慢脚步,显出一种犹豫的姿态。俞哲人主动说,胡老师,你找校长去?

胡沙伟喜出望外地说,俞老师,我不去找校长,我去教务处。你最近病情怎么样?

俞哲人说,我的情况你真的不知道?

胡沙伟摇摇头说,我真不知道。

俞哲人说,我告诉你,我在试药,你不知道试药吧,试药就是试命。

胡沙伟说,俞老师,你说的我听不懂,什么试药,什么试命?俞哲人没有和别人说过试药的事,其实他想说也没人听他说,所以他想说给胡沙伟听听,他的心里早就装满了倾诉的欲望。

俞哲人说,胡老师,你心里最明白,像我这样的人是被判"死刑"的人,我们学校只有我一个,但在医院里这种人就多了,许多人都在争做"小白鼠",我就是其中之一。实话告诉你吧,我在试吃药厂的新药,试吃新药是有风险的,所以我在试命。试好了,或许能拣一条命。当然,最最最最有意义的是,我们这些试药的人对人类有较大的贡献,你说是不是?

胡沙伟惊讶地说,你的意思是说,你在拿自己的命试吃新药?

俞哲人说,说得直白点,就是这个意思。

胡沙伟望了望行政楼说,这种事,我没听说过。俞老师,你等一下,我去一下教务处就过来。胡沙伟没等俞哲人说话,匆匆忙忙跑进了行政楼。

俞哲人想走掉，感觉还有很多话要说，舌头也甜滋滋的。他走到一棵大树下等胡沙伟。等了大约一个小时，胡沙伟还没出来，俞哲人的失望在燃烧，他后悔自己多嘴多舌把试药的事告诉他。

手机响的时候，他正在纠结要不要再等胡沙伟。这个电话是张淑雪的男人打来的，他不慌不忙地说，你叫俞哲人吗？张淑雪你认识的吧，我是她老公，你们都是试药的，是她要我打电话给你，她——不行了。

俞哲人的身体摇晃一下说，你别逗我了，张淑雪不是好好的嘛，怎么会不行呢。

男人说，我说的是真的，她说她死后，你们试药的四个朋友只剩下一个你了，她要你分分秒秒都想得开，把生死看得像每天的睡觉，大不了睡个醒不过来的长觉。

俞哲人说，你真是张淑雪的老公？

男人说，笑话，我不是她老公，难道你是她老公？俞哲人觉得这个男人不像张淑雪的老公，是张淑雪的老公怎么会说出这种话。俞哲人说，我说你，你不是人。老婆不行了你不伤心，还有心思开玩笑。

男人大声说，你以为你是谁？下一个死人就是你。告诉你，张淑雪死了我解脱了，我们都解脱了。她十多年前就有这样那样的病，我陪她走过许许多多大小医院，我们一起生活一起度生死。

俞哲人说，你是她老公，这是你的责任。

男人说，你说得倒轻巧，责任？你知道我担当了多少责任，我为她操心，为她奔波，为她奉献，一切围着她的病转，我不是我自己，我就是她身上的"病"呀。男人突然哭了，哭得伤心伤肝，他边哭边继续说，后来——后来她得了癌症，天天夜里痛得睡不着觉，我——我——为她做了一切，我跪在她面前请癌症到我身上来，这些日子里，我走投无路，上天无路，入地无门。我每天都在想我还不如死了痛快。你说我能死吗？我死了，张淑雪怎么办？这个责任谁来担负？

俞哲人想到了杜鹃红，他们现在不是在一起生活一起度生死吗？俞哲人心平气和地对男人说，你别哭了，我马上就来。

俞哲人赶到张淑雪家，看到奄奄一息的她突然睁开眼睛，她一把拉住他的手说，俞哲人，你来了。你要分分秒秒都想得开，把生死看得像每天的睡觉。俞哲人没有说话，他觉得现在说话是多余。张淑雪动了动身子又说，活着真好！

俞哲人醒来已经在医院躺了两天。

病房很安静，杜鹃红坐在病床上低声抽泣。俞哲人转过头说，老婆，我在医院了？

杜鹃红惊喜地说，哲人，你醒过来了，谢天谢地。

俞哲人说，我——我怎么了？

杜鹃红扑在俞哲人身上又哭了起来，她说，你突然病重了，已经昏迷了两天两夜。

俞哲人看到她双眼红肿脸色憔悴，估计她每天都在哭。他挺内疚的，说，你别哭了，你知道，我喜欢过安安静静的日子，以前我们都是这样过的，你还记得吗？杜鹃红点点头说，当然记得，这样的日子多好多平静。

俞哲人拉住杜鹃红的手说，你知道我现在想什么吗？

杜鹃红摇摇头说，我不知道，我的心乱了。

俞哲人捏紧她的手说，我在想你在我身边的生活真幸福，我们一起度生死。杜鹃红含泪露出了笑。

俞哲人住院后，校长来看望了两次，第一次俞哲人还没有醒，所以他不知道校长说了些什么？第二次是出院前一天，校长又来看望他，校长说，俞老师，你要好好养病，下半年你的副高职称估计没问题了。

俞哲人吃力地说，校长，下半年我还想上课呢。

校长愣了愣说，俞老师，你放心，只要你身体好，我一定安排你上课。

校长对送他出来的杜鹃红说，俞老师如果出院了，你千万要提醒他或者阻止他来学校上班，他再这样做，我的压力很大，我们整个班子压力都大。杜鹃红说，校长，我的压力比你们要大得多呀。

俞哲人在医院住了一星期，杜鹃红想让他在医院多住些日子，医生对杜鹃红说，你丈夫的病没有必要再住在医院，还是回家安心养病吧。杜鹃红开始听不明白，想了想就听出了医生的意思，杜鹃红当即放声痛哭，医生都来劝说，这是没有办法的事，想不通也得想通。杜鹃红想到俞哲人说过的话，我们一起度生死。

俞哲人出院没几天，就吃不下东西了，疼痛没日没夜地在他的全身奔跑。他咬着一块纱布想，该做最后一件想做的事了。俞哲人听到马路上汽车飞驰的声音，还有汽车喇叭清脆的诱惑声，他相信，这些车子中有一辆是来完成他的心愿的。

到时候了，俞哲人心想事成地笑了笑，他动了动身子准备爬下床，突然他发现这张床比悬崖还要高，地板在地上，而他却在天上。俞哲人努力了多次，身子像巨石屹立在床上，他想完成的心愿破碎了。

俞哲人看到杜鹃红和两个人在说话，声音遥远得像在几里之外。这两个人居然是胡沙伟和季美儿。俞哲人兴奋地说，喂，季美儿，胡沙伟，我原谅你们了。

胡沙伟和季美儿都像没听到他在说话，俞哲人很想拉住季美儿的手，像二十年前那样一起手拉手，他努力拉了拉没拉住，再拉还是拉不住。

俞哲人感觉隔着一层软绵绵的东西，这东西像时光也像是梦幻。

俞哲人听到季美儿说，他活着一定比死还难受。

胡沙伟说，俞哲人能挺过去的，他是一个男人。

俞哲人想，这个胡沙伟，这话才是人话。